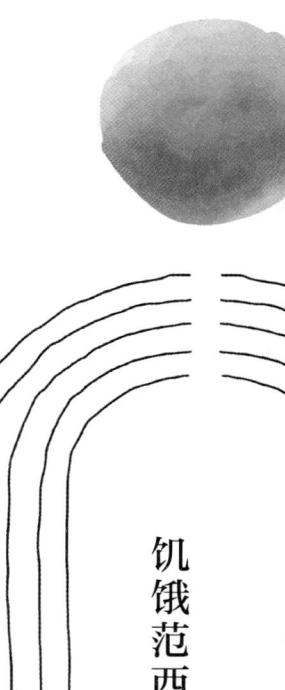

饥饿范西蒙

李西闽 著

上海社会科学院出版社

人生苦难重重，唯一的慰藉就是爱。

爱自己，也爱别人。

CONTENTS

目录

001 —— 饥饿范西蒙

057 —— 鲜花丛中的丁小可

115 —— 阿莹失踪的那个夜晚

153 —— 暖阳

193 —— 我离死亡那么近

231 —— 栀子花

273 —— 世上所有的朋友

331 —— 后记

饥饿范西蒙

朱阿姨

  这是乌鲁木齐路上一栋三层楼的老房子，房东朱阿姨住在底层，二层租住的是一对年轻的夫妻，最上面那层的租客叫范西蒙，是个写言情小说的作家。朱阿姨孤身一人，体态肥胖，有糖尿病，却是个甜食爱好者，经常被自己食甜的欲望折磨得死去活来。

  朱阿姨对于租客，有两个重要的要求，一是干净，二是安静。怎么判断租客干净和安静，朱阿姨一眼就看得出来，她这一生阅人无数，基本上不会看走眼。每个租客，都要经过她的面试，否则她不会签下租房合同。范西蒙的租房面试，发生在衡山路上的小豆咖啡馆。那是一年前的某个秋日午后，阳光透过玻璃窗，照射在他们的脸上，朱阿姨是左脸，范西蒙是右脸。朱阿姨是个谈话高手，丰腴红润的脸上始终荡漾着慈和的微笑，她的话语轻柔，没有审问式的语句，一个来小时轻描淡写的闲聊中，就知晓了范西蒙的大致情况：这是个落寞的作家，刚刚离婚，急需一个落脚之处。朱阿姨的目光不会放过每个细节，他梳理得整洁的头发，刮过胡子的白净的脸，没有一根外露的鼻毛，白衬衣干净的衣领，指甲修剪得恰到好处……这些都让朱阿姨满意，特别是鼻毛和指甲，她对鼻毛露在鼻孔外面以及指甲长的男人，极其厌恶。范西蒙表情冷峻，话语言简意赅，看上去不像闹腾的人，朱阿姨愉快地决定将房子租给范西蒙。那天晚上，范西蒙就搬进了小楼。

范西蒙的确是个安静的人，一个月后，朱阿姨的看法得到了证实。范西蒙极少出门，就是出门，也是在夜色降临之后，他瘦高的身体晃下木质楼梯，无声无息，像个游魂。有一个夜晚，朱阿姨从窗户看出去，他从外面进来，轻轻地关上小院的铁门，站在院子里那棵盛大的玉兰树下，沉默了好大一会，才悄无声息地上楼，回到他的窝巢里。他甚至一周也可以不出一次门，朱阿姨觉得怪异，她借故进入过他的房间，房间里十分简洁，除了一些书堆放在床上枕头那边的一角，其他无可挑剔。书桌只放着一台笔记本电脑，桌面纤尘不染。厨房像是没有用过，他几天不出门，到底吃什么，难道天天啃面包或是饼干什么的？

朱阿姨的好奇心被激发出来，有个晚上，她将从外面回来的范西蒙堵在了院子里。

小范先生，你是刚吃完饭回来吧？

是的，朱阿姨。

你好像好几天没出门了吧。

三天。

房间里的厨房，是为租客方便，从盥洗室隔出来的，先前的盥洗室蛮宽敞的。你可以置办点厨器，烧点饭吃，菜场不远的，十几分钟就走到了，成天埋头写书，多累呀，去买买菜，当作散散步了，一举两得嘛。你这样饥一顿饱一顿的，身体会熬垮的，你还年轻，日子还长呢。

我不会烧饭，这方面我基本上是个菜鸟，况且我习惯了饥饿，饥饿让我有写作的动力，吃饱了我就想睡觉，我不可能成天睡觉吧。还有，我很讨厌在房间里闻到烧菜的油烟味，只要有一丁点那种味道，我就心烦意乱，一个字也写不出来。朱阿姨，你不是要求我在房间里保持干净吗，这样不正合你意？

我也不是那种病态的洁癖，做好饭收拾干净不就可以了。

谢谢你了，朱阿姨，放心，我饿不死的。

唉，我理解你孤独一人的难处，我也孤身一人，儿子女儿都在国外，有时想找个人说话都难。我有个想法，不知当讲不当讲。

朱阿姨，别和我客套，有什么话尽管说。

我想呀，你不会做饭，也许是懒得做吧，还不如和我搭个伙，每月交点伙食费给我就可以了，你放心好了，我这个人不贪的，不会多收你钱的，每天买菜我记账，平摊就好了，煤气费、油盐酱醋什么的呀，就不和你算了，没几个钱，就是你不和我搭伙，我自己也要用的。一日三餐，我做好饭了叫你，你下楼到我家吃就行了，你觉得怎么样。有言在先，我不逼你喔，你考虑考虑，考虑清楚了再答复我。

朱阿姨，你对我真好，只是怕麻烦你，我很怕给别人添麻烦的。

不麻烦，我自己也要吃饭呀，而且我也没什么事情可做，能够给大作家做做饭，也是我的荣幸呀，那就这样说好啦，明天开始，怎么样。

谢谢朱阿姨，谢谢朱阿姨，那我上楼了。

去吧，去吧，明天早上我喊你吃饭，对了，你一般几点起床？

八点。

好的，八点我准时叫你。

翌日早八点，朱阿姨来到三楼，敲了敲房门。范西蒙在里面说，是朱阿姨吗？朱阿姨说，是我，范先生，吃早餐了。门开了，范西蒙笑笑，朱阿姨真准时。朱阿姨笑笑，我这人嘛，就是讲信用，说好的事情不好变来变去的。朱阿姨说话很轻，走路也很轻，也许是生怕吵到二楼的租客。早餐有小笼包、油条、烤面包片、小碟的培根、咸鸭蛋、豆腐乳，还有稀粥和咖啡。朱阿姨说，简单了点，随便吃呀，咖啡是现磨的，我女儿寄来的巴西咖啡豆。范西蒙说，这还简单，以前在家从没吃过如此丰盛的早餐。朱阿姨看着他吃，自己一动不动。范西蒙说，朱阿姨，你也吃。朱阿姨微笑着说，你吃，你吃，别管我。范西蒙心里有些感动，突然想起了母亲，母亲活着的时候，也喜欢这样看着他吃饭。也许朱阿姨太孤独了，把他当成了自己的儿子。

范西蒙理解朱阿姨，没再说什么，自顾自地吃。吃完早餐，朱阿姨问，你中午一般几点吃饭？范西蒙说，十二点吧。朱阿姨柔声说，好，我十二点叫你。范西蒙说，朱阿姨，你不用叫我，十二点我自己会下来。朱阿姨说，那也好，十二点准时开饭，还有啊，你喜欢吃什么，告诉我，我给你做。范西蒙说，你做什么，我就吃什么，我不挑食。

那段日子，朱阿姨的生活丰富了许多，成天琢磨给范西蒙做好吃的，范西蒙觉得自己能够碰到这样的房东，真是三生有幸，多年来，这种饭来张口的日子，十分罕见。在朱阿姨做的各种菜中，范西蒙最喜欢吃的是红烧肉和葱烧鳊鱼。朱阿姨做的红烧肉，肥而不腻，咸甜相宜，最特别的是，有种奇妙的香味，这种说不出的香味，让他胃口大开，可以多吃一碗白米饭。之前，和前妻宋小素过日子的那些年里，她也买过鳊鱼，宋小素烧的鳊鱼总是有股泥腥味，范西蒙吃一次就产生了厌食的情绪。宋小素明明晓得他不爱吃，还笑眯眯地把鱼肉往他碗里送，他无法拒绝。每次吃鳊鱼，范西蒙都痛苦万分，心里的阴影面积不断扩大。在朱阿姨家第一次吃鳊鱼时，范西蒙心惊肉跳，迟迟不敢下筷子。朱阿姨微笑着说，怎么，不喜欢吃鳊鱼？范西蒙心中的阴影说不出口，表情尴尬，因为紧张，额头都冒出了汗珠。朱阿姨说，你尝尝，葱烧鳊鱼是我的拿手好菜，我先生活着的时候，最爱吃了，死前还要我烧给他吃，可是那时已经咽不下东西了，只是闻着香味，他就说满足。这故事蛮感人，范西蒙将信将疑，真的？朱阿姨说，真的，难道你没有闻到香味，尝尝吧，先尝一点点，如果不爱吃，就不要吃了。范西蒙在她鼓励的目光下，小心翼翼地伸出筷子，夹了一小块肉，放进了嘴巴里，先是用舌尖感受鱼肉的味道，味蕾渐渐打开，不一会，满嘴浓郁的鲜香，他这才轻轻地咀嚼，鱼肉细嫩，质感清晰。朱阿姨见他的眉头渐渐舒展开来，笑了笑，怎么样，我没有骗你吧。范西蒙点了点头，朱阿姨的葱烧鳊鱼彻底覆盖了他对鳊鱼的悲惨记忆，接受了新的尝试，其实世间的许多事情，都是接受的问题。

范西蒙和朱阿姨的饮食关系并没有良好地继续下去，四个月后，就有了变化。某天早上，朱阿姨未见范西蒙下来吃饭，蹑手蹑脚地上楼敲他的门。好大一会，范西蒙传来沙哑的声音，朱阿姨，早餐我不吃了，赶稿熬了通宵，才刚刚睡下，谢谢你了，朱阿姨。朱阿姨说，好，好，你好好睡觉，中午别忘了下来吃饭。中午十二点，范西蒙下楼吃饭，朱阿姨发现他的眼睛血红，有些吓人。朱阿姨心生疼爱，关切地说，小范先生，不要太拼命呀，身体是第一位的，熬夜不好的，晚上我给你炖个鸽子汤，补补。范西蒙说，朱阿姨，你真的像我妈，对我这么好，不过，有件事情还是要和你说清楚，这段日子，我要赶稿，会经常熬夜，早餐你就不要给我准备了。朱阿姨的脸沉下来，有些失落，不过，她尊重范西蒙，脸上又恢复了笑容，轻声说，那好吧，还是要注意身体。又过了一段时间，范西蒙连午餐也不吃了，每天下楼吃一顿晚餐。

那是初冬的日子，院子里的白玉兰枯叶纷纷飘落。晚上，朱阿姨做了范西蒙爱吃的红烧肉和葱烧鳊鱼，还有烂糊黄芽菜和紫菜蛋汤，开了瓶红酒，在醒酒器里醒着。红酒杯擦得接近于无限透明，玻璃之美表现得淋漓尽致，朱阿姨将红酒缓缓注入酒杯，酒杯在欢乐地低吟。朱阿姨脸上如沐春风，举起杯，轻声说，干杯。范西蒙也举起酒杯，不过，他的脸色凝重。两个玻璃杯轻轻地碰了一下，发出清脆的声响。每到交房租的日子，朱阿姨都会弄些好菜，开一瓶红酒，有钱进账，多么开心呀。范西蒙却开心不起来，朱阿姨一眼就看出他心里有事，试探着说，小范先生，是不是菜咸了或淡了，不合胃口？范西蒙叹了口气，我直说了吧，朱阿姨，实在抱歉，房租和伙食费我暂时交不上，能不能宽限几天？朱阿姨脸色微变，自顾自喝了口酒，轻轻放下酒杯，柔柔地说，诚信是做人之本，一就是一，二就是二，我做人如此，也希望他人也如此，既然小范先生有难处，过几天再给也没有关系，吃吧，菜都是为你烧的，多吃点，别浪费了。范西蒙尴尬地笑笑，我吃，我吃，全吃光。

三天后，范西蒙交上了房租和伙食费，并且提出来，不再和朱阿姨搭伙吃饭了。朱阿姨是个有涵养的老太太，既然他说了不再搭伙，就有他的考量，也不能勉强，便遂了他的心意。那个寒风呼啸的夜晚，朱阿姨透过窗玻璃，见范西蒙走进小院，铁门重重关上，她的中枢神经颤抖了一下。风把他的头发吹得凌乱，范西蒙一副落寞的模样，今夜，他的脚步沉重，上楼的每一步，都震得朱阿姨头皮发麻。朱阿姨失眠了，半夜，她听到有人哭泣，走出门，发现哭声从三楼传来，她悄无声息地上楼，站在三楼的房门前，正想敲门，哭声戛然而止，房间的灯也灭了。朱阿姨只好轻手轻脚地下楼，心想，还是不要管那么多闲事，每个人都有伤心到难与人言的时候。

李鱼和陆糖糖

李鱼和陆糖糖是一对年轻夫妻，是住在范西蒙楼下的租客。这对夫妻金童玉女，衣着时尚，见到人总是面带笑容，彬彬有礼，在他人面前表现出恩爱的样子。也正因为如此，朱阿姨看走眼了一回。李鱼夫妻是初秋时分搬进小楼的，前三个月安安静静，没有什么问题，入冬后，朱阿姨感觉到了麻烦。也就是朱阿姨失眠听到范西蒙哭泣两天后的那个深夜，朱阿姨被一阵稀里哗啦的声音吵醒了，楼上像是在砸玻璃或陶瓷器皿，碎裂声不止，伴随着吵和骂的声音，一声比一声高。朱阿姨这两天本来就睡不好，活生生被吵醒，心里难免气恼。开了灯，坐起来，往身上披了件丝绵袄，自言自语，疯了，大半夜的吵什么呀，让不让人活了。想了想，哪有夫妻不吵架的，朱阿姨心里安宁了些，熄了灯，重新躺下。楼上没有停止的迹象，朱阿姨又恼火起来，受不了了，穿上衣服，气呼呼地出了门。

来到二楼房间门口，朱阿姨敲了敲门，也许里面吵闹响动太大，敲门声被淹没了。朱阿姨又敲了敲门，手上加重了力量。房间里安静下来，窗外的凛风呼呼作响，朱阿姨打了个寒战。门轻轻地开了，陆糖糖探出头，笑眯眯地说，朱阿姨，你有事？朱阿姨是个体面人，不出恶语，笑了笑说，刚才听见很吵，是不是发生什么事情了？陆糖糖说，没有呀，我没有听到吵闹的声音呀，我是被你的敲门声吵醒的。听了她的话，朱阿姨心里特别不舒服，脸上却还是挂着笑容，没有就好，没有就好，可能是我人老了，产生幻听了，实在不好意思，你睡吧，不打扰了。陆糖糖关上了门。

朱阿姨正要下楼，发现范西蒙站在楼上。

范西蒙说，我也听见了他们吵闹的声音。朱阿姨柔声说，小范先生，早点睡吧，天冷，开开空调吧，不要冻着了。说完，她轻手轻脚下楼去了。范西蒙还站在那里，面无表情。朱阿姨回到床上，楼上已经没有声音了，她突然精神了，睡意全无，想想又要失眠，烦恼得要命。从那以后，隔三岔五，小夫妻就要吵闹一次，而且都在深夜里，只要朱阿姨上楼，总是陆糖糖出门，装模作样，仿佛什么事情都没有发生，弄得朱阿姨无所适从。

抽了个时间，朱阿姨上门找范西蒙，范西蒙正伏案写作，不得不起身开门。朱阿姨说，小范先生，你能够陪我一会吗？十分钟，就十分钟。范西蒙说，进屋吧，朱阿姨。朱阿姨坐在沙发上，范西蒙有点手忙脚乱，挠着头说，朱阿姨，想给你泡点茶，可是我连茶叶也没有。朱阿姨说，你坐，我喝过茶上来的。范西蒙把写字桌前的椅子拉过来，坐在朱阿姨对面，说，朱阿姨，你说吧，有什么事情。朱阿姨说，唉，你知道的，我怕吵，听到吵闹，我的头就要炸掉，你帮我想想办法，怎么样才能够让二楼的小夫妻安静，我实在是受不了了，这样下去，要了我这条老命。范西蒙说，我也被他们吵得要死。朱阿姨说，那是肯定的，我也担心他们吵着你，你可是要写小说的呢，影响你写作，那是大事体，我都心疼你呀，小范先生。范西蒙说，我生性胆小，连杀鸡都不敢正视，别人朝我吼叫一声，我的腿肚子都要转筋，心里都要发抖，你说我能怎么办。朱阿姨叹了口气，也是，你是文化人，手无缚鸡之力，估计你也不会吵嘴，的确拿他们没有办法。范西蒙说，朱阿姨，你应该找他们好好谈谈，告诉他们，如果再吵，就让他们退租走人。朱阿姨面露难色，这合适吗，我可从来没有这样做过。范西蒙说，合适，租房前，你就有言在先，不能吵闹的，你找那男的谈，女的看上去不太好说话。朱阿姨点了点头，看了看精致的小腕表，笑了笑，时间到了，我该走了，打扰你了，不好意思呀。范西蒙送老太太出门，又目送她下楼。

朱阿姨思前想后，还是决定找李鱼谈谈。

李鱼夫妇白天都要上班，只有晚上和周末才有时间，朱阿姨找了个星期天，把李鱼叫到了家里。李鱼的脸很白，嘴唇红润，说话时露出一口整齐洁白的牙齿。朱阿姨给他倒了杯咖啡，笑着说，小李先生，你不是上海本地人吧。李鱼笑了笑，我是福建人，大学毕业后就留在了上海，我太太是上海人。朱阿姨说，听你口音可以听出来的，你好福气，娶了个漂亮的上海姑娘。李鱼的脸红了，羞涩的样子，轻声说，我们是大学同学。朱阿姨说，小李先生，相识就是缘分，能够成为夫妻，多么不容易，要珍惜呀。李鱼眨了眨眼睛说，我知道。朱阿姨绕了一圈，才说出要说的话，小李先生，不瞒你说，我身体不是很好，有糖尿病、高血压、神经衰弱，十分害怕吵闹，特别是晚上，听到吵闹声，就会失眠，严重影响健康，真担心哪天被吵得爆血管死掉了。李鱼是个聪明人，明白了她话中的意思，低声说，朱阿姨，对不住，我们这段时间闹矛盾，影响到你了，很抱歉，我回去和糖糖好好说说，尽量不干扰你的生活。朱阿姨说，夫妻俩，有什么事情好好说，为什么要弄得鸡飞狗跳呢。李鱼说，朱阿姨说得对，我们错了。李鱼的态度让朱阿姨的气消了，朱阿姨说，好好过日子，比什么都好，到了我这个年纪，你就会感到人生短暂。

朱阿姨和李鱼谈过话之后，二楼恢复了安宁。

可是，一段日子后，又故态复萌。朱阿姨十分生气，终于在那个极寒之夜爆发，她站在二楼房间门口，握紧拳头，不停地砸门。开门的还是陆糖糖，她笑眯眯地说，朱阿姨，你这是怎么啦，大半夜的，又要找我家先生喝咖啡？朱阿姨气得浑身发抖，想想自己是个要脸面的人，克制着怒气，装出笑脸，放低声音，你们能不能不闹了，这样下去，要出人命的。陆糖糖说，我们没有闹呀，你不是说过你有幻听吗，问题在你自己呀。朱阿姨实在控制不住了，拉下了脸，提高了声音，你这小姑娘怎么不讲理，我给你面子，你却得寸进尺，要吵要闹，到大街上去，没有人管你们。陆糖糖也拉下了脸，我们租下了这个房间，这个房间就是我们的私人领地，我们吵闹怎么了，那是我们的私事，管得着吗。朱阿姨说，你们的私事我管不了，也不想管，问题是你吵到我了，还有楼上的范先生，你们太过分了。陆糖糖冷笑着说，你说我们吵闹，知道我们在干什么吗，是房间里进了老鼠，我们是在打老鼠，这房子里有老鼠，这该怪谁？论胡搅蛮缠，朱阿姨根本就不是陆糖糖的对手，听了她的话，一时语塞。

突然，楼上爆出一阵瘆人的大笑。

朱阿姨和陆糖糖的目光同时投向三楼，她们看到了站在楼梯上形销骨立的范西蒙，他笑得脸都变了形，狰狞可怕。陆糖糖脸上露出惊恐之色，朱阿姨也瞠目结舌，不晓得他为何如此狂笑。陆糖糖正想抽身回房，范西蒙的笑声停止，只见他歪歪斜斜地倒下，然后骨碌碌地滚了下来。范西蒙的身体瘫在一楼和二楼之间的第五阶楼梯上，死人一般，一动不动。朱阿姨和陆糖糖的口舌之争无法继续下去，朱阿姨惊惶地说，快，快救人。陆糖糖害怕极了，直叫唤，李鱼，李鱼，快出来，快出来，出事了。李鱼睡衣外面套了件黄色羽绒服，急匆匆走出房门，说，怎么回事？陆糖糖指了指楼梯上的范西蒙，然后躲在了李鱼身后。朱阿姨说，小李先生，你快看看，不行的话，我们送他去医院。

李鱼走过去，蹲下身，食指放在范西蒙鼻孔前，感觉到了他均匀的呼吸，然后拿起他的手，指头按住他的脉搏，他的脉搏虽然有点弱，却也还是正常的。李鱼用大拇指掐住他的人中，使劲地按下去。朱阿姨瑟瑟发抖，陆糖糖拉住她的手臂，说，李鱼参加过救援队，学过急救的，他会有办法的。朱阿姨喃喃地说，那就好，那就好。范西蒙睁开了眼，无力地说，饿，饿——

李鱼背起范西蒙，将他送回了三楼的房间。得知范西蒙三天没有吃东西，是饿晕的，朱阿姨和陆糖糖各自回到房里，给范西蒙弄吃的东西，李鱼在三楼陪着范西蒙。陆糖糖从冰箱里找出两根红肠和一袋面包，匆匆忙忙上了楼。见到食物，范西蒙两眼泛起光亮，粗大的喉结滑动了一下，伸出手抓过一根红肠，塞进嘴巴里。他的嘴巴仿佛就是个无底洞，能够塞进所有的食物。范西蒙吞咽完那两根红肠，继续吞咽那袋面包，很快地，面包也填进了无底洞。这时，朱阿姨端着一个托盘，走进房间，托盘里有热好的一大碗剩饭和一盘红烧肉。朱阿姨说，小范先生，红烧肉是晚上烧的，我才吃了两块，你喜欢的，赶紧吃了吧。让李鱼夫妇目瞪口呆的是，范西蒙竟然将那一大碗饭和红烧肉一扫而光，而且还像是没有吃饱的样子。不过，范西蒙也不好意思再吃了。肚子里有了东西，范西蒙脸上有了生气，他真心实意地说了些感激的话。陆糖糖问，你昏倒前为什么笑得那么可怕。范西蒙挠了挠凌乱的头发，叹了口气说，我都饿得五脊六兽了，你们却吃饱撑了似的吵吵，我就觉得特别好笑。他的话让他们面面相觑,不知该说什么好。

宋小素

宋小素是范西蒙的前妻,小范西蒙三岁,这年三十七岁,是个风姿绰约的少妇,在城隍庙一条小街上开了间专营手串的小店。她和范西蒙离婚,据说是和一个手串爱好者产生了感情。那位手串爱好者隔三岔五到她店里买手串,总是表扬她有眼光,从全国各地进了那么多各色各样的好手串,他买手串,只管自己喜欢,不问价格,几千元的和田玉手串买,几块钱的木头手串也买,总的来说,贵的还是买得少,他说话极有技巧,经常说得宋小素心花怒放。有时,他会坐在店里,一直到晚上十点之后,游客稀少了,就帮她关店门,邀她去吃饭。久而久之,他们就好上了,宋小素和范西蒙没有共同语言,因为范西蒙极其厌恶手串,而那个手串爱好者谈起手串滔滔不绝,还把手串上升到品位和文化的高度,宋小素觉得他是难得的知音。宋小素似乎忘记了当年为什么会和范西蒙结婚,那时,范西蒙还没有在写作上出道,还是西区中学的语文老师,宋小素在港汇广场当售货员。过去怎么样,不值得回忆,反正过不到一起就离了,各走各的路也蛮欢乐的。

这是个冷雨天,天空阴沉沉的,路面湿漉漉的。小街上人来人往,熙熙攘攘,城隍庙的游客多,不说卖手串,每天见各种各样天南地北不同的脸孔,也是一种乐趣。送走两个顾客,宋小素站在店门口呵出了口热气,搓了搓手,就看到了范西蒙,在人流中,他高出一头。宋小素还没等他靠近,就喊叫道,范西蒙,你给我过来;我正要找你呢。范西蒙哆哆嗦嗦地走近,站在她面前,眼神慌乱,压低声音说,小素,我来就是找你的。宋小素笑了,你找我?看看,天上飘着细雨呢,我还以为太阳从西边出来了。这三个月,给你电话也不接,你不是躲着我吗,不是怕我找你要丫丫的抚养费吗,你说,你是不是给抚养费来了。范西蒙说,别那么大声说话,这里那么多人,给点面子。宋小素进了店,范西蒙跟着进去。店里正好没有顾客,范西蒙说,小素,你看现在是午饭时间,能不能找个地方,边吃边聊?宋小素白了他一眼,聊什么聊,和你有什么好聊的。范西蒙说,真有很重要的事情要和你聊,就算我求你。宋小素心想,这家伙虽说懦弱,但轻易不求人,什么事情都宁愿自己忍受,而且当时她提出离婚,他也只是挽留了一下,并没有要死要活地闹腾,也没有死乞白赖地哀求,而是痛快地放她一条生路。她心软了,叹了口气说,好吧,现在顾客也不多,走吧,找个地方吃饭。

  城隍庙这一带,宋小素闭着眼睛也可以到处行走。在一条小巷子的面馆,最里面那张小桌,两人面对面坐下来。宋小素说,这家面馆面不错,味道老好了,最地道的是大排面和虾仁面,你吃什么?范西蒙说,大排面吧。宋小素招呼跑堂的过来,笑着说,小丽,两碗面,大排面和虾仁面各来一碗。小丽说,好咧,小素姐,你的虾仁面按老规矩不放葱花。小丽正要走,范西蒙说,大排面要两碗。小丽看了看宋小素，宋小素说，那就再加碗大排面吧。

范西蒙，你到底找我有什么事？我要是没记错的话，离婚后，你就一直没有见过我。

肚子饿，没有力气说话。

有那么饿吗？你不是神仙吗，写起小说来，可以几天不吃饭，怎么知道饿了呢。哎哟，你看你现在这个样子，瘦得不成样子了，胡子也不刮刮，头发是不是很久没梳了，乱得咧，像大风过后的杂草。本来光鲜体面的一个人，怎么变成邋邋遢遢的了，街上的流浪汉也比你强。

我不要体面，不要。

别咬牙切齿说话，我不欠你的。

我没有咬牙切齿，你还是这个样子，说话夸张。

我有你夸张，真的笑话。

范西蒙受不了前妻的嘲讽，可还得忍耐，他有求于宋小素，得低头，不过，什么时候他也没有在宋小素面前趾高气扬过呀。他低着头，不说话了。宋小素也不说话，在手机上快速地打字，像是在和什么人聊天，偶尔还莞尔一笑，直到面端上桌了，她才放下手机，拿起筷子吃面。范西蒙见到热气腾腾的面条，两眼放光，来了精神。不一会，他就呼哧呼哧地吃完了一碗面，慢条斯理的宋小素才吃几口。第二碗面吃到一半时，范西蒙才吞吞吐吐地说，小素，我想，想和你借点钱。宋小素嘴里的一口面差点吐出来，疑惑地说，你说什么？范西蒙重复了一遍，我想，想和你借点钱。

你找错人了吧,你已经三个月没有付丫丫的抚养费了,你还好意思问我借钱,有病呀你,范西蒙,我告诉你,老娘不会借给你一分钱,吃完面就赶紧滚蛋吧,我不想见到你这个鬼样子。

小素,你听我说,我已经好几个月没有收入了,连吃饭的钱都没有了,马上又要交房租,我真的快活不下去了,否则怎么可能和你开口。不多,你就借五千块钱给我,救个急,等我的版税到账了,马上就给你。

五千块,你知道我要卖多少手串才能赚五千块钱吗?城隍庙周边这些大街小巷,你知道有多少卖手串的,生意难做,我都准备关门了,哪有闲钱借给你,还有丫丫要吃饭,要念书,你又帮不上任何忙,还要向我借钱,我看你真的是病得不轻。

你不是还有个相好的吗,我真的为难,我父亲的情况你也知道,老年性痴呆,要不是我姐姐抚养他,我就更加完蛋了。我也没有什么朋友,所以只好找你来了,小素,帮我一次,好吗?

哈哈,相好的,你说那个手串男呀,那是个骗子,穷光蛋一个,装得很阔气的样子,到处骗财骗色,要不是被我识破,我被他卖了都不知道。别看我是卖手串的,现在我看到戴手串的男人,心里就来气,这点你说得没错,喜欢玩手串的男人真是变态。

也不全是那样的,也有戴手串的好男人,比如你爸,不也喜欢戴手串吗,他人就不错,厚道。我只是自己不喜欢手串而已,不能一杠子把全船的人打落水,这样不好,不客观。

好了好了,别再提玩手串的男人了。我告诉你,真的没有闲钱借给你,你就死了这条心吧。唉,被你说得一点胃口都没有了,不吃了,你快点吃,吃完我还要回去做生意。

范西蒙心里十分悲哀,吃光了碗中的面,目光落在了宋小素面前的碗上,那碗里还剩大半碗的面。他伸出手,取过来,不顾一切地狼吞虎咽。见状,宋小素皱了皱眉头,叹了口气说,不敢想象,你会沦落到如此地步,我一直以为,你离开我后,会过得更好,没想到会是这个样子,真是造化弄人呀。范西蒙没有说话,埋头吃面,眼中有液体滚落到碗里,他连最后一口汤也喝得干干净净。吃完面,还是低着头,用纸巾擦了擦眼睛,才抬起头,强装笑脸,轻声说,没有关系,不借也没有关系,大不了就饿死呗,这顿饭的钱你帮我付了,以后有钱了,我回报你,请你吃大餐,小素,你能请我吃顿面已经很不错了,感激的话不说了,我先走了,对不起。

范西蒙站起身,走出了面馆。

宋小素心里很不是滋味,他该是受了多大的委屈呀,有多长时间没有吃饭了呀,两碗半面条就这样吞下了肚,之前一碗面吃下去,他就喊要撑爆肚子了。她也走出了面馆,看着范西蒙在冷冷的冬雨中行走,落寞的身影消失在人流之中,他身上那件米黄色风衣还是她给他买的。宋小素突然心里柔软起来,想喊住他,他却不见了踪影。她脑海里浮现出当初那个年轻的有点腼腆的青年，和她一起坐在徐家汇公园的夜色里，憧憬未来美好生活的情景，那个年轻男人告诉她，以后他靠稿费就可以养活她，并且让她过上衣食无忧的生活，那时，范西蒙的第一本言情小说刚刚出版不久，书十分畅销，成为业界的一匹黑马。

王小皮

　　王小皮曾经是范西蒙最好的朋友，如果算朋友的话。他是上海民营书业的佼佼者，也是经过多年打拼坚持下来的人。近十年，他对图书出版兴趣不是很大，交给一个叫胡琪的女人打理，图书公司不温不火地活着。王小皮的兴趣转向了影视，组建了一个影视公司，第一年就尝到了甜头，拍了部卖座的电影，于是内心就更加雄壮了，加大了影视投资立项的力度。影视公司赚钱后，他想到过范西蒙，有将他的言情小说改编成影视的想法。他把范西蒙的几本小说推荐给手下的那帮人，因为他们都是高薪从各大影视机构挖来的专业人士。结果，范西蒙的小说被这些专业人士否决了，他们一致认为，故事太老套了，没有新意。

　　王小皮觉得过意不去，请范西蒙吃了一顿饭。那顿饭极尽排场，在上海滩最高档的饭店之一的金色皇宫，金碧辉煌的大包厢里，座上客除了王小皮手下那几个影视圈专业人士，还有几个三流女演员，打扮得花枝招展。范西蒙坐在王小皮的右手边，是这次宴席的主宾。饭前，王小皮没有告诉范西蒙，为什么要请他吃饭，只要王小皮召唤，范西蒙总是屁颠屁颠去赴约。开席了,王小皮也没有提为什么要请他吃饭,而是对大家说范西蒙是他的好兄弟,要陪他吃好喝好。范西蒙内心羞涩,见到那么多香艳美女,脑袋蒙蒙的,无所适从。不仅美女们纷纷敬酒,而且那几个影视圈专业人士也说着奉承之语,走过来和他交杯换盏,装出很哥们的样子。范西蒙受宠若惊,酒量不济,酒席还没有过半,就喝晕了,他趴在桌面上,酒场上的事情与他无关了。第二天早上醒来,身体软绵绵的,像是躺在云上,这才发现昨夜喝断片了。他问宋小素,我怎么回来的。宋小素横眉怒目,骂道,以后再喝成死狗,就不要回来了。范西蒙说,这不是好久没喝了嘛。宋小素没再搭理他,气呼呼去手串店了。后来才知道,是王小皮的司机开着宾利车送他回家的,还吐在了车上,不过,那是王小皮最后一次在豪华的饭店宴请他。

在冷雨中独自行走的范西蒙,觉得自己像一条丧家之犬,离婚时也没有这种感觉,如果不是中午那两碗半面条支撑着虚弱的身体,他怀疑自己会倒毙在路上。路过金色皇宫之际,他脑海里浮现出王小皮那张似笑非笑的脸。几个月前,他给过王小皮一部新的长篇小说,王小皮还算仗义,马上给了胡琪,让她亲手处理他的小说,不要亏待了范西蒙。老板交代的事情,胡琪自然不敢怠慢,用了一个晚上读完了那本名叫《爱在茉莉花开时》的言情小说。第二天,她打电话给王小皮,真实说出了自己对此书的感觉,她觉得小说没有新意,语言也差强人意,如果一个作家,不能给读者提供新的东西，老是炒旧饭，迟早被读者抛弃。王小皮想了想，对胡琪说，范西蒙是老朋友，以前也帮衬过我们，我们从他那里也是赚过钱的，人还得讲点情感，我看还是给他出了吧。胡琪说，亏本怎么办？王小皮说，他还是有点读者的，印量少点，压一压版税，亏也亏不到哪里去，如果真亏了，算我的。既然老板发话，胡琪只能按老板的意思去做。她和范西蒙签了个合同，是范西蒙印书历史上最低的印数，版税还是和以前一样，结账方式有了变化，以前是六个月付清第一次印刷的款项，现在改为十二个月付清。范西蒙永远学不会讨价还价，虽然心里纠结，但还是在合同书上签上了自己的名字。那本书两个月前面世了，没什么宣传，基本上也没有什么反响，像一粒灰尘落在波涛汹涌的海面，无声无息被吞没了。

他先给胡琪打了个电话，低声下气地问她，能不能预支点版税。胡琪的声音十分甜美，说话语气也非常柔和，委婉地拒绝了范西蒙。胡琪还是给他留了点希望，说如果王小皮特批，还是可以特事特办的。范西蒙已经很长时间没有和王小皮联系了，他的相貌都已经模糊，这些年，他们的关系的确生疏了，如果不是有事情，范西蒙根本就不会想起他来，估计王小皮也不会想起他来。想当初，范西蒙的书热销时，王小皮和他十分亲近，经常叫他参加一些饭局，在那些饭局里，也认识了不少人，不过那些人后来也没有什么联系。范西蒙现在走投无路，还是决定给他打个电话。打了几次，王小皮就是不接电话。范西蒙内心凄凉，产生了去他公司找他的念头。可是，该如何面对王小皮，怎么对他开口，坐在地铁上，范西蒙头脑纷乱，身上一阵阵发冷，时不时打个寒战。旁边一个小姑娘，偶尔瞥他一眼，眼神怪异。范西蒙低着头，双手紧紧抱在胸前，似乎想抱住什么可以依赖的东西，可是什么也抱不住。

范西蒙扑了个空，王小皮不在公司，问前台小姐，她微笑着说，王总去哪里不要向我汇报呀。范西蒙无奈，只好离开。一不做二不休，干脆到王小皮家里去找他，从前，范西蒙去过他家，那是浦东有名的一个别墅区，叫什么阳光名邸。到阳光名邸，地铁十一号线三林站下来走十分钟就可以到达。下了地铁，往阳光名邸缓缓而行，范西蒙心里忐忑不安，十分矛盾。他还担心，时间过去那么多年，王小皮不知道搬家没有。最终还是鼓起了勇气，来到了阳光名邸大门口。高档别墅区，连保安的派头也不一样，灰色呢子制服很是神气，还戴着红色贝雷帽，像是海豹突击队队员。保安指示他到门卫室登记。门卫室的保安问他，你要到哪栋楼，找谁？范西蒙说，75栋，王小皮。保安笑了，就是拍电影的王老板呀，他的车刚刚开进去。登记完，范西蒙进了阳光名邸，看着那一幢幢豪华的欧式别墅，心里突发奇想，假如自己在这里有栋别墅，那会怎么样？

范西蒙按了按门铃，走出来一个标致整洁的中年妇女。她打量了一下范西蒙，淡淡地说，你找谁？范西蒙说，王小皮老板在家吗？中年妇女说，你等等。她转身进屋去了，范西蒙站在冷风细雨中，瑟瑟发抖，头发湿漉漉的。过了一会，他听到了王小皮的声音，范兄弟呀，怎么来也不先说一声，稀客，稀客。声音消落后，才见他走出门，把范西蒙拉进了屋。范西蒙有些感动，眼睛热乎乎的，小皮兄还记得我，真不容易呀。王小皮大腹便便，满脸肥肉颤悠悠地说，岂敢忘却，多年的好兄弟，哪怕多年未见，也还是好兄弟，走，进屋进屋，好好聊聊，晚上在家吃饭，我让孙阿姨烧几个菜，她做的菜不亚于五星酒店的。进屋后，王小皮对刚才那个中年妇女说，孙阿姨，晚上弄几个好菜，我和范兄弟好好喝几杯。孙阿姨满脸堆笑，好，好。

会客室里，燃着藏香，王小皮说，给你喝马肉吧，福建好朋友送的，是真货。茶泡出来，茶水泛出亮泽，王小皮让他闻香，沁人心脾的茶香，的确令人销魂，可范西蒙还是忐忑不安，无心品茶。茶过一泡，王小皮才脸色深沉地说，兄弟，你怎么搞的，脸色枯槁，神情涣散，你以前可是个体面人哪。范西蒙黯然神伤，不知说什么好。

兄弟，有什么难处，你就说吧，只要能帮上的，我一定会帮你的，我知道，你是个要脸面的人，否则也不会找家里来。你打的几个电话，我看到了的，因为那时在谈件重要的事情，就没接，本想空闲下来打给你的，没想到你来了，那就当面说，这样比较好。

我想，我想——

痛快点，有什么话直说，我不是外人，不必拘束。

那，那我说了。

说吧，兄弟。

小皮兄，你知道的，离婚后，我一直没有收入，坐吃山空，现在连房租都交不上了。我想，我想预支些稿费，把房租交了。你看——

就这点小事？

嗯，嗯，就这事。

你直接和胡琪说呀，我交代过她的，对你要特别对待，因为你是我兄弟，不是普通的作者。

我，我和她说过，她说，预支稿费不合公司的规矩，除非你同意。

这个胡琪，怎么搞的，连我交代的事情都要打折扣，真不像话。不过，兄弟你要理解，图书那块我基本上不管了，要不是你，我是不会插手的，这样吧，我给她打个电话，让她把这事给你办了。

王小皮说完，马上拿起手机，接通了胡琪的电话。王小皮用商量的口吻说，胡总，有个事情你看能不能通融一下，就是范西蒙范老师的版税的事情，我不知道你们合同是怎么签的，这样吧，你看可以的话，给他结了吧。范西蒙听不见胡琪说了些什么，只见王小皮一个劲地说好。挂了电话，王小皮笑着说，兄弟，现在出版越来越难做了，胡琪那里也有难处，你得理解她，不过呢，再难也不能难为你呀，她说了，明天就吩咐财务，把你那本书的版税结了，你就放心吧。范西蒙感动得涕泗横流。王小皮叹了口气说，不瞒你说，最近我也在闹离婚，公司拍的一部电影赔得一塌糊涂，那可是大投资呀，这些年赚的钱基本上赔进去了，要翻身都难，实在不行，这房子也得卖掉了。范西蒙说，理解，理解，都难。王小皮说，我再难，也比你好，瘦死的骆驼比马大嘛，这样吧，我也不可能眼睁睁地看你贫困潦倒，吃完晚饭，我给你两万块钱，先花着，以后有困难了再说。范西蒙说，不用，不用，你都这么难了，我哪好意思要你的钱。王小皮拉下脸，一本正经地说，你不能不要，不能不给我面子，明白吗，我们是兄弟。话已至此，范西蒙也不好推辞了。

晚餐丰盛，孙阿姨烧的菜的确有水平，起码比房东朱阿姨烧的菜强多了。面对一大桌子美味佳肴，范西蒙眼睛放光，也顾不了什么体面，放开肚皮，大快朵颐，这顿饭填满肚子，最少也可以饿上三天了。王小皮拿出了一瓶茅台，说是二十年的，范西蒙平常自己不喝酒，也不晓得是真是假，喝不出子丑寅卯，只知道白酒冲，下肚像吞下一团火。王小皮边喝酒边回忆过去图书畅销的日子，他还提到了一点，当初是他劝范西蒙辞去学校的工作，专事写作的。听他这么一说，范西蒙后悔不已，如果不辞职，现在也不至于落魄至此。范西蒙不敢喝多，王小皮也没劝他，自己一杯接一杯地喝，滔滔不绝地说着话。吃完饭，范西蒙一直等着他给那两万块钱，王小皮脸红耳赤，说话也结巴了。孙阿姨走上前，关切地对王小皮说，王总，你醉了，我做了醒酒汤，喝完就去休息吧。她又对范西蒙说，范老师，你看王总都醉了。范西蒙明白她是下逐客令了，知趣地告辞。王小皮结结巴巴地说，兄弟，别走，我还有马肉呢，是真货，福建的好兄弟送的，我泡给你喝。范西蒙说，我回去还有事情，已经够打扰你的了，我就先走了，后会有期。孙阿姨说，王总，范老师有事情，就让他走吧。王小皮挥了挥手，走吧，走吧，知道你的事情比兄弟重要，我就不，不留你了。

孙阿姨送范西蒙出门，天上还飘着细雨，寒风凛冽。范西蒙故意放慢脚步走出小区，希望王小皮记起答应他的两万块钱，会让孙阿姨追出来给他。结果，他走出阳光名邸大门了，也没有一个鬼影追出来。无论如何，他此行的目的达到了，也不再有什么非分之想了。有种担忧却袭上心头，胡琪会不会不给王小皮面子，要等到付款期再给他钱呢？钱没有到账，一切都是未知数。那个晚上，范西蒙一夜未眠，辗转反侧，思虑过多，奇怪的是，二楼的李鱼夫妇，一夜都安安静静，没有任何响动。

范丫丫

朱阿姨炖了碗冰糖银耳莲子羹，纠结着要不要吃，天冷，哪怕屋里开了空调，冰糖银耳莲子羹也很快会凉透，如果在夏天，她会放进冰箱里，冰镇后口感极好，也特别消暑，眼下是寒冬，显然趁热吃是明智之举。朱阿姨从小就爱吃甜食，这种爱好是她奶奶培养出来的，奶奶最喜欢冰糖银耳莲子羹。这天上午，朱阿姨实在忍不住了，就炖了这碗冰糖银耳莲子羹。早上，朱阿姨用血糖仪测过血糖，还可以，不算太高。朱阿姨安慰自己，偶尔吃一次甜食，应该问题不大的。朱阿姨还是担心血糖飙升，会对自己的心脑血管造成不良影响。正犹豫着，她听到了敲门声。

开了门，范西蒙带进来一股寒气。范西蒙顺手关上了门。朱阿姨说，小范先生，这晨光有闲呀，好久没来我这里了。范西蒙说，正要出去，来和你说一声，下面三个月的房租已经微信转给你了，你收一下吧。朱阿姨赶紧拿起手机，打开微信，看了看，满脸堆笑，有了有了，收下了，谢谢你呀，小范先生。范西蒙瞥了一眼桌上的冰糖银耳莲子羹，笑了笑说，朱阿姨，血糖不高了？朱阿姨说，还好，还好。范西蒙说，其实也无所谓，有得吃就不错了，人要是命运不济了，什么血糖高低的，活着都成问题。朱阿姨觉得他的话十分有道理，决定他走后，马上就吃掉这碗冰糖银耳莲子羹。朱阿姨说，你这是要去哪里，穿得这么齐整，头发也梳得油光发亮。范西蒙笑笑，去看我女儿。朱阿姨说，噢，噢，那赶快去吧。

晴天，气温却很低，寒风嗖嗖，阳光也像是被冰冻了，毫无暖意。范西蒙梳好的头发被风吹乱了，他提着黑色的皮包，佝偻着身体，朝地铁站走去。早晨刚刚睁开眼，他就上网查看了银行账户，惊喜地发现《爱在茉莉花开时》的版税到账了，扣掉税，还剩一万五千多元钱。交掉八千多房租，还有七千多，他想先给一个月的女儿的抚养费，给完就所剩无几了，接下来的生活怎么办？宋小素知道他落魄，应该不会追他要抚养费，于是，他打消了这个念头，心里压着的那块石头又沉重多了。这天是女儿生日，又恰好是星期六，他要去和女儿一起吃午餐。下了地铁，他找到一个取款机，取出了一千元现金，离开取款机，走出几步，又折回去再取了一千元钱。

午餐地点是女儿范丫丫定的，静安寺旁边北京路上的一家烧肉店。范西蒙和女儿见面，总是会先到，他找了个靠窗的位置坐下，等待女儿到来。他将两千元现金装进预备好的红包，然后塞在皮包里。他知道女儿喜欢吃肉，点了几盘肥牛和牛舌，还有土豆片、香菇什么的，她一来就可以烤着吃了。女儿今年十三岁，初中二年级学生，一米七零的个头，这点遗传了范西蒙的基因。自从上了初中，范丫丫就开始发胖，宋小素十分担心，她自己却不以为然。范丫丫发来微信说，老爸，我下地铁了，正走过来，等急了吧。范西蒙想起什么，赶紧跑到洗手间，照了照镜子，理了理头发，千万不能在女儿面前表现出邋里邋遢的样子。

范丫丫见到范西蒙，瞪了他一眼，为什么只有生日才想起我。

范西蒙说，你爸忙。

忙是你们大人最好的托词，妈妈也说忙，你也说忙，好像除了"忙"字，你们找不到更好的词语。范丫丫坐在范西蒙对面，放好蓝色的小背包，看了看桌上大盘小盘的食物，继续说，还好，这些都是爷爱吃的东西。

范西蒙说，一个小姑娘，不要总自称爷，多难听。

哈哈，我乐意。范丫丫说，炭火好旺，真舒服，这些天太冷了，脑子都冻僵了，快烤肉吧，我饿了。

范西蒙开始烤肉，边烤肉，边和女儿说话。

丫丫，最近学习成绩怎么样？

爸，你不要没话找话好不好，而且你也从来没有管过我的学习呀，以前，你和我们一起的时候，也成天就知道写你的小说，什么时候关心过我学习的事情。不过，你们不关心最好了，我没有压力，反而学得轻松。

那是因为你学习自觉，而且成绩不错，我自然就没有必要关心了。来，吃吧，熟了。

真香呀，这家烤肉店的蘸酱真心不错，要不是我闺蜜黄灿烂带我来吃，我还发现不了这个地方。爸，你尝尝呀，别老顾着我，你也吃呀。

你多吃点，我经常有饭局的，好吃东西都吃腻了，现在就喜欢清茶淡饭。

别吹了，我还不知道你，嘿嘿。老爸，你的脸色不好，灰灰的，是不是没睡好觉，看你的眼睛，布满了血丝，吸血鬼是不是像你这样，还真有点像，瘦瘦的，长脸，脸是灰白的，眼睛红红的，头发再留长些，买顶黑色的礼帽，穿一身黑色的燕尾服，夜晚走在街上，估计会吓跑很多人。

你还是改不了调侃你爸的习惯。

不调侃你，那我调侃谁呀，我要是调侃妈妈，她那臭脾气，还不把我撕了，我也不敢调侃老师呀，他们掌握着我的生杀大权。还有，我那些闺蜜，每个人身怀绝技，都是惹不起的主。爷只好拣软柿子捏了，老爸你就忍着点，让我满足一下。

范西蒙见女儿活泼可爱的样子,眼睛有些潮湿,给她夹肉时,手微微颤抖。夹完肉,范西蒙用纸巾擦了擦眼睛。范丫丫说,怎么哭了。范西蒙说,烟熏的。范丫丫说,烟没那么厉害嘛。范西蒙说,风往我这边吹。范丫丫说,要不要我们换个位置,我不怕烟熏。范西蒙笑笑,算了吧,不想动。范丫丫说,那好吧。

丫丫,你还记得和你妈经常在一起的那个喜欢手串的男人吗?

记得呀,不就是个骗子吗,我第一次见他,就知道这个人不可靠,那双眼睛贼溜溜的,而且特别小气,妈妈早就不和他在一起了。你问他干什么,是不是吃他的醋,如果是,那趁早别吃了。你要是想和妈妈重新和好的话,我可以在妈妈面前帮你说话。

别说,别说,我可没有这个意思。

别嘴硬了,我看得出来,你心里还有妈妈。

丫丫,大人的事情,你就别管了。

我也十三岁了,不小了。

丫丫,爸爸又出新书了。

知道,叫什么《爱在茉莉花开时》,对吧。

你怎么知道。

妈妈说的,她还下单买了一本。

她为什么买我的书?

你自己问她去呀。我好像听她和外婆说过,很怕你把她写到书里去。她看了那本书,觉得没意思,还说,这样的烂书也能出版，出版社不亏死才怪。我还帮你说话，说你有本事也写一本呀。她说我是养不熟的狗，老是向着你说话。

唉，你妈说得没错，真的写得烂。

老爸，你可不能气馁，要有信心哟。

丫丫，谢谢你的鼓励，如果说爸爸活着只为一个人，也就是你。

切，别这样说，我不要你为我活，很多大人都说，我是为你好呀什么的，挺虚伪的，还是为了你自己好好活着吧。

刹那间，范西蒙觉得女儿真的长大了，而自己越活越回去，心里一阵酸楚，极不是滋味，和女儿在一起，受教育的总是他自己。想起自己目前的处境，范西蒙产生了逃离的念头，尽管希望和女儿多待一会，多看一眼她的笑脸。以前他很担心女儿会因为他和宋小素的离婚，学习和生活受到影响，现在看来没有什么大问题，心里也有了些安慰。女儿吃饱后，范西蒙从黑色皮包里拿出那个红包，笑着说，丫丫，你过生日，爸爸也没有买什么礼物，给你点钱，你自己想买什么就买什么吧。范丫丫接过红包，放进小背包里，笑眯眯地说，老爸，你微信发给我不就得了，现在谁用现金呀。范西蒙说，下次微信给。

范西蒙送范丫丫回家，到小区门口，目送着女儿进去后，他才落寞地离开。这时，他感觉到肚子咕咕直响，饿得不行了。和女儿在一起，他根本就没吃什么东西，一是他看着女儿吃东西，心里欢喜，二是囊中羞涩，怕花太多的钱。在附近找了家从前经常光顾的面馆，叫了两碗青菜素面，狼吞虎咽地吃起来。偶尔一抬头，发现范丫丫站在面前，手里拿着那个红包，眼泪汪汪的样子。范丫丫说，爸爸，你的情况我知道，妈妈说过你去管她借钱，你没必要给我钱的，你自己管好自己，我就放心了。说完，她把红包放在桌子上，转身出了面馆，跑着走了。范西蒙顿时浑身冰冻住了一般，僵在那里。

周小周

一个人的死亡是从什么地方开始的？范西蒙思考过这个问题。人类一思考，上帝就发笑，这话似乎也有道理，但是也太轻慢，人怎么能不思考呢，否则人人都是上帝。范西蒙得出了一个答案，人的死亡是从被他人遗忘开始的，从某种意义上而言，以前和他有过交集的人都渐渐地远离了他，远离和遗忘也差不了多少，范西蒙已经退出了那个舞台，不再受书商和读者的青睐。

本市著名文学月刊《春申文学》的编辑周小周曾经对他说过一句话，一个畅销书作家，只要两年没有新作品面世，基本上就被读者遗忘了。这话不假，范西蒙在离婚前的那两年，基本上没有什么作品，浑浑噩噩，不知道干了些什么，虚度了时光。本来就走下坡路的范西蒙一蹶不振，难以翻身了。离婚后，绞尽脑汁写出的《爱在茉莉花开时》，连他自己都觉得烂，要不是走投无路，他是不会把书稿交出去的。

天上飘起了雪花，朱阿姨走到院子里，伸出双手，笑眯眯地说,下雪了。不一会,她拿起手机,把落雪的情景拍摄下来。范西蒙把头伸出了窗户,扬起脸,雪花落在脸上,细细的痒。朱阿姨看到他,觉得他的脖子很长,像长颈鹿。朱阿姨笑出了声。范西蒙听到她的笑声,问,朱阿姨,你笑什么,是笑我吗。朱阿姨说,是呀,你像长颈鹿。范西蒙说,朱阿姨真会开玩笑。朱阿姨说,来,下来。范西蒙说,有事吗,朱阿姨。朱阿姨说,有事,快下来吧。

范西蒙拖拖沓沓地走下楼。朱阿姨说,快来,帮我拍段视频,我要发给儿子和女儿看。她把手机递给范西蒙,拍好看点呀。范西蒙拍了一会,然后给她看。朱阿姨看了看,皱着眉头说,不好看,不好看,衣服太难看了,你等一等呀,我换身衣服再来拍。范西蒙站在院子里,大口地呼吸,雪天的空气清冽,使人清醒。不一会,朱阿姨穿了件鲜艳的大衣走出来,头上还戴着红色的帽子。朱阿姨时装模特般转了一圈,笑问,怎么样。范西蒙说,好看。朱阿姨说,老了,年轻时那才是真美,我先生就是因为我身材好看上我的。拍了几段视频,朱阿姨还是不满意,要满意了才作罢。范西蒙心里有点烦闷,觉得自己不应该把头伸出窗户的,那样朱阿姨就不会喊他下楼。

就在这时,有人在敲院子的铁门。

朱阿姨问,谁呀。

门外的人说,请问,范西蒙范作家住在这里吗?

朱阿姨说,在,在呢。朱阿姨走过去,开了门。马路上车水马龙,人来人往,仿佛是另外一个世界。门外站着一个穿灰色羽绒服,围着橘色围脖,头上戴着黑色鸭舌帽的中年男子。门关上了,隔开外面的世界。范西蒙眼睛一亮,欣喜地说,周编辑,你怎么来了。周小周笑了笑,刚好在附近办点事,路过这里,想到你,就进来看看。范西蒙把周小周介绍给朱阿姨。朱阿姨说,杂志编辑呀,有艺术家的派头。于是,朱阿姨让周小周给她拍视频,只拍了一遍,朱阿姨就笑逐颜开,夸赞周小周有艺术感觉,拍得好,上电视都没有问题。为了报答他们,朱阿姨做了两杯咖啡,端上了三楼,然后很有礼貌地告辞。

周小周说,房东阿姨有意思。范西蒙说,人蛮好的,爱清洁和安静。周小周说,能够碰到个好房东,真不容易。范西蒙点了点头,的确。周小周看了看他的居所,笑了笑,家徒四壁呀。范西蒙说,凑合着过吧。周小周喝了口咖啡,品了品,不错呀,好久没喝到这么好的咖啡了。范西蒙笑了笑,是她女儿从国外寄回来的咖啡豆。周小周说,这次来,主要是想和你聊聊那个中篇小说,小说我看了,也给编辑部的两个年轻编辑看了,他们的感觉和我一样,写得太类型化,深度不够,没有写出离婚男女灵魂的挣扎和面对世俗生活的无奈。范西蒙诚惶诚恐地说,你说得对,我自己也觉得写得浅了。周小周说,我记得和你说过,要从言情小说的套路中跳出来,看得出来,这种套路像枷锁一样锁住了你的创作,你必须打破这种枷锁,才能走出新路,否则只能在一条死胡同里打转,对不起,我可能说得有些过分。范西蒙说,不,不过分,你说什么都不过分。周小周说，离婚题材本来就多，没有新意的话，就滥了，而新意并不是故事如何出彩，重要的是能够给出独有的人生体验以及思考，我写了几条修改意见，已经发你邮箱，你看看吧，不一定对，仅供参考。

周小周待了半个小时，说要赶回杂志社开个会，就走了。范西蒙将他送出了小院的铁门，注视着他消失在风雪中。他心里悲凉而又感动，悲凉的是好不容易写出的中篇小说如此不堪，感动的是周小周为了这点事情还特地在这个雪天上门，他是多年来唯一上门找他的编辑。回到房里，范西蒙打开电脑，重新看了一遍那部中篇小说，觉得该写的都写了，而且已经很努力地摆脱言情小说的痕迹了，是不是周小周要求太高了，不管怎么样，他还是得按周小周的意见改稿，这或许是他最后的希望。面对电脑上的文字，他的眼睛开始模糊，大脑里有一只巨大的虫子，吞食着他的脑髓，疼痛不已。他无法思考问题，焦躁地关闭了电脑，大口地喘着粗气。

饥肠辘辘，此时的他可以吞下一头牛，可是他连下楼的勇气都没有，躺在床上，盖上被子还瑟瑟发抖。

他想起了第一次见到周小周时的情景。那是本市的一次作家交流会，本来他不想参加的，是王小皮给他争取的名额，说是这次交流会规格比较高，不少新闻记者会参加，多曝光对他有益无害。范西蒙生性羞涩，硬着头皮参加了那次交流会。来的基本上是成名的主流作家，他们夸夸其谈，每个人都能够说出听上去精辟的文学见解，掌声一次次响起。他坐在那里,如坐针毡,大汗淋漓。轮到他说话,脑袋蒙蒙的,几分钟的发言,不知道说的是什么,与会者表情各异,他讲完就冷场了,没有掌声,有人低着头,有人用冷漠的目光审视他,有人嘴角挂着莫测的冷笑。会后,他落寞地走出会场,没想到周小周会追上来,和他加微信。周小周说读过他的小说,在通俗小说中,还算不错的。他的话语,缓解了范西蒙内心的失落和窘迫。周小周后来还兼职一家文学网站的编辑,范西蒙走下坡路之际,约他给网站写网络文学。他写了一个月,那部网络言情小说最终还是停更了。不是因为每天更新的辛苦,而是反响不佳,点击量太少,没有人气只有死路一条,现实就是如此残酷。还有一些恶评,直言不讳说他的小说写得烂,那些恶评,像一把把锋利的刀子,割得他体无完肤。范西蒙放弃了网络小说写作,周小周只能表示遗憾。周小周也让他写些严肃文学,先从中短篇小说开始,或许可以蹚开一条新路,融入主流文学之中,那也是一条出路。写了很多开头,都无法继续下去,范西蒙觉得自己不是那块料,同样放弃了。写完《爱在茉莉花开时》之后,范西蒙发现言情小说这条道路真的走不下去了,于是根据自己离婚的亲身经历写了部中篇小说,给了久未联系的周小周。

范美娟

范西蒙在一条伸手不见五指的黑暗隧道里爬行,起初寂静无声,黑暗充满了阻力,每往前爬一步,都是那么艰难,那么费劲。往前看,是浓稠得化不开的黑暗,往后看,还是浓稠得化不开的黑暗,往前爬,也许能够找到光明的出口,不能放弃,如果放弃,就会死在这冰冷的黑暗之中,肉体渐渐地腐烂,灵魂也得不到救赎。每爬一步,他都觉得耗尽了所有的力量。突然,他听见了某种啮齿动物窸窸窣窣的声音,接着,他听见了吱吱的叫声,叫声连成一片,充满了整个黑暗隧道。老鼠们爬过来,淹没了他的身体,范西蒙感觉到了疼痛,那是老鼠们用尖利的牙齿撕咬着他的肉体,老鼠们似乎比他更加饥饿。范西蒙疯狂地挣扎,喊叫,仿佛末日来临……噩梦中醒来,汗水湿透了睡衣,黏糊糊、冷浸浸的。要不是手机铃声一遍遍地响起,范西蒙想,或许自己会死在噩梦里。

电话是姐姐范美娟打来的,她在电话那头气急败坏地说,范西蒙,你怎么不接电话?爸爸要死了,你管不管。范西蒙顿时清醒过来,焦虑地说,他出什么问题了?范美娟说,脑梗,赶紧过来,在六院。现在是凌晨三点,窗外凛风呼啸,他急急忙忙穿好衣服,下楼出门。站在冷寂的街旁,范西蒙饥寒交迫,好不容易拦了辆出租车,坐上车,对司机说,去第六人民医院。司机是个话痨,一路上不停地说着话,范西蒙满脑子都是父亲惨白的脸,根本就听不清他在说什么。

范美娟在医院急诊的急救室门口的长椅上坐着,满脸通红,不时用纸巾擦眼睛。姐夫张卫坐在她旁边,一声不吭,面无表情,他一直这样,碰到任何事都表现得十分冷静,哪怕是天塌下来。范西蒙凄惶地站在姐姐面前,嗫嚅地说,姐,爸爸他怎么样了。范美娟白了他一眼,愤愤地说,你没长眼睛吗,在抢救呢。范西蒙像个犯错的孩子,低着头,两手紧紧地抓着裤袋。范美娟咬牙切齿地说,你还是爸的儿子吗,你有多长时间没有来看他了,你还记得他的模样吗?范西蒙无言以对。

张卫说,美娟,别说西蒙了,他不是赶过来了吗。

范美娟没好气地说,不关你事,别插嘴。

张卫不吭气了,从兜里掏出手机,看着什么。

范美娟数落了范西蒙大约十几分钟,然后怔怔地看着这世间自己唯一的弟弟,长长地叹了口气,轻声说,坐下来等吧。范西蒙坐在姐姐身边,双手抱着头,两个手肘支在大腿上。范美娟低声说,别怪姐说你,姐心里难受。范西蒙心里压着沉重的石头,还是一声不吭。范美娟说,你看你,总是一副失魂落魄的模样,你知道我有多么担心你吗,本来成家了,我想不用我操心了,结果,你又离婚了,你说你离婚后干了些什么,我都不知道,打你电话也不接,就是接了也没一句实话和我说,我是你姐呀,不是你的敌人。范美娟说着,又用纸巾擦眼睛。

她说了什么,范西蒙一句也没有听进去,只觉得耳边像有只苍蝇,嗡嗡作响,他心里想着躺在急救室里的那个老男人。姐姐不是他的敌人,他才是范西蒙的敌人。他从小就对父亲有种莫名的恐惧感,做任何事情都小心翼翼,不敢出错,只要有点差池,父亲就会暴跳如雷,大吼大叫，虽然父亲极少动手打他，可是他的吼叫总是令范西蒙心惊肉跳。被父亲吼完后，他总是躲在家里的某个角落里瑟瑟发抖，姐姐找到他，他就趴在姐姐的肩膀上哭。那时候，他和姐姐都希望父亲出差，那样家里就会变得一片祥和，母亲的脸上也有了笑容，父亲就是这个家庭里的暴君。高中毕业后，他就远离了父亲，偶尔回家看看妈妈和姐姐，不和父亲说一句话。他一直固执地认为，自己的懦弱和父亲的吼叫有关，那是成长过程中不可磨灭的创伤。

范西蒙十分清楚，如果没有姐姐，他的生活会更糟。很多时候，姐姐充当了母亲的角色，对他关照有加。童年的呵护自不必说，就是他上大学，还是姐姐出的钱，母亲过世后，她承担起抚养父亲的责任，特别是父亲老年性痴呆之后，可以说费劲了心血。结婚之后，范西蒙对姐姐有了变化，很怕见到她，有种说不出口的愧疚感，或许还有什么难以言说的东西，在姐姐面前，他抬不起头来。有时，他会从上大学的外甥张亮那里获知一些关于姐姐的情况。

姐夫张卫是个极有涵养的人，对范美娟言听计从，在认识的人眼中，是不折不扣的模范丈夫。但是，在范美娟父亲的问题上，夫妻俩有过交锋，那种和声细语的交锋在张亮眼里，也是扣人心弦的事情。张亮在向舅舅叙述时，显得异常紧张。有一次，老年性痴呆的父亲走失了，花了老大的功夫找回来后，张卫和范美娟有了一次谈话。

美娟，我有个想法，不知该不该说。

我缝住你的嘴巴了吗，有什么不能说的，我什么时候委屈过你。

我怕说了你生气,可是不说出来,憋在肚子里难受。

我脾气是有些急躁,可是也不至于什么事情都生气吧。

你答应我不急眼,我就说。

好,我答应你。

我看还是把爸送去养老院吧,我一个朋友的父亲也是老年性痴呆,在养老院里被照顾得很不错,这次走失,我的确害怕,在养老院里,有专人照顾,应该不会发生这样的问题。

你听说过养老院虐待老人的事情吗,不光打骂老人,还有给老人吃屎的。

这——

你别不相信,你上网搜搜,什么样的事情都有。

那毕竟是少数,找家信誉好的养老院不就行了。

你就如此讨厌我爸?迫不及待要将他送去养老院?我不知道你是怎么想的。我告诉你,这事情没商量,如果你实在无法忍耐,那么我们离婚好了,我自己一个人同样可以照顾他。

我不是这个意思,你答应我不生气的,放松情绪,好,这事我不再提了。

我知道我爸也拖累了你,这是没有办法的事情,谁让你是我丈夫。我弟弟那个人你也清楚,他连自己都照顾不好,不能指望他,你就多担待吧,老人家活一天少一天了,我们每个人都有老的那一天。

……

范美娟的头靠在范西蒙的肩膀上,范西蒙感觉到她的身体在微微抽搐,并且听清了她的这一句话,西蒙,我好怕。范西蒙明白她话中的含义,知道她怕的是什么。范西蒙握住她的手,姐姐的手冰凉得像一块冰,他被这块冰灼伤了,打了个寒战。这个寒冷的冬夜,死亡的气息笼罩在场的每个人心头。急救室的门开了,几个医生走出来。范美娟猛地站起来,朝医生扑过去,抓住领头的那个医生,说,怎么样,怎么样。那医生疲惫而又沉痛地说,实在抱歉,我们尽力了,还是没有抢救过来,节哀顺变。范美娟抓住医生的手松下来,愣愣地站在那里,睁大了眼睛。医生们一个一个从她身边走过。过了好大一会,范美娟才哭出声来,扑进了急救室,张卫走过去,搀扶着她,泪水奔涌而出。范西蒙也走进了急救室,呆呆地望着那个老人的身体,姐姐的哀哭声仿佛从很远的地方传来,他没有落泪,而是想逃,就像童年时被父亲怒吼之后,想找个角落躲起来。

从父亲去世到送进火葬场,范西蒙一直没流泪。葬礼结束后,亲戚朋友们在一起吃豆腐饭,范美娟眼睛红肿,什么也吃不下。范西蒙像个饿死鬼一样,埋头苦吃,一桌人都看着他吃,肚子实在塞不下东西后,他才站起来,没和任何人打招呼,就离开了饭店。这是有阳光的冬日午后,他抬头直视白晃晃的没有温度的太阳,眼睛一阵昏花,泪水扑簌簌地滚落下来。范美娟追出来,他回过头,说了声,姐姐,对不起,然后迈开大步走了,寒风将他的头发吹乱。

李鱼和陆糖糖

父亲故去后,范西蒙躲在房里,好几天没有出门,窗帘一直拉起,像怕见光的耗子,将外面的光亮隔绝。转眼到了冬至。冬至是太阳直射点南行的极致,这天太阳光直射南回归线,太阳光对北半球最为倾斜,太阳高度角最小,是北半球各地白昼最短、黑夜最漫长的一天。上午十点左右,朱阿姨来到三楼,敲了敲门,范西蒙有气无力地说,谁呀。朱阿姨说,是我呀。范西蒙说,朱阿姨,三个月没那么快到吧,到时不会少你房租的。朱阿姨说,小范先生,你想哪里去了,我不是来要房租的,今天冬至,我想让你晚上到我家吃饭。要不是朱阿姨提醒,范西蒙根本就记不得这个日子,冬至不冬至的,好像和他的生活没有什么关联。他说,朱阿姨,谢谢你呀,多做些红烧肉。朱阿姨兴奋地说,好咧,好咧,我心里有数了。

范西蒙走出房间门,脑袋一阵昏眩,差点摔倒,让上楼来喊他吃晚饭的朱阿姨吓了一跳,小心呀。范西蒙扶住墙壁,缓过劲来后,跟着朱阿姨下楼。朱阿姨做了一桌子菜,有他喜欢的红烧肉和葱烧鳊鱼,特别是红烧肉,满满的一大碗。范西蒙头发凌乱,眼珠子深陷在眼眶里,脸色苍白,胡子拉碴,形销骨立,一副失魂落魄的模样。朱阿姨仔细端详他,吃惊地说,哎哟哟,怎么变成这个样子。范西蒙实话实说,饿的。朱阿姨说,怪不得你刚才出门时要摔倒,是饿成低血糖了,长期这样下去,很危险的。范西蒙目光落在红烧肉上,眼睛里焕发出光芒。朱阿姨说,快吃吧,吃完就不晕了。范西蒙也不管那么多了,大块的肉塞进嘴巴里,没嚼几下就往肚子里咽。朱阿姨说,慢点吃,别噎着了。她的眼神里充满了慈爱。那一大碗红烧肉很快就被范西蒙塞进了胃里,朱阿姨递过纸巾,擦擦嘴,嘴角上都是油。这时,范西蒙突然想到了一个问题,便说,朱阿姨,为什么要请我吃饭。

以前孩子们没有出国,每个节日都要回家陪我这个老太婆吃饭的,他们不在,我一个人过冬至也没有什么意思,就想到你了,你和我儿子年龄差不多,看着你吃东西,就像看我自己的孩子吃饭一样。

可我不是你的儿子。

反正是我小辈。

是不是人老了,就特别想念自己的孩子?

应该是吧,但孩子们有他们自己的生活,应该让他们自由。

我想,我爸要不是老年性痴呆,也不会想我的。

哪能。

好了,不说他了,反正他不在了。

孩子,别哭,人总是要死的。

我没有哭。

来,喝点酒。

嗯。

吃鱼,你爱吃的。

真的好吃。

我想呀，你还是继续和我搭伙吧，你这样下去，会饿死的，你太不珍惜自己的身体了，身体垮了，就什么都没有了。

我现在总是觉得饥肠辘辘，而且吃得特别多，无论吃再多，吃完过一会又饿了，我不敢和你搭伙，我太能吃了，我最近又没有收入，交不起伙食费。我不知道身体的哪个地方出问题了，以前三天不吃饭也不觉得饿，饭量也不大，变成这个样子，连我自己都害怕。

我认识一些医生，帮你咨询咨询，真要是有问题，还是要去看医生，好好治疗的。

吃饱喝足，陪朱阿姨聊了会天，范西蒙告辞上楼。出门碰见李鱼和陆糖糖，他们刚刚回来，红光满面的，像是喝了酒。他们很客气地和范西蒙打招呼，范西蒙也向他们问好。回到房间，浑身懒洋洋的，昏昏欲睡，范西蒙索性就躺到床上。他想起朱阿姨的话，说这几天，李鱼夫妇又开始在晚上吵闹了。范西蒙没有听见，也许是自己睡得太沉，或许是注意力都集中在饥饿上了，根本就不关心楼下发生了什么。

这最漫长的夜里，到底还是发生了事情。范西蒙满脑子都是红烧肉，被饥饿折磨得翻来覆去，无法入眠。凌晨两点左右，楼下传来了激烈的打闹声，还有稀里哗啦砸东西的声音。朱阿姨发微信问他，小范先生，你睡了吗？范西蒙回复她说，没睡。朱阿姨就说，要死啦，他们总是这么闹，如何是好！你下去说说他们吧，我不好意思再去说他们了，特别是那女的，阴阳怪气的，我见不得她那个样子。范西蒙不知怎么回答她，说实话，他胆子真的很小，不敢去蹚浑水。朱阿姨见他不回消息，也没有再发信息过来了。范西蒙关掉了手机，用被子蒙住头，企图阻挡楼下传来的人为噪声，也为自己的怯弱与羞愧做个遮挡。

楼下的女人尖利地喊叫，杀人了，李鱼杀人了——

范西蒙听到这种充满血腥和暴力的声音，顿时口干舌燥，浑身发抖，不要说见到流血，就是听到"血"或者"杀"等字眼，就心惊肉跳，仿佛自己身上被刀子戳了，鲜血直流。几分钟后，他听到了警车发出的急促短脆的警报声。院里的铁门被打开了，声音很响，然后是脚步声和人的说话声，用力的敲门声。折腾了十几分钟之后，小楼恢复了宁静，范西蒙掀掉蒙住头脸的被子，长长地呼出了一口气，黑暗中，范西蒙努力地睁大双眼，似乎要洞悉这复杂的尘世，也想看清自己的灵魂。

两天后，李鱼来退了房，搬走了东西。范西蒙没有和他打照面，只听到他在楼下和朱阿姨客气地说话，范西蒙刻意地想象着李鱼和朱阿姨的表情。范西蒙认为朱阿姨对自己一定有了不良的看法，要在这里住下去的话，去和她解释一下是十分有必要的。经过二楼，范西蒙发现二楼的房间门开着，朱阿姨在里面拖地板。范西蒙站在门口，轻轻咳嗽了一声，说，朱阿姨——

朱阿姨侧过脸，笑了笑说，他们终于搬走了，地板上粘上了血，老半天才弄干净。

听到血，范西蒙浑身一颤，他努力地克制着恐惧的情绪，壮着胆子说，朱阿姨，我帮你拖地吧。朱阿姨说，也好，来吧，人老了干点活总是腰酸背痛，打扫卫生的钟点工今天来不了，就只好自己干了。看样子，朱阿姨并没有生他的气，范西蒙心安了些。他边拖地板，边听朱阿姨讲述冬至夜发生的事情。

真的吓死人了，听到陆糖糖的叫声，我喘不过气来，要是有人死在楼里，以后谁敢在这里住，顾不了许多，马上就打了110，报完警，我就站在院子里，等着给警察开门，警察很快就赶到了。李鱼开的门，一开门，警察就把他铐走了，陆糖糖手臂被刀划了道口子，她用手捂着刀伤处，见到警察，吓得说不出话来。我和一个警察送她去医院包扎，一路上，陆糖糖都没有说话，只是抽抽搭搭地哭。我安慰着她，告诉她结束了，没事了。在医院包扎完，她突然对警察说，放了他吧，他没有要杀我，是我的问题，和他没有关系。警察说，到派出所去说清楚吧，我们还要做进一步的调查，才能判断你说的情况。那天晚上在派出所折腾到快天亮，还让我也做了笔录，我活了那么久，第一次在派出所做笔录，真是开眼了。陆糖糖没说假话，李鱼没有要杀她，小两口吵架，李鱼提出要离婚，陆糖糖拿起水果刀以自杀威胁李鱼，李鱼怕她真捅了自己，要把刀夺下来，争夺时不小心划伤了陆糖糖。她自己也不清楚，为什么要喊出"杀人了"那句话，可能是鬼迷了心窍。要不是这件事情，我还真搞不清楚他们为什么总是吵架，归根结底，还是因为一个"钱"字。李鱼老家是山区，家庭不富裕，父母弟弟总是管他要钱，建房子要钱，弟弟结婚要钱，甚至弟媳生孩子也要钱。一次两次的话，陆糖糖没话讲，可把他们家当取款机，无休无止，陆糖糖当然就不干了，谁生存都不容易，不能总是把负担转嫁给自己的亲人吧。在这个问题上，他们产生了矛盾，这就是他们吵闹的根本原因，说简单也简单，说复杂也复杂。唉，他们也搬走了，不说了，不说了，家家都有本难念的经。

苏春晓

范西蒙觉得自己真的是在一条黑暗的隧道里穿行，饥饿和暴食是精神问题的表征。他渴望走出黑暗的隧道，迎来灿烂的阳光。朱阿姨说得没错，很多时候，人必须自己救自己，自己心里感觉到希望并为之去努力，光明才会降临。朱阿姨让范西蒙去看医生，她认识上海精神卫生中心的徐教授，那是个很有名的精神卫生专家。开始范西蒙有些抵触的情绪，思考再三，还是决定去找徐教授，毕竟受够了这难以忍受的折磨。

因为要去见徐教授，范西蒙觉得要好好整理一下自己的形象，潜意识里就是要把自己和精神卫生中心的那些病人区别开来。站在盥洗室的梳妆镜前，范西蒙不敢相信镜中人是自己，目光黯淡，如燃尽的死灰，头发和胡子像是被践踏过的枯草地，他终于活成了自己厌恶的模样。内心有个声音在呐喊，尽管呐喊声极其微弱，他还是听到了。范西蒙拿起了剃刀，清除杂草一样刮着胡子，刮完胡子，看着蓬乱的头发，咬了咬牙，将头发也刮光了，感觉一下子轻松了许多，仿佛有一缕阳光透过乌云，照进了心的旷野。他痛快地冲了个热水澡，换上干净的衣服，穿戴整齐，就像是奔赴一场重要的约会，去了宛平南路600号。

朱阿姨早已经给他约好了徐教授，挂完号，坐在徐教授的诊室外的长椅上等候。走廊上不少就诊的人，有老有少，有男有女，有的站着，有的坐着，这些人都有个共同的特点，目光阴郁，神情沮丧。对面一个女孩子眼泪汪汪地注视着他，他赶紧低下了头，躲避她无助而又哀愁的目光。女孩子突然说，大哥，你的帽子很好看。范西蒙的心一阵抽紧，恐慌感又袭上心头。等了约莫二十分钟，广播上叫着他的名字，他站起身，走进了徐教授的诊室。诊室里除了徐教授，还有他的助手，一个年轻的姑娘。徐教授五十岁出头的样子，微胖的圆脸，看上去和蔼可亲，他笑着说，范先生，你是个作家，朱阿姨多次和我提到过你，你的情况我大致知道，先让小李给你做两组测试吧。于是，那个叫小李的姑娘给他提了很多问题，大多数问题，只要他回答是或不是，比如，是否感到孤独，是否对家人、朋友或同事没兴趣，是否有内疚或羞耻感，是否逃避工作或其他动力……三组一百多个问题回答完后，徐教授做了个评估，然后告诉他有中度的抑郁症，于是给他开了些药物。范西蒙问，这就完事了？

徐教授笑了笑说，你先吃一个月的药，然后再来复诊，不要担心，要自我建立一个良好的心态。关于饥饿症和暴食症的问题，其实都是心理性的问题，没有明显的消化系统疾病史，你可能是因为一直饥一顿饱一顿，然后又碰到了某种危机，饥饿感倍增，然后利用暴食来填补精神上的空虚和恐惧，久而久之就形成了这种毛病。我觉得，要解决问题，首先要让自己的生活和工作正常起来，药物是一方面，你自我心理的调节也是十分重要的。还有一点，可能是最关键的问题，那就是爱的缺失，你或许极少获得他人的爱，也极少真正地去爱一个人，你可以尝试改变一下自己的生活，换个地方待段时间，或者去谈场恋爱，你需要新的经历。

徐教授的话语像子弹击中了他的心脏，特别是他关于爱的说法。

他突然想起宋小素和他离婚前问过的话，你爱过我吗？真的爱过我吗？他没有回答她，现在可以回答了，真的没有爱过，他们在一起生活那么多年，是阴差阳错。范西蒙回到居所，从童年到现在的过往，连续剧般回忆了一遍，唯一真正爱过的女人就是大学同学苏春晓。

苏春晓的模样已经模糊，隐隐约约地，他可以想起的，就是她头发的香味以及笑起来的两个小酒窝，他人很难相信范西蒙会因为一个女孩头发的香味而爱上她，而事实上的确如此。有些细节深刻在范西蒙心里，每次她走过他的身边，她那飘扬的长发散发出的香味令他迷醉。他会到师大附近的商场里，闻各种洗发水的味道，发现没有一种洗发水有苏春晓头发上散发的香味,那种奇特甜美的味道,没有一种花香可以比拟,后来,他才知道,那是爱的味道。范西蒙和苏春晓热恋过,那是大学最后一年的时光,师大附近的桂林公园是他们约会的地方,可以说桂林公园的每棵桂花树下,甚至每个角落里都留下了美好记忆。范西蒙本以为她会留在上海和他一起生活,没想到苏春晓选择回广州去了,她邀请过他一起去广州,范西蒙没有勇气离开上海,对陌生的广州心存恐惧。苏春晓和他分手时微笑着说,如果你真爱我,就来广州,我等你。这句话刻骨铭心,可还是因为他内心的懦弱,而失去了她。说到为什么会写言情小说,范西蒙多次在媒体采访时坦言,一是因为自己喜欢张恨水的小说,二是因为爱过一个人,希望为她写本书,于是就有了那本使他出名的言情小说《秀发飘香》,此后,他写的言情小说再也没有超越过那本书。他曾经寄过那本书给苏春晓,却因收件人地址不详被退回来,从那以后,他就和苏春晓断了联系。

范西蒙想,要是当初去了广州,一切都会改变。

苏春晓现在还在广州吗,她的头发是不是还散发出醉人的幽香,她是不是有了自己的家庭,有了自己的丈夫和孩子……其实这些问题经常在他脑际萦绕,今天却特别地想知道结果,越想心里就越疼,疼得热泪盈眶,浑身抽搐,饥饿难忍,现在才明白,一切都因为爱的饥饿呀,任何东西都无法填满的沟壑。范西蒙躺在床上,窒息感涌上来,他想吼叫,却无法喊出心底的悲哀。

这时，传来轻轻的敲门声。

谁？

是我呀。

朱阿姨找我有事吗？

小范先生，能和你聊聊吗？

朱阿姨，你稍等。

范西蒙整理好自己，开了门。朱阿姨端着托盘，托盘上有一大碗红烧肉和大碗的米饭，十分诱人。范西蒙咽了口唾沫，朱阿姨，这是？朱阿姨笑笑，别问了，快吃吧，都已经过午了，吃完了，我想和你讲一件事情。范西蒙狼吞虎咽之际，朱阿姨一如既往地注视着他，面带慈爱的笑容。范西蒙吃完饭，用纸巾擦了擦嘴，感激地说，朱阿姨，你对我真好。

小范先生，徐教授告诉我，你上午去了他那里，这是好事呀。我和他认识，也是朋友介绍的。那年，我先生故去，悲伤过度，加上一些亲戚来争遗产，我的精神崩溃了。我不停地吃甜品，几乎只要一有空闲，就拼命地吃甜食，用甜食填补内心的悲凉和孤独，我的糖尿病也许就是那样患上的。每个人的痛苦都无法感同身受，你的痛苦我也没办法完全理解，可是我还是希望你鼓足勇气，从困境中走出来。我听徐教授的话，用药物和自身情绪的调节，恢复了正常，我有个切身的经验想告诉你，一个人要是坚硬如铁了，就没有什么东西可以击败你，让自己坚硬如铁，就是看清自己，包括优点和缺点，学会爱自己，也去爱别人。

那段时间，我总是做噩梦，梦见我先生站在床前和我说话。徐教授告诉我，我先生没有死，他一直还活着，用另外一种方式活着。徐教授让我继续爱他，可以和他交谈，他会回应我，会永远爱着我，哪怕我的肉体消亡。我终于接受了他死亡的现实，走出了困境，你看，我现在不是活得很好吗。和你说这些，只是想告诉你，这世界没有过不去的坎，最难堪的时候，可能就是曙光将现的时刻。

朱阿姨的话，范西蒙一下子无法消化，但他灰暗的心底产生了一丁点的火星，那点火星让他在这个凛冬，有了一丝温暖。

这个夜晚，小楼异常的宁静，范西蒙可以听到自己心跳的声音。他萌生了一个想法，寻找苏春晓。范西蒙性格孤僻，极少和同学来往，同学聚会也没有参加过，同学们似乎都将他遗忘了。早几年，他和大学时的写作老师申江有来往，加过微信。申老师为人不错，很多学生都和他保持着良好的关系，范西蒙自然就想到了他。范西蒙给申江发了条微信消息，申教授，有一事相求，不知可否。范西蒙忐忑不安地等了半个多小时。申江回复，西蒙，有什么事情尽管说，只要我能办到，一定效劳。范西蒙说，申教授，您客气了，我只想打听一个人，就是我们那一届的苏春晓同学。申江回复，苏春晓，我已经不记得了，也没有联系，你不要急呀，现在网络信息如此发达，找个人不应该是个问题。范西蒙说，谢谢申教授。过了会，申江回复，我想起来了，你们那届有个同学群，我在里面，我把你拉进去，你在群里问，兴许能够问得到。

范西蒙进了群，申江还在群里说了句话，欢迎范西蒙同学进群，后面跟了一串的同学，发出各种各样欢迎的表情包。范西蒙也表示了感谢。有个别同学用揶揄的口吻说，范西蒙呀，现在是言情小说大师了，几次同学聚会都不屑参加，今天怎么想起进同学群了，真是太阳从西边出来了。范西蒙的脸发烫，隔着手机屏幕，可以感觉到那个同学嘲弄的表情。他没有理会，在同学群里找了一遍，没有找到苏春晓的名字，于是，他就问道，群里哪位同学知道苏春晓同学的联系方式，请告知，万分感谢。

等了一个晚上，没有人回答他的问题。范西蒙有些心灰意冷，恐怕是没有人知道苏春晓的去向，难道她人间蒸发了。想到有些人英年早逝，范西蒙觉得有把锋利的刀子在割着心脏。整个夜晚，他都没有合眼，回忆着和苏春晓在一起的美好时光，悔恨交加。奇怪的是，这个晚上竟然没有产生饥饿之感。第二天上午，范西蒙发现有人加他的微信，一看是女同学黄思思。范西蒙想起来了，黄思思是苏春晓在大学时期最要好的闺蜜。他马上加了她的微信，黄思思也没有和他寒暄，而是直接和他说了苏春晓的情况。

苏春晓也是命运多舛，大学毕业后，在广州某媒体工作，几年都是单身一人，突然有天，告诉黄思思，她要结婚了，嫁给一个生意人，据说她丈夫生意做得很大，不知怎的，结婚两年后，她便和他离婚了，不久，她查出了乳腺癌，切掉了一只乳房，手术是在上海瑞金医院做的，黄思思给她联系的专家。在上海期间，苏春晓提起过范西蒙，说还记得他的样子，那总是胆小如鼠的样子。黄思思要找范西蒙，苏春晓制止了她，说现在找他毫无意义。黄思思只好作罢，但可以看出她心里留存着丝丝缕缕的眷恋。术后，苏春晓身体恢复得不错，这些年都没有复发。前两年，苏春晓去了泰国清迈，在那里买了一栋泰国民居做民宿，生意好不好不在乎，那是个好地方，可以修心养性。

范西蒙说，思思，她还是孤身一人吗？

黄思思说，好像是吧，我把她的微信推给你吧，你们自己聊。

范西蒙加了苏春晓的微信，可是她一直没有通过。一天，两天，三天，四天，五天……每次加她，她都没有通过。范西蒙陷入了深深的情感的泥淖，无法自拔，那是撕心裂肺的折磨呀，比饥饿更加难熬，可这又何尝不是一种饥饿呢，情感的饥饿。

范西蒙又在微信中找到了黄思思。

思思，苏春晓一直不加我的微信，你能不能和她说说，让她通过一下。

西蒙，她不通过，肯定有她的考量。说心里话呀，如果我是她，也不会再想搭理你，何必呢，当初都放弃了，现在联系还有什么意义。我也不晓得你当初怎么想的，那么好的一个姑娘，你说不要就不要了。当初苏春晓没有贪图你什么，而且你也没有什么东西让她贪图的，她爱你，是爱你这个活生生的人。你不知道，她在上海，是在动手术之前问起你的。我想，那时她是多么想有个爱她的人陪在身边呀，你永远不会理解女人的所思所想，你也永远不会了解一个女人的决绝，她说不再找你，那是她的心已死。我看还是算了吧，别再找她了，让她安心过自己的日子吧。你伤害过她一次，我也不想让她再次受到伤害，你的性格优柔寡断，很难让人信任。

可是——

没有什么可是，放过她吧，那么多年，你都没有找过她一次，现在找她，我也不知道你葫芦里卖的什么药，难以理解。你说你现在功成名就，有老婆有孩子，还去撩拨她做什么呢。

我早已经离婚了。

噢，你离婚了就想去找她了，是找安慰还是什么？她需要安慰，需要关爱的时候，你在哪里？范西蒙，做人要有底线，该做什么，不该做什么，有根红线放在那里，是不可逾越的。她早就不是那个年轻美丽、开朗活泼的女孩子了，她也是将近四十岁的人了，而且又被病魔摧残过，是一朵枯萎之花，我不相信你还会对她有什么想法。你现在急吼吼地找她，无外乎是你把她想象得太美好，希望能够从她那里得到一些安慰。一旦你不需要安慰了，你很快就会厌倦她的，这种事情我见得多了。

不，不是这样的。

我想是这样的，你也不用辩解，这些年，我把男人都看得透透的，没有人能够逃过我的法眼，你不是情圣，这世界上也根本就没有什么情圣，就是有，那也是文学作品和影视中的人物。好了，我话也说到这里了，还是那句话，如果你曾经真的爱过她，就让她平静地生活，她的生活不需要波澜了，别去打扰她。对不起呀，老同学，如果我的话让你不舒服，我表示抱歉。

范西蒙的泪水无声无息地滚落，拿着手机的手不停地颤抖。

2020年元旦这天，范西蒙一大早就来到了浦东机场，他将要登上飞往泰国的航班，他相信自己能够在清迈找到苏春晓，找到她就再也不会离开她。上飞机之前，他给朱阿姨打了个电话，朱阿姨十分吃惊，你怎么走了也不说一声，太不仗义了。范西蒙说，太早了，不好打扰你休息，朱阿姨，我打这个电话，是表示感谢，感谢这些日子来的照顾，也是告别。如果有人来租房，屋里还剩下的那些东西给我扔了吧，都是没什么用的东西。朱阿姨说，小范先生，你这是去哪里呀？范西蒙笑了笑说，去泰国，去找一个我真爱的人。朱阿姨说，那祝福你呀，小范先生，不过，我要提醒你一句，做任何事情都要三思而后行呀。范西蒙语气坚定地说，我考虑好了，这是有生以来，我唯一做出的重要的决定。

2022年7月9日完稿于上海家中
（发表于2022年第10期《福建文学》，
《中篇小说选刊》2022年第3期选载）

鲜花丛中的丁小可

丁小可简介

丁小可,女,画家。1985年11月25日,生于福建省长汀县丁屋岭村。1991年至1996年,就读于丁屋岭小学(后撤销)。1996年至2002年,就读于长汀一中。2006年毕业于四川美术学院油画系。受小学美术老师父亲的影响,自幼喜爱绘画,中学时期,就有习作在报刊发表。大学期间,师从著名油画家罗树林,在他指导下的画作《秋天的白桦林》参加全国青年画家美术作品展览,荣获银奖。大学毕业后,在上海三十一区开画廊,以画为生,代表作有《丁屋岭晨雾》《撕裂》等。2016年12月29日,卒于上海古梅路沧浪小区4号楼404室。

周雅儒的帽子(丁小可死前256天)

艺术评论家周雅儒戴着顶米黄色的鸭舌帽,看来他很喜欢这顶帽子,自从进入咖啡馆后一直没脱下来。他坐在丁小可面前,满脸谄媚的笑容,眼镜片后面的小眼珠子仿佛有层水雾,透着诡谲。丁小可脸色苍白,唇色寡淡,眼神忧郁,却掩盖不住她的天生丽质,五官协调,脸部轮廓优美。

丁小可笑了笑:"周先生那么忙,还抽时间约见我,有什么吩咐?"

周雅儒注视着她,将手中的菜单递给她:"没什么事情,就是想见见你,看看,喝点什么。"

丁小可随便看了看,轻声说:"来杯卡布奇诺吧。"

周雅儒给自己点了瓶苏打水。

丁小可有点好奇:"你不喝咖啡?"

周雅儒的手指轻轻地在桌面上敲了敲:"我有痛风症,多喝点苏打水,总归是好的。"

丁小可实在搞不清楚咖啡和痛风到底有什么关系,她不敢和他的眼睛对视,像自己的魂魄会被吸进莫名其妙的黑洞,对男人,她有种本能的提防。

丁小可和他并不熟,只是见过两次,都是在大庭广众之下,最近的一次是两个月之前,在一次画展上见到过他。那是一次关于城市人精神状态的集体画展,她的油画《撕裂》参展。周雅儒站在《撕裂》前,若有所思的样子。丁小可并不是名气大的画家,极少人关注她的画,大多数人瞥一眼就走过去了,难得周雅儒驻足观赏,而且他还是个知名的艺术评论家。丁小可孤独地站在一个角落,默默地看着周雅儒,然后走了过去。周雅儒扭头看到了她,审视了她一会,说:"小可,你的画厉害!"得到他的赞赏,丁小可心里高兴,但还是矜持地说:"画得不好,还得请周先生多多指教。"周雅儒十分激动："小可，你太谦虚了，看看这个展厅的那些画，大部分都是劣作，只有你这幅《撕裂》才是杰作。告诉你，丁小可，你被严重低估了，我要写文章介绍你的画，不能埋没了你。"丁小可当时感动得泪水都快要落下来。要不是闺蜜王玲走过来，或许她会和周雅儒有更多的交流。周雅儒离开后，王玲低声说："少搭理这个人，他名声不好，是个无利不起早的人。"丁小可不以为然："我这样一个穷光蛋，有什么好怕的。"王玲说："小心点总是好的。"

周雅儒不停地夸赞她的画。

丁小可脸上发烫，目光粘在咖啡杯上，双手捧着咖啡杯，细声说："画得好有什么用，还是卖不出去。"

周雅儒声音有些颤抖："怎么会没用，你就是太低调了，不会包装自己，你看看那些出名的画家，有几个画得比你好，他们会炒作，会营销。小可，你早该发达了，就是要花血本，找人捧你。"

丁小可冷笑着说："我哪有血本好花。"

周雅儒叹了口气："唉，我真的很赏识你，实话告诉你吧，我给你的《撕裂》写了篇长评，如果能够在专业的杂志发表，业界会对你刮目相看。张无忌你晓得吗，他就是我捧红的，他的画现在可抢手了，很多藏家都花大价钱买他的画，名利双收，活得滋润。可是，很多人打破头要上那些杂志，不惜花钱，《撕裂》的评论要上那些杂志，同样要花钱。本来嘛，我想掏钱为你办事，但是最近女儿刚刚送出国，手头紧。"

丁小可明白了他的意思，想起了王玲的话，突然笑出了声。

周雅儒狐疑地看着她，细长的手指抖动了几下。

丁小可抬起头，笑容消失了："要多少钱？"

周雅儒说："两三万吧。"

丁小可冷冷地说："两三万就可以让我扬名立万，名利双收？"

周雅儒笑了笑："当然，这是前期的投资。"

丁小可说："给我看看你写的画评。"

周雅儒的额头上冒出了一层细细的汗珠，脱掉帽子，用纸巾擦了擦额头和那秃顶发亮的光头，很快地重新戴上帽子。上海的四月并不热，周雅儒的身体被丁小可的目光炙烤。他故作镇静地说："画评在家里的电脑上，没有带出来，你要想看的话，我回去发给你。"

丁小可说："谢谢你的赏识，周先生。我给你交个底，不要说两三万，就是两三千，我也拿不出来。我现在的境地十分艰难，担心自己会不会饿死。你要是能够帮我，感激不尽，要我出钱，真的是为难我的。对不起，周先生。"

周雅儒的脸色通红，连声说："没有关系，没有关系。"

就在这时，丁小可的手机响了。她看了看手机屏幕，没接，按掉了电话。她显得慌乱，站起来说："周先生，我有急事先走了，谢谢你的咖啡，等以后有钱了，我再请你捧我，请你喝咖啡，吃饭喝酒都可以。"

周雅儒看着她匆匆离去,像梦幻中的场景,她出门消失,什么也没有留下。他低声骂了句脏话。

走出咖啡馆,丁小可长长地呼出了口气,下午的阳光温煦,她感觉到了尘世间的温度。路边悬铃木的嫩叶在微风中轻轻晃动,生机勃勃的样子。丁小可心情并没有好转,内心积满了愁绪。走出一段路,回头望了望,周雅儒没有追上来,也不见他的踪影。她拿出手机,拨通了一个电话,说:"老陆,对不起,刚才在谈事情。"

耳边传来老陆怒气冲冲的声音:"搞什么搞,半年前就告诉你,把这两年的房租交了,你再这样拖下去,我都要去上吊了。"

丁小可恳切地说:"老陆息怒,你是大好人,再宽限我一段时间,我一定尽快将房租交上。"

老陆说:"我就是太好了,太相信你了,才弄得自己人不像人鬼不像鬼,赶紧交钱吧,再不交,就别怪我不客气了,我也是有底线的。"

丁小可说:"好,好,我尽快交钱。"

电话挂了之后,丁小可靠在悬铃木的树干上,觉得自己要窒息。她已经拖欠画廊的房租两年多了,觉得对不起老陆,问题是,她到哪里去弄那么多钱。想想,真是后悔来到上海,后悔开了那个不足九十平方米的小画廊。她的眼前一片黑暗,纵使阳光灿烂,空茫的脑海里突然浮现出周雅儒的帽子,那米黄色的鸭舌帽就像大便一样堆在他的光头上。

寂寞的雨夜（丁小可死前250天）

每年进入雨季，也就是上海人说的黄梅天，丁小可都会觉得潮湿和沉闷，透不过气。卫生间里一些缝隙的边缘会长出一块块不规则的霉斑，那是离奇又令她厌恶的画，没有美感。有些食物，比如一块面包，不知什么时候就发霉长毛，扔掉它时，丁小可一直反胃，想吐。身体也变得黏糊糊的，扑满了爽身粉也无效，而且不是这里痒，就是那里痒，背上手挠不到的地方起痒，最难以忍受。

雨下了两天了，没有停下来的迹象，天空阴沉，是丁小可苦恼的脸。

找了几个平常认为关系较好的有钱朋友，想借钱交房租，无果，他们都用很委婉的话打发了她。丁小可没有怨恨他们，借是他们的情分，不借是他们的权利，反而觉得自己过分，给别人添麻烦。不过，这也说明了一个问题，他们和她也仅仅是表面上的关系好，否则不会拒绝帮助。

老陆昨天来过画廊，头发、衣服都被淋湿了。丁小可递给他一条干毛巾，老陆边擦头发边说："今天的雨真大，从办公室走过来，一百米不到，就淋成这样。"丁小可笑了笑说："你也不打个伞。"老陆将毛巾还给她："打什么伞，我从小就不喜欢打伞。"很多人都这么说，似乎很有个性。丁小可知道他的来意，坦诚地说："老陆，我实在没有办法筹到钱，要不这样吧，你拿几幅画走，顶房租。"老陆虽然脸色难看，还是没像电话里那样怒气冲冲，叹了口气说:"我对你丁小可够客气的了,要是别人,我早就赶他走了。你扪心自问,我对你好不好。说到画,你应该很明白,现在艺术品市场不如前几年,我拿你的画去做什么,当饭吃?"丁小可无奈地说:"那你要我怎么办?"老陆挠了挠头说:"我已经仁至义尽了,公司领导下了死命令,长期拖欠房租的,必须在两个月内清理干净。丁小可,你只还有两个月时间,何去何从,你自己选择。"丁小可无奈地说:"好吧,我知道了,老陆。"老陆说:"你不要怪我无情。"丁小可苦笑着说:"我不怪你。"老陆出门走了。丁小可站在画廊门口,看着他在雨中奔跑而去,觉得老陆的背影有些可怜,她心里也十分凄凉。

她不知道从哪里能够搞到钱。

丁小可呆呆地坐在画廊里,陪伴她的只有那些挂在墙上大大小小的油画。没有人踏进画廊,如果有个人进来,买走几幅画,那该有多好。她浑身冰凉,仿佛命若游丝,觉得活着毫无意义。傍晚时分,她接到了一个电话,是上官克明打来的。上官克明是个作家,以前很关照她,有一年多没联系了。要不是他打电话来,她都忘了他,怎么就没有想到他呢,他是个性情中人,或许可以帮到她。上官克明要她参加一个饭局,丁小可爽快地答应了。

她想盛装出席上官克明的晚餐,找来找去,也没有找到一件穿得出去的衣服,想想,两年多没有添置新衣服了。她找出了一袭短袖白色棉布袍子,有点像旗袍,又不是,记得以前成都的一个女同学手工制作的,那女同学也多年没有联系了,不知现在还做不做衣服。穿在身上,还算得体,还有股淡淡的樟脑丸的味道,十分提神。然后,撑伞出门。上官克明订的饭店离三十一区不远,徒步过去也就是十多分钟。沿着苏州河边的三清山路,一直往外走,路边墙上的涂鸦在雨水中湿漉漉的,泛着古怪的冷光。

进入饭店包房后,上官克明站起来迎接她,其他人还没有到。丁小可清楚,每次请客,他都会先到,点好菜后等客人到来。他抱了抱身材娇小的丁小可,关切地说:"小可,你怎么如此憔悴。"丁小可扬起脸,笑了笑:"憔悴吗?"上官克明端详着她的脸,说:"的确,脸色白得像纸,是不是过得很不好?"丁小可点了点头。上官克明说:"失恋了?"丁小可说:"恋爱都没谈,怎么会失恋。"上官克明说:"那是为什么。"丁小可欲言又止。上官克明说:"说来听听,有委屈不要埋在心里。"丁小可正要开口,包房门开了,进来了三个人,两男一女。

大家落座后,上官克明将坐在自己左边的丁小可介绍给大家:"这是丁小可,我妹,是个画家,在三十一区开画廊。"接着,他又将坐在自己右边长头发大胡子的男人介绍给丁小可:"这是诗人宋妖,画了很多文人画,叫你出来,一则我们好久不见,甚是想念;二则你们或者有共同语言,可以交流。"丁小可对宋妖说:"请多多关照。"宋妖笑笑,目不转睛地盯着她说:"吃完饭到你画廊坐坐。"丁小可躲避着他火热的目光,说:"欢迎,欢迎。"另外一个年纪比较大的男人叫赵丰田,是上海一家文学杂志的编辑,那个打扮得妖艳的女子叫胡盐盐，是赵丰田带来的，不明身份。

这是一家潮州菜馆，上官克明点了很多好吃的菜，比如卤水鹅肝、蚝烙、葱姜膏蟹等。看着这些好吃的菜，丁小可两眼放光，不知有多久没有吃大餐了，每天都是方便面或者是十五元一份的快餐。可她还是要装出淑女的样子，不敢放开来大快朵颐。他们喝的是白酒，上官克明给她倒了一杯："你也喝点。"丁小可说："克明哥，你知道我不会喝酒的。"宋妖怂恿道："喝点，喝点，女人不喝酒，男人没机会。"上官克明说："哪里话。"丁小可说："那我就喝这一杯，多了不行。"

他们边喝酒边聊天，聊着聊着，宋妖就和赵丰田争论起来。

争论的缘由是国画的技巧问题。

赵丰田说："当代的国画家根本就不能和民国那一代国画家相比，到现在没有人可以超过齐白石的，无论是技巧，还是个人的修为，而齐白石那一代人和清代的那些大画家又没法比。"

宋妖说："我不同意你的观点，我认为技巧没有什么了不起的，是可以学习的，现在很多国画家的技巧根本就不比以前的画家差，关于修为，现在的画家要厉害得多，有创造性，不墨守成规，而且吸收了西方的技法和艺术思想，内涵更加丰富。"

赵丰田说："就拿你们的文人画来说吧，画的是什么玩意，我根本就看不出有什么技巧，更不用说画作中蕴含的意境，根本不值一提，给民国时期的国画大师提鞋也不配。"

宋妖冷笑着说："丰田兄说得过分了，现在随便拿出一个成熟国画家的作品，技法上都不逊色于你说的那些古董，只不过他们历史地位已经在那里了而已，现在的画家普遍的要强于他们，问题是现在画家太多，成名难，我想让现在随便一个画家回到古代，都会成为大师。关于文人画，是另外一个层面上的话题，我不和你探讨。"

赵丰田哈哈大笑："你妄言了，像当代许多唯利是图装疯卖傻的国画家一样，你陷入了一种不可自拔的狂傲之中。"

……

他们你一言我一语，各不相让。

上官克明和丁小可都插不上嘴，趁他们交锋的机会，丁小可不停地吃菜，尽管偶尔宋妖想把她拉到论争之中，但是她对他们的论争毫无兴趣。上官克明和她说着话，时不时当个和事佬，企图将他们拉回到喝酒的主题上，却无法打断他们。在他们针锋相对之际，胡盐盐一声不吭，也不吃菜，自顾自地喝酒，很快就将自己灌醉，趴在桌子上不动了。

这顿饭吃得莫名其妙，最后宋妖和赵丰田谁也没说服谁，不欢而散。宋妖气呼呼地走了，也忘了要去丁小可画廊的事。其实，丁小可也不希望他去，她不喜欢他，说不清哪里不喜欢。上官克明送丁小可回去，走出饭店，雨暂时停了。一路上，他们说着话。

"克明哥，你瘦了。"

"是的，这一年掉了二十多斤肉。"

"为什么会这样？"

"我得了抑郁症。"

"怎么会？"

"很多问题困扰着我。对了，说说你自己。"

"我碰到了困难。这两年，没有卖出几张画，活得很难，两年没交房租了。昨天，房东还找上门来，给了最后通牒，两个月内不交上房租，就扫地出门。"

"要多少钱？"

"十多万吧。"

"钱倒是不多，可我现在拿不出来，刚刚出的一本新书，版税还没有到，这一年也没有其他收入，唉。"

"克明哥，我不是管你要钱，你不要有什么负担。"

"我知道。"

沉默。他们没有再说什么话，直到丁小可的画廊门口。上官克明拥抱了她，她感觉到短暂的温暖，然后他就离开了。她看着他消失在冷清的街上，眼泪突然奔涌而出。此时的三十一区，死一般寂静。

浓重的雾霾（丁小可死前240天）

丁小可在焦虑中想到了朱罗，她实在走投无路了，或许他是根救命稻草。手机里曾经保存过他的号码，后来删掉了。她记得朱罗给过名片，不知道有没有扔掉，这些年来，她将所有人的名片都放在一个鞋盒里。丁小可从床底下找出了鞋盒，鞋盒上面厚厚的一层灰，有多长时间没有往鞋盒里放名片了？说明她这两年来都没怎么对外交往。她花了半个多小时，在那几百张名片里找到了朱罗的名片，心像是被只无形而又有力的大手紧紧攥住，有疼痛感。

打了十几次电话，都无人接听，是不是他换了手机号码，将这个号码给别人用了？丁小可横下了心，不管那么多了，直接去找他。她去过他家，松江靠近佘山的一栋别墅，名片上也有地址。走出门，发现雾霾浓重，她想回去戴口罩，想想算了。坐上通往松江的地铁，地铁里的人们神色各异，都一副苦大仇深的样子，活着对谁来说都不容易，特别是像她一样的底层小人物。

丁小可脑海里在搜寻朱罗的模样，只记得他长得又高又胖，面目却模糊不堪，见面不知还能否认得出来，他也不知还记不记得她，也许早就忘记了，在他众多的女性朋友中，她算老几。他和她最后说的一句话就是："无论怎么样，你有任何事情都可以来找我。"也是这句话，让她萌生去找他的念头，她做好了心理准备，就是让他睡一下又如何呢，这种想法让她觉得自己堕落。

认识朱罗，是因为王玲。

王玲是她在这个大都市里唯一无话不谈的好友。这两年多，要不是王玲多次接济，她早就饿死了。尽管王玲时不时来电问她有没有困难，但她不愿意再向王玲要钱，这毕竟是一笔大数目，不想连累好友，王玲也不是有钱人，况且还怀孕了。

那是五年前的事情，艺术品市场还很热闹，不像现在这样萧条。有一天，王玲带着朱罗来到了丁小可的小画廊。丁小可在里面上网，王玲叫了声，她才出来。朱罗走进门后，在门边的小台子上拿起画廊的宣传单，仔细看着。王玲将丁小可介绍给他，说他是个根雕工艺美术家，大老板。朱罗穿着圣罗兰牌子的西服，脖子上戴着小指粗的金链子。他和她握了握手，他的手宽大肥厚，特别有力，他要是再用点力，就会捏碎她柔弱的小手。丁小可那时脸色红润，留着秀美的乌发，笑起来甜蜜。在朱罗眼里，她就是一颗奶糖。丁小可说："朱老板，地方小，你慢慢看。"说完，王玲拉她进了里面。朱罗环顾了一遍画廊，前面六十平方米左右是画作展示区，墙壁被充分利用，挂满了大大小小三四十幅画作，里面隔开了个小间。小间是丁小可的工作室，也是起居室，三十平方米左右，有个小小的卫生间，画架和大桌子，画架上有一幅未完成的作品，桌子上放着各种画册、各种颜料和调色板，还有一台手提电脑。桌子下面堆着一些画作。小间里有隔层，上面放着一张小床，小床和天花板的距离不足一米，在上面睡觉，不小心就有可能撞到头。

王玲低声对她说："小可，朱老板是我的客户，他刚刚拿了块地，建根雕艺术馆，我帮他做设计。他想买一幅画送当官的，你不要放过这次机会，要价高点，他有的是钱。"丁小可说:"要多高?"王玲说:"傻呀,这还用我教你,你看着办呀。"这时,朱罗走进了里间。王玲笑着说:"朱老板看好画啦?我和小可好久没有见面了,正说悄悄话呢。"丁小可脸红了,做贼心虚的感觉。朱罗笑了笑,说:"丁画家就住这样的地方,太委屈你了。"丁小可说:"这已经很好了。"王玲说:"走吧,我们出去挑画。"

朱罗挑了一幅名为《繁花》的油画,画面是一片树林,树林间隙是盛开的野花。丁小可觉得这是自己最不喜欢的一幅画,竟然被他挑中,她便开始怀疑朱罗的艺术品位。朱罗得意地说:"怎么样,我挑的画不错吧?"王玲笑着说:"朱老板真有眼光,我也喜欢这幅画。"丁小可脸红心跳,只是笑,没有表态。朱罗斩钉截铁地说:"就是这幅了,丁画家,你开个价。"王玲给她使了个眼色。丁小可迟疑了会说:"八万吧。"朱罗睁大眼睛,惊讶地说:"八万?"丁小可点了点头,脸更烫了,心里也忐忑不安,觉得自己价格开高了。王玲白了她一眼。朱罗哈哈一笑:"这画那么好才八万,便宜呀,这样吧,十万,我买了,我尊敬好的画家,给你加两万,成交。"

朱罗拿着画走后,王玲拉下了脸,手指轻轻点了一下丁小可的脑门,没好气地说:"你真是傻,这么好的机会错过了,你就是开价二十万,他也会买。"丁小可的脸还红扑扑的,那一颗心也还在狂乱地跳。她笑嘻嘻地说:"好姐姐,你就饶了我吧,我又不是毕加索,平常开价三四万的画,能卖十万,就烧高香了,别生气了,晚上我请你吃大餐。"王玲叹了口气："你就是不开窍，太老实了，你的画标价要高点，每次画卖得那么便宜，人家就以为你的画低级，不值钱，你看那些会营销的画家，故意把画价提得高高的，显得很厉害的样子，画反而好卖了。"丁小可说："我们三十一区，也有人这样做，问题是画卖得也不好呀，我的水平自己很清楚，等画得更好了再说吧。"王玲说："我说服不了你，随你便。"丁小可说："这个朱老板真的是根雕艺术家？"王玲笑了笑："就算是吧。他以前是做大理石生意的，喜欢根雕，到全国各地买了很多根雕，还雇了几个根雕师傅做根雕，对外都称自己为根雕大师，到处忽悠，不过，这个人还真是有钱，也算大方。"

不久，丁小可接到了朱罗的邀请，要她去参观他的别墅。丁小可有点不安，隐隐约约感到朱罗心怀不轨，她打电话给王玲征求意见。王玲鼓励她去赴约，还说和他搞好关系，以后卖画方便，他的富人朋友多。考虑了许久，丁小可还是决定去赴约。那天下午，朱罗派了辆凯迪拉克来接她。坐在车上，丁小可想，有钱就是好，等以后有钱了，也要买豪宅豪车，享受一番。不过，那只是短暂的幻想，她知道，要靠绘画赚大钱，对她而言是十分渺茫的事情，能够像现在这样维持画廊过下去，就很满足了。她清楚现实的残酷和生存的代价。

在丁小可眼里，朱罗的独栋别墅就是皇宫，装修得金碧辉煌。她发现朱罗特别喜欢吊灯，那些无处不在的金色的繁复的大吊灯十分炫目，她随时都有可能昏倒在某一盏吊灯之下，也担心那些吊灯突然掉落，砸在自己头上，死于非命。朱罗带她挨个房间参观，她十分好奇，为什么偌大的别墅里，就只有他一个人，她没问，朱罗也没有说明，也许有钱人都是这样捉摸不透。

参观完房间，朱罗泡茶给她喝。

他说茶是极品大红袍，每年产几十斤的那种，到他手上也只有二两，今天特地给她泡一泡。丁小可是福建人，却极少喝茶，茶的知识也少得可怜，他说得诚恳，像是真的。朱罗家的茶具也十分讲究，那上好的紫砂壶和茶杯在她眼里没有什么好坏之分。朱罗倒了杯茶，放到她跟前："尝尝，先闻闻香，再喝。"茶水上面浮动着一层淡淡的雾气，丁小可闻了闻，的确很香，喝了口，柔滑而回味甘甜。朱罗的身体往她面前倾了倾，笑眯眯地说："好喝吗？"丁小可笑了笑："好喝。"朱罗咽了口口水："你笑起来真好看。"丁小可淡淡地说："哪里。"

朱罗话锋一转："丁画家，你知道我为什么叫你来吗？"

丁小可摇了摇头，和他单独待在一起，如坐针毡，想逃。

朱罗说："你看我这房子，花了很多钱装修，还是不够高档，你说缺什么？"

丁小可迷茫地说："我不知道。"

朱罗说："缺少艺术品的点缀，墙上都空空荡荡的，如果能够挂上一些油画，就显得高档了。我有个想法，把你的画全买了,挂在墙上,你说怎么样?"

丁小可笑了笑:"如果朱老板能买我的画当然好啦,那是求之不得的事情。"

朱罗得意极了:"买,全部买下,价钱随便你说。"

丁小可顿时陷入梦幻之中,仿佛一下子命运之神眷顾了自己。朱罗喜形于色地站起来:"你等等,我一会就来。"他走进了间房间,不一会走出来,手里捧着一个精致的木盒子,挨着她坐下来:"我给你看个宝贝。"丁小可闻到了紫檀的异香。他打开盒子,一尊玉佛呈现在她眼前,玉佛浑身透出迷人的光泽。朱罗笑着说:"这是无价之宝,像这么好的和田玉,很难见的,而且这是明代的东西,看看这雕工,多么精细。"丁小可算是开了眼界。朱罗接着说:"你看装玉佛的这个盒子,也是有年头的东西,是紫檀木的盒子,上面雕刻的花纹也很见功夫。"丁小可不知怎么接他的话。朱罗将装着玉佛的盒子放在茶几上,侧过脸,笑眯眯地看着她:"喜欢吗?"

丁小可轻声说:"喜欢。"

朱罗突然抱住她,嘴巴堵住了丁小可的嘴,胡乱地啃起来,边啃边说:"我真的喜欢你,看到你第一眼就被你迷住了。你只要答应我,玉佛是你的,这栋别墅也是你的,你随时可以搬进来住,再也不要住那破地方了。"

丁小可恍然大悟,原来朱罗是想要包养自己。

她受到了极大的侮辱,使劲地推开了他,大声喊叫:"我的画廊不是破地方,我不要你的东西,不要住你的别墅，也不要你买我的画，你看错人了。"然后，丁小可就跑出了他的别墅。朱罗追出门，对着奔跑而去的丁小可说："无论怎么样，你有任何事情都可以来找我。"

回到画廊，丁小可就打电话给王玲，气呼呼地将事情告诉了她。王玲在电话那头沉默一会说："其实能够和朱老板在一起也不赖，你可以过上很好的生活。"丁小可没想到她会这样说，气得发抖："你们是不是预谋好的，就是想让我做他的情人，我是什么人难道你不知道，要贪图钱财，我早就那样做了，你混蛋！"王玲平静地说："我是为你好，你也老大不小了，要为自己着想，靠画廊那点微薄的收入，你难以为继，我想，有个人在你后面撑着，你才能更好地创作。"丁小可说："你不是为我好，是将我往火坑里推，我不要你这样为我好，你就是怕我活不下去了连累你，我不要你这样的朋友，绝交！"她愤愤地挂了电话，手机被重重地扔在桌子上。那一夜，王玲打了无数个电话给她，她都没有接。第二天一早，她打开门，看到王玲靠着墙坐在地上睡着了，她的眼泪流淌下来，蹲下来，抱着王玲，哽咽地说："姐，对不起。"王玲醒过来，惨淡一笑："你原谅我了？"丁小可点了点头。王玲说："傻丫头，你还是活你自己吧，我们永远是好姐妹。"

……

地铁越靠近松江，丁小可的心就越沉重，脑袋昏沉沉的，一片混沌，她不知道贸然去找朱罗，是对还是错，放下坚守了多年的尊严去谋求帮助值不值得。当她站在朱罗的别墅门口时,迟疑了,久久地没有伸出手去按门铃。这时,一辆红色的宝马轿车开到门口停了下来。从车上走下来一个妙龄女郎,瞥了她一眼说:"你找谁?"她的目光充满了鄙视和不屑,丁小可的心被刺痛了,她突然被自己鄙视了,转过身,狂奔而去。

刀锋划破皮肤的感觉(丁小可死前221天)

夜深了,三十一区像沉寂的墓园,没有一点生气。外面的马路上偶尔传来几声歇斯底里的喊叫,那是落寞的醉酒汉的宣泄。丁小可也想大醉一次,在苏州河边喊叫,可那又有什么用,什么也不会改变,况且,她连酒钱也没有。

她枯坐在画架前,浓重地往画布上涂了几笔,就扔掉了画笔。画布上一片凌乱,不知道画的是什么。突然想起了罗树林,她在美院的指导老师。在她印象中,他的头发永远凌乱不堪,就像她现在画布上的画,眼睛锐利而忧郁,永远穿着一件领子脏兮兮的白衬衫和一条发白的牛仔裤,还有那双自从买来就没有擦过的黑皮鞋。

丁小可一开始就知道罗树林喜欢自己,总是让她去他校外的画室,在画室里给她开小灶,教她绘画。在他的画室里,丁小可发现了一本画册,那是俄罗斯油画大师西德罗夫的画集。一页一页地翻开,像是打开了另外一个世界,丁小可的眼睛越来越明亮,被大师的画作深深地吸引。

罗树林见她着迷的样子,笑了笑说:"喜欢?"

丁小可笑靥如花:"太喜欢了。他用色单纯,简单而真实，温暖又明亮，而且清新，看他的画，我的心特别安静，安静得想哭，一切烦恼都烟消云散。你看这幅《在温暖的大地上》，那在橘红色田畴上播种的农妇就像是我妈妈，而站在她对面的小姑娘就是我自己。还有这幅《飘浮在大地上空的云》，绿树，草地，河流，浮云，宁静而辽阔，真实而又让我感动，我想生活在他的画中，一定非常幸福。"

罗树林说："我也喜欢西德罗夫的画，他没有复杂的表现手法，他有超凡的从普通生活中发现美的能力，看他的画是一种享受，不累，我经常翻开他的画集，进入他描绘的世界，和无聊而又沉重的现实生活剥离开来，其实，人应该像他画中描绘的情景生活的，清新自在。"

丁小可指着《什么时候五月的甲虫会飞回来》这幅画说："看，绿树，草地，老人，玩耍的孩童，房屋，都铺满了阳光，色彩自然，我仿佛看到了生命的流动。"

罗树林说："多好的画呀，在他的画中，阳光是宝贵的，热爱生命的人才热爱阳光，我可以感受到他画中阳光的呼吸。"

西德罗夫对丁小可的影响很大，甚至超过了罗树林对她的影响，很长一段时间里，她沉迷在西德罗夫的画作中，感受着每一个细节，体味着他对田园深情的爱。因此，她的毕业作品《秋天的白桦林》能够获得罗树林的赏识，被推荐去参加全国青年画家美展并获奖，也是顺理成章的事，这是她向西德罗夫致敬之作。当然，罗树林也功不可没，没有他悉心指导，修正偏差，丁小可不会轻易获得成功。

罗树林企图让丁小可留校，继续读研究生，然后成为博士，丁小可还是选择了离开。她走的时候，罗树林送她到火车站，十分伤感："小可，很可惜，《秋天的白桦林》获奖，给你奠定了很好的基础，你应该留下来的，现在改变主意还来得及。"他的眼睛里闪动着泪光，丁小可不敢直视他的眼睛，心像一只欢快的小鸟，早就飞走了，远方的大上海，有个人在等着她。

她在离校前两天的那个夜晚，来到了罗树林的画室。罗树林准备了简单的酒菜，给丁小可践行。他笑着说："小可，你要走了，我舍不得，但也是没有办法的事情，路在你自己脚下，我不能强求。平常你不喝酒，今晚陪我喝两杯吧。"丁小可看着他苦笑的脸，心里疙疙瘩瘩的，很难面对他，也不知道说什么好。其实，他也没有强求她喝酒，只是絮絮叨叨地回忆他们在一起的时光，回忆她一点一滴的成长，边说边自顾自地喝酒。丁小可听得想哭。她没有哭出来，罗树林却先流下了眼泪，哽咽道："小可，你知道吗，我爱你，我一直没敢说出口，可是，我再不说就迟了，我爱你。"丁小可心里一颤，说："老师，你醉了。"

罗树林抹了一把泪水："我没醉，真的爱你，那些流言都是真的，我的确爱你。小可，你知道我有多苦吗，你不知道，让我告诉你。我不敢回家，每天都住在画室里，因为我怕她。她不爱我，也不同意离婚，多少年了，我只要回到家，她就和我吵架，还打我，我打不过她。我不敢和她提离婚的事情，只能这样耗着，她说我要和她离婚，她就杀了我,就是要拖死我。别看我在社会上人模狗样,在她眼里我什么也不是。她是我的噩梦。小可,我没有别的女人,只有你,可是,我懦弱,我不敢表白,不敢向你示爱。今天,我要说出来,我爱你。你要是能够留下来,对我是莫大的安慰,这几年,因为有你,我的生活才有了点亮色,看到你,我才觉得活着有意义。我求你,留下来,好吗?"

丁小可的泪水终于奔涌而出。

她喃喃地说:"老师,可是我,我不爱你。"

罗树林摇摇晃晃地站起来,走到她身后,俯下身,伸出干瘦的臂膀,紧紧地抱住了她。她的双乳被压迫着,微微胀痛。她的脸滚烫滚烫的,颤声说:"老师,我真的不爱你,我可以和你上床,作为对你的回报,可是我不爱你。"

罗树林松开了手,歇斯底里地狂笑,然后大声吼叫:"上床,上什么床,你以为我是禽兽,对,他们都说我是禽兽,占有了你,独霸了你,凌辱了你,有吗,有吗?我不是禽兽,不是!"

他回到了自己的座位,沉默,呆呆地望着她。

丁小可看着他凌乱的头发和刀削般胡子拉碴的脸,万箭穿心。她的目光落在罗树林白衬衣黑乎乎的领口上,轻声说:"老师,你把衬衣脱下来,我帮你洗洗。"罗树林像个听话的孩子,脱下了衬衣。他瘦得皮包骨,每一根肋骨都凸显得彻底。丁小可洗完衬衣,晾好,然后走到他面前。他坐在那里,是沉默的雕塑。丁小可叹了口气说:"老师,我走了,你要对自己好点。"他没有回答她。丁小可默默地离开了他。

后来，罗树林死于一次车祸，噩耗传到丁小可耳里，她十分悲伤，三天没有吃饭。

丁小可选择在上海开画廊，是因为金凌。金凌是她师兄，比她高两个年级，上海人。他身上有种狂野的气息，爱上他，丁小可自己都觉得是件莫名其妙的事情。她是个安静的、活在西德罗夫画中的女孩。但爱本身其实没有那么复杂，爱上就爱上了，不爱就不爱，复杂的是人心。在她毕业前，金凌告诉她，自己辞职在三十一区开了个画廊，让她也去，她想都没想就答应了。那时，丁小可的父亲丁一山还没有患阿尔茨海默病，将积蓄给了爱女，帮助她在三十一区开了画廊。那时三十一区才刚刚开张，说是要打造成上海的798，成为一个新的地标式艺术区。丁小可和金凌都是第一批进驻三十一区的画家，房租特别便宜，目的是吸引画家进驻。不到一年时间，三十一区就招租完毕，各色画家纷纷开出画廊，渐渐热闹起来。

那是一段美好的时光。

丁小可以为幸福的日子已经来临。金凌是交际草，没几天就和三十一区的所有有名或无名的画家熟络了。那些日子，隔两天就有画廊开张，各种酒会，各种饭局。金凌总是带着她，穿梭于各种活动之中，忙得不亦乐乎。在任何场合，金凌都会搂着她，对别人说："这是我女朋友，她也是画家，你们可不要小瞧她，她不仅仅漂亮，作品还获过全国大奖。"她就会收获许多恭维和夸赞，不晓得是真是假，那些人的嘴脸各异，丁小可大都留不下深刻印象。她总是默默不说话，只是看着他们高谈阔论，吐沫横飞，眉飞色舞，仿佛他们是世界的主宰。有金凌在身边，也没有人骚扰她，尽管有些目光充满了欲望之火。

画廊开张后，陆续卖出一些画，丁小可很是满足，对未来充满了向往，精力充沛，创作也很有灵感，画得一天比一天好。金凌的朋友多，他有时也会带朋友来买她的画。

人生总是困难重重，并不会一帆风顺，丁小可没想到金凌会离开。

又过了一年，金凌在三十一区变得臭名昭著，几乎把所有的画家都得罪了。金凌的桀骜不驯和他的自以为是惹了祸，他认为自己是最好的画家，其他人都一文不值，在很多场合，不停地批评和攻击别人。甚至连丁小可的画，他也不留情面。他开心的时候，对丁小可的批评会温和些，比如在酣畅淋漓的性爱之后，点燃一支烟，吸上一口，语重心长地说："小可，你的画不行，索然无味。西德罗夫就是个粉饰太平的家伙，他的画不值一提，你不应该向他看齐，罗树林也是个平庸的画家，根本就没有拿得出手的画，你得改变，知道吗，要改变，否则死路一条。你的才华是足够的，就是没有自己的东西，没有创新，守旧是艺术家的敌人，明白吗？"

他说话的样子让丁小可想笑："亲爱的，你觉得要我画像你那样的谁也看不懂的东西才叫创新吗？"

金凌吐了口烟雾："未尝不可，你不要小看我的画，我的画中饱含了大哲理，别人看不懂的画作才是最高级的。罗素说过，人类中最伟大的东西大部分都包含某种沉醉的部分，某种程度上的以热情来扫除审慎。而我沉醉在创造中，我没有必要和那些平庸的画家同流合污。"

丁小可的头枕在他大腿上，微笑地说："你自以为是的样子还是蛮可爱的。"

金凌烦躁不安时，就会对丁小可直接开骂："你画的就是狗屎，简直是浪费画布和颜料，你就不能画点属于自己的东西？现在摄影技术那么发达，还要你这些风景画干什么，随便拿相机咔嚓两下，再后期修理一下，就比你的画要好一万倍。"

无论他咆哮还是怒骂，丁小可总是微笑地看着他，并且表示维护他的观点，也许这就是爱吧，什么都无条件接受。可是，别人不是丁小可。在一次饭局上，他对着另外一个画家破口大骂，那个画家也不是善茬，逮住他就暴揍，打得他头破血流，眼睛乌青。他脾气火暴，外表狂野，干架却不行，别人一动拳头，他就蒙了。这次挨打，让很多画家找到了收拾他的办法，动辄就威胁他，要揍他，有的人干脆就直接动手。

金凌消失了。

某一天，几天联系不上他的丁小可发现他的画廊关门了，里面空空荡荡。他竟然不告而别，丁小可的脑海一片空茫。这爱情也太脆弱了，仿佛没有度过保鲜期，就消失得无影无踪。她哭了好几个晚上之后，渐渐地接受了命运的安排。后来，她才知道金凌去了日本。

……

在这个夜里，她还是想起了金凌。

丁小可咬了咬牙，骂了声："混蛋！"接着，她从桌子上拿起把美工刀，让尖利的刀锋陷进手臂的皮肤，缓缓地拉动，通过切肤之痛感觉到自己活着，刺激自己鼓起勇气活下去。鲜血漫出伤口，开始流淌，低沉地喊叫。丁小可找到了早就备好的止血药和纱布，慢条斯理地包扎好，然后闭上了眼睛，感受着内心的波涛汹涌。

那些美好的人（丁小可死前189天）

老陆又来了。他站在丁小可面前，哀伤地说："世上没有不散的筵席，你该离开了。"丁小可平静地说："我等着这一天。不过，再给我两天时间搬家，怎么样？"老陆说："没有问题，也不差这两天。本来我们头要扣下你所有的画，我说服了他，他答应了，很遗憾，我不能帮你更多。"丁小可笑笑："你已经帮我很多了，大恩不言谢。"老陆说："我很伤感，当初招商是我，赶你走也是我，谁会料到风生水起的三十一区会变得如此萧条。"丁小可说："这世上很多热闹是假象，回归真实也好，每个人都应该回到他应该待的位置，没有幻想，人会活得踏实些。"老陆笑笑："你能这样想就好，我怕你想不开。"丁小可淡淡地说："怎么会。"老陆摸了摸她的头："以后常联系，或许还有机会合作，山不转水转。"丁小可眼睛有点湿："谢谢你，老陆，你是好人。"

老陆走后,丁小可站在画廊中间,转动着身体,看着这里的一切。她心里异常不舍,在这个地方待了将近十年,有欢乐也有痛苦,这是她一生中最重要的十年。不舍也没有办法,就像她决绝地离开罗树林,就像金凌无情地抛弃她,都是无力挽回的事情,生活总是从一种悲凉走向另外一种悲凉。

摆在她面前最大的问题,不是离开这里,而是下一步的落脚点还没有着落。她要找间便宜的房子,能够摆下一张小床,堆得下这几十幅画就行。这几天看过几个地方,有一处房子很满意,在古梅路沧浪小区,一居室的房子,月租八百元,是最便宜的了,虽然有点偏,对她不爱出门交往的人来说也没什么问题。房东是个老太太,要求付一押三,也就是说搬进去住,首先要付三千二百元。丁小可身上所有的钱加起来不到五百元,这还是前些日子王玲接济她时剩下的,要租下那一居室是不可能完成的任务。

焦虑,如果不租下那房子,两天后她就会流落街头。

就在她手足无措的时候,北风来了。北风也是三十一区的画家,夫妻俩在这里经营一家画廊,日子也过得紧巴巴的。他是金凌的好朋友,金凌走后,许多画家将对金凌的怨恨转嫁到她头上,经常搅局,破坏买家和她的交易,甚至平白无故在她画廊门口指桑骂槐地挑衅,还有更加恶劣的,在黑夜里朝她们门上抹屎。后来北风站出来了,他们才有所收敛,时间长了,他们才平息下来,相安无事。丁小可还是十分感激北风的。

北风说:"小可,你的事情刚刚听老陆说,很抱歉,没有关照好你。"

丁小可说:"北风大哥怎么能这样说,这些年要不是你照应,我早就离开这里了。现在离开也好,我得好好想想,未来的路该怎么走,不能再如此失败了。"

北风说:"现在大环境不好,找条出路是对的,人不能被活活困死。我们的画廊也生意惨淡,根本就卖不出去画,游客不少,买画的人没有,我们都成动物园的猴子了,仅供参观。名家的画不愁卖,我们却还有很长的路要走。我也想过离开,干脆回老家算了,可是心有不甘。现在我都让你嫂子出去工作了,去帮一家公司画动漫,如果你有想法,我可以让她给你联系一下。"

丁小可说:"谢谢大哥,我想好后会联系你的。"

北风从口袋里掏出个信封,递给丁小可:"一点心意,没有多少,你收下吧。"

丁小可推让道:"不行,不行,你的日子也不好过,还要养孩子,怎么能收你的钱。"

北风说:"收下吧,你比我们更难。"

丁小可含泪接过了那个信封。北风坐了会,就匆匆走了。丁小可拆开信封,里面装着一千元钱。就是有了这一千元钱,还是不够租房的钱。她又开始搜肠刮肚地想钱。天无绝人之路,她的手机叮地响了一下,看了看,是上官克明发来的微信消息:"小可,最近好吗?记得上次你说困难，当时手头上的确没钱，不能够帮你，你也知道我一个穷作家，没有什么积蓄，还要养家糊口，请你原谅。大家都过得不容易，按理说，你有困难，作为朋友，应该帮助的。我新书才印了一万册，刚刚拿到两万多块钱，给你转个六千块钱吧，多也没有，一点心意，希望能够救个急。"

接着，上官克明将钱通过微信转账给她。

丁小可收下了他的钱，回复道："克明哥，谢谢你，等我有钱了会还你的。"

"不要客气，还不还都不要紧，重要的是你要好好活着。"

"你现在身体怎么样，是不是还在吃药？"

"马马虎虎，只要能写作就好了，药还继续吃，医生不同意我断药，我听医生的。"

"克明哥，你要保重。"

"你也一样，等我回上海聚吧，不多说了。"

丁小可满血复活，突然觉得精神百倍，光明就在不远处。她想，人千万不能放弃希望，总是能够绝处逢生的。她马上打电话给房东老太太，兴奋地说："顾阿姨，你的房子没有租出去吧？"顾老太太回答："没有。"丁小可说："太好了，那就租给我吧，我现在就过去交钱。"顾老太太说："那赶紧过来吧，下午我要去女儿家帮她看孩子。"丁小可说："好，好，我马上坐地铁过来。"

办完租房手续，已经下午一点多了，她顾不上吃午饭，开始打扫房子。房子挺干净的，打扫起来也方便。这一天真是奇怪，都是关心她的人找她，丁小可正在拖地，王玲就打电话来约去衡山路的红房子喝下午茶，丁小可爽快地答应了她。这也许是她两年多来，最快乐的一天。

王玲坐在靠落地窗的位子等她。这个时候红房子的人不算多，音乐舒缓，时光是轻盈的。丁小可一眼就看到了王玲。王玲穿着宽大的白色的印花无袖孕妇装，慵懒的样子。王玲也看到了她，微笑着朝她招手。丁小可坐在她对面，微笑着说："姐，我来晚了。"

"不晚，不晚，小可吃点什么？"

"来块巧克力慕斯吧。"

"好的，喝点什么？我喝的是玫瑰花茶。"

"那我也喝玫瑰花茶。"

王玲叫来服务员点完单，丁小可真感觉到饿了，想想两天没有吃饭了，胃部隐隐作痛，肚子空空的，咕咕直叫。她没有告诉王玲自己被赶出三十一区的事情，想等她孩子生下来再说，现在告诉她，会影响她的情绪，对孩子不好。见到王玲，丁小可觉得一切都美好起来，阳光透进来，照在王玲粉扑扑的脸上，连她嘴唇上面的茸毛都清晰可见。

"小可，我是不是胖得不成样子了？"

"还好啦，这样是另外一种美，没听说过吗，女人怀孕的时候，是最美丽的。要做妈妈了，一定很幸福吧。"

"是的，感觉很好，小东西在我肚子里动的时候，我就很兴奋，想着他在我肚子里的情景。他在一天天长大，他是什么样子的，是男宝宝还是女娃娃，我充满了期待。"

"姐,你希望是男孩还是女孩?"

"都一样,都是我的心头肉,我都要用生命呵护他长大。对了,小可,你看上去很憔悴,脸上一点血色也没有,身体有问题?"

"我还好,只是这些日子晚上总是失眠。"

"还想着金凌?"

"不想了,想他干什么,想了也没有用,他不会回来娶我。"

"唉,你真的该找个男人了。"

"男人都一样,没有什么渴望。"

"真的?"

"真的。"

"如果让你实现三个愿望,你会选择什么?"

"第一嘛,到处去旅行;第二嘛,买好多性感的衣服;第三嘛,和很多长得帅的男孩子调情。"

"哈哈,还说对男人没有渴望,露馅了吧。其实这些你都可以做到,只要你想去做。"

"做不到,我还有画廊,而且我是个性格内向的人,放不开。况且,现在我都人老珠黄了,有谁还会要我。"

"瞎说,你才三十多岁,才刚刚开始,你有大把的好时光。你忘了,去年还有个男孩子追你呢。"

"我真忘了,还有这样的事情。"

"你仔细想想,那男孩子还长得挺帅的,高高的个子,有双清澈的大眼睛,我见过他的。"

丁小可想起来了，是有这么件事情。那是去年春暖花开的时节，有天早上，她打开门，发现门缝里掉落了朵玫瑰花。她在门口左顾右盼，没有发现有人。多年来，她都没有收到过玫瑰花，和金凌相处的那两年，他从来没有送过玫瑰花，什么礼物都没有。拈着这朵鲜艳的玫瑰花，心里还是有点激动的，鼻子凑近，闻到醉人的香，丁小可心想，是谁送的花呢。玫瑰花被插在啤酒瓶里，放在桌子上，屋子里有了真实的色彩。一连几天，她都会收到一朵玫瑰花。好奇心驱使下，天蒙蒙亮，她就守在门后面，等待神秘送花人的出现。脚步声传来，丁小可屏住呼吸，心在狂跳。脚步声在门外停住了，玫瑰花插在门缝里，她看到了插进来的花杆。丁小可猛地打开门，说了声："你是谁？"那人呆立，不知所措地看着她。在晨光中，丁小可看清了送花人的脸，那是一张秀气的男孩子的脸，似乎还没有摆脱稚气。"是你。"丁小可笑了。男孩低下了头。她认识他，就是平常来三十一区收快递的顺丰小哥。她让他进了屋，给他倒了杯水，他坐着，手捧着水杯，没喝，脸涨得通红。丁小可笑嘻嘻地问："为什么给我送花。"他低下头，羞涩地说："我喜欢你。"丁小可说："喜欢我什么。"他说："不知道，但我就是喜欢你。"丁小可说："你多大了？"他说："二十一。"丁小可笑出了声："哇，我可比你大十多岁。"他抬起头说："这重要吗，我们老家有个叔叔，讨的老婆比他大二十岁。"丁小可说："可以当他妈妈了。"他说："你知道真爱是什么吗？"丁小可又笑出了声："不知道。"他站起来,将水杯放在桌子上,轻声说:"画家姐姐,你真不浪漫。"说完,他就走了。后来,这个快递小哥就再也没有给她送过花,有时碰见他,他会低下头,快步离开。

"对,对,是有这回事,其实那男孩子蛮好的,好久没有见到他了,不晓得他现在怎么样。"

"小可,如果他现在出现在你面前,向你求爱,你会答应他吗?"

"不会,他养不活我。"

"小可,今天叫你来,想告诉你一件事情,我下周就要去美国了。我老公非要我去美国生孩子,没有办法,我拗不过他,他是我们家老大。"

"真的?"

"真的,签证和机票都办好了。无论我在哪里,你有什么事情一定要告诉我,记住,我是你姐。"

丁小可点了点头,突然有种莫名其妙的伤感。这时,落地窗外的人行道上走过三个年轻姑娘,她们都穿着热裤,上身穿着短小的衣服,露着肚皮和柔软的腰肢,步态婀娜,活力四射。丁小可想,要是自己能够像她们一样,该有多好,自己和她们,是活在同一个城市的两类人。

她想用画笔戳瞎眼睛(丁小可死前170天)

新的居所十分宁静。让她奇怪的是,这个老式小区里住的人大多是老年人,很少看到年轻的面孔,那些老年人就是在大热天里,也喜欢在户外走来走去,或者集聚在一起聊天。丁小可对他们谈论的话题无从知晓,也不可能凑过去和他们说话,就是在小区里碰到他们,也只是默默走过去,连眼神的交流也没有,她是沧浪小区里的陌生人。

大部分的时间里,她都待在屋里。画廊没有了,所有的债务一笔勾销了,身上的余钱省吃俭用也可以对付一段时日,离开三十一区的头几天,她放松了自己的身体,美美地睡了几天。躺在床上,觉得自己是头无所事事的猪。有时会从噩梦中惊醒,浑身冷汗,她总是会在梦中回到三十一区,站在空空荡荡的画廊里,面对一个黑影颤抖。那黑影是她自己的魂,她的魂留在了那狭小的空间里,久久不会散去。她是在梦中回三十一区去寻找自己的魂魄的,没有魂魄,她只是个空洞的行尸走肉。

一夜无梦,丁小可睁开眼睛醒来,内心有些欣喜。

不能再这样沉睡了,该做点什么了。她从床上爬起来,支好画架,才去卫生间洗漱。面对镜子里蓬乱头发、苍白脸蛋的自己,丁小可心里充满了厌恶,以前不是这样的,记得刚到上海时,她也是个美丽的朝气蓬勃的姑娘,是刚刚开放的花朵,在阳光下飘香。洗漱完,她开始梳头。头发鸡窝一样凌乱,都起了结,梳起来十分费劲,扯得头皮钻心的痛。梳了一会,痛得眼泪汪汪,气得跺脚。

她穿上那件短袖的白色棉布袍子,换上那双白色的皮凉鞋,走出了门。这个小区的楼房不高,每栋楼都五层高,没有电梯,下楼上楼都走楼梯。丁小可住的是四楼,走下去并不吃力。走出小区时,碰到一个遛狗的老头,面无表情,用直勾勾的目光盯着丁小可,要不是在阳光灿烂的白天,她会以为他是丧尸。长得很丑的小狗朝她叫了两声,丁小可赶紧逃走。

丁小可在街上找到了一家美发店,推开玻璃门,走了进去。漂亮的迎宾小妹笑脸相迎:"女士,做头发吗,我们店里有最好的发型师,他给电视台的主持人汪月月做过头发,是不是让他给你做?"丁小可从来不看电视,根本就不知道汪月月是谁。她笑了笑说:"我不做头发,我要理发。"迎宾小妹狐疑地说:"理发?"丁小可说:"对,理发,理光头,你随便叫个师傅帮我理就可以了。"迎宾小妹说:"那好吧,请跟我来。"迎宾小妹让她坐在旋转理发椅上,微笑着说:"女士,你稍等,我去给你叫技师。"

店里有三个女人在烫发,其中一个女人在翻看一本时尚杂志,嘴巴喋喋不休,和理发师在说着什么。不一会,走过来一个穿着黑色圆领短袖衬衣的年轻男子,他的头发染得通红,像一团燃烧的火,他有一张瘦削的脸,让她想起金凌,不过,他比金凌要清秀得多,有点娘娘腔。他说话细声细气,奶油味十足,满口的台湾腔:"女士,你的头发都发干啦,分叉很多,可惜了一头好头发,是不是给你保养保养?"

丁小可说:"我不是说不做头发,给我理光头吗?"

他笑了笑,露出洁白整齐的牙齿:"对不起啦,迎宾没有跟我讲清楚。你确定要理光头吗,女士你长得这么漂亮,像电影明星一样,光头不太适合你,是不是给你保养一下头发,然后做个漂亮的发型。"

丁小可烦透了,没好气地说:"你这个人真是啰唆,你难道听不清楚我的话吗,我让你理光头,我不想要头发了,你明白吗?"

他还是笑着,细声细气地说:"女士息怒,息怒,我是为你好。"

丁小可提高了声音:"我不要你为我好,我要你给我理光头,明白了吗?"

那个翻着时尚杂志喋喋不休的女人停止了说话,向她投来异样的目光,然后轻声说了声:"乡巴佬。"丁小可听到了她的话,想反驳她几句,还是忍住了,她从来没有和人吵过架。年轻理发师不说话了,还是笑容满面,这也许是他的职业笑容。在镜子里看着他的笑容,丁小可心情渐渐平静下来。年轻理发师的手还是很麻利的,很快就将她的头发剃光。光头的她完全变了个人,她自己看了都觉得陌生,头不圆,还有点尖,有点好笑。

年轻理发师给她洗头的时候,她闻到了淡淡的香水味,记得王玲曾经送给她一瓶雅诗兰黛的香水,可不知放哪里去了。他的手十分柔软,像是女人的手,柔软无骨的手在光头上摸来摸去,丁小可浑身冒起了鸡皮疙瘩。洗完头,擦干,丁小可轻松了许多,心想,以后就光头了,这样不用梳头,还省了洗发水。走出美发店的门,听到身后他们的笑声,她没有回头。回去的路上,路人都用怪异的目光审视她,有的人还不停回头张望。她低头看了看身上穿的白棉布袍子，又摸了摸光溜溜的头，哑然失笑，敢情路人将她当成尼姑了。其实当尼姑也没有什么不好，清心寡欲也是种活法，少了尘世间的许多烦恼。

回到住处，她把梳子扔进了垃圾桶。

北风打电话来，邀她去三十一区参加一个画家新画廊的开业典礼，她谢绝了，暂时还不想回到那个地方，三十一区是个奇怪的地方，总是有人离开，总是有人进去，有人在那里成功，也有人在那里失败。

小饭厅里堆满了画。

卧室有三分之一的地方堆着画，三分之一的地方放着一张小床，剩下的地方放着从画廊里搬过来的长条桌，整个房间挤得满满当当。墙上挂着那幅油画《撕裂》，这是当时金凌无情地否定她的风景画之后，创新的油画，当然受了他很大的影响。丁小可站在《撕裂》面前，愣愣地审视着，像是在审视自己的人生。画中找不到她以前风景画的宁静和悠远，呈现的是癫狂和破碎，画面中呈现的是一颗血淋淋的心脏，又像是一朵揉烂的玫瑰花。这是金凌离开她之后的作品，画作抽象地表达了她当时的心情。可是，她为他改变了画风，他也不会再回来了。

丁小可坐在画架前，一手拿着画笔，一手拿着调色板。她企图完成这幅画了许久才画了一半的油画，还是像《撕裂》一样抽象的风格，她想表达一种复杂的情绪，那应该是一个变形的头颅，只画了被砸破的颅顶，变形的五官却怎么也找不到灵感，无从下笔。这是谁的头颅？因车祸而死的罗树林的？还是当初被人打得头破血流的金凌的？她说不清楚。

她真的无从下笔，心情一下子又糟糕到了极点，调色板被扔在地上，咣当作响。看着这幅未完成的画作，丁小可突然觉得自己无比可恨，怎么能够放弃自己喜欢的东西，来画这种面目狰狞的鬼画？这不是自己想要的，绝对不是。金凌的话也不是真理，凭什么要听他的。问题是她还能否回头，重拾自己对美的追求吗？此时，丁小可痛苦万分，她想用画笔戳瞎自己的眼睛。

丁屋岭晨雾（丁小可死前143天）

多年来，丁小可以为自己是个失去了家乡的人。父亲丁一山患阿尔茨海默病后，她基本上就断了和家乡的联系。丁一山是个内心骄傲的人，在小县城的绘画者里，虽然排不上号，却也有些声名，而且他的毛笔字写得好，春节时很多人找他写对联，红白喜事也让他去写字。他心中有个画家梦，所以女儿说要在上海开画廊时，他不顾儿子丁小宏的反对，倾囊相助。画廊开业之际，丁小可请父亲去了上海，由他剪彩并发表了热情洋溢的演说，这是他一生最光荣的事情。回到汀州城后，丁一山到处渲染，说女儿现在是上海的大画家了，就连小巷深处的理发师傅陈拐子也知道了此事。丁一山逢人就拍胸脯说："你要是到大上海，不要找别人，找我女儿就行了，只要说是我丁一山的朋友，她肯定会接待你的。"真的有人去上海找丁小可，家乡来人,又自称是父亲的好友,她自然热情接待,金凌对她老家人十分好奇,陪吃陪喝还陪买单。第一个来上海找丁小可的人得到了热情款待,回去后又是一番大肆渲染,来上海找丁小可的人渐渐多了起来,这可给丁小可造成了沉重的负担,金凌也不耐烦了。渐渐地,她推托掉所有从老家来上海找她的人。被推托掉的人心里不爽,回去后又是一番污蔑,时间一长,丁小可成了一个无情无义之人。流言蜚语传到丁一山耳里,他脸上无光,深居简出,就是出门也低着头,怕人家数落他。他在落寞中得了阿尔茨海默病,再也不用看别人的眼光活着了。丁小可也很少回去,这些年活得艰难,对故乡也淡忘了,生存远远比故乡重要。

她还是会在某些深夜,梦见父亲。父亲拄着拐杖,愤怒地瞪着她,什么也不说。丁小可从梦中醒来,无语凝噎。搬出三十一区后不久,她又梦见了父亲,父亲在月光下的山野,朝远方眺望。丁小可悚然心惊,是该回去看看父亲了,否则也许就再也见不到他了。于是,她买了张火车票,回到了家乡。她出现在哥哥丁小宏家门口时,天已经黑了,她还是穿着那袭短袖的棉布白袍子,外面还套着牛仔布的风衣,显得不伦不类。丁小宏几年前住上了楼房,之前租的是民居。他大学毕业后分在县水利局工作,母亲过世后,他就接父亲一起住,丁屋岭的老房子一直空着。丁小可本来想回丁屋岭,想想父亲在哥哥家,就直接找过来了。丁小宏的家在十一楼,她站在门口,按响了门铃。

门开了,站在面前的是个比她高一个头的少年,眼睛特别明亮。他面露羞涩,回过头说:"妈妈,是个尼姑。"丁小可的嫂子蔡秀芝走出来,愣愣地看着她。丁小可笑了笑说:"嫂子,我是小可。"蔡秀芝顿时满脸堆笑:"啊,是小可呀,都不认得了,难得你还记得我们家。"丁小可尴尬极了,脸红耳赤。干瘦的蔡秀芝对少年说:"大伟,快叫姑姑。"丁大伟红着脸叫了声:"姑姑。"丁小可说:"大伟都长大了,小时候还抱过你呢,你还尿在我身上。"蔡秀芝说:"小可,快进屋,别在外面站着。"丁小可放下背包,说:"我爸呢?"蔡秀芝两片薄薄的嘴唇翻飞:"你哥在卫生间给他洗澡呢,老头子越来越折磨人了,没声没息地把屎尿屙在裤裆里,好好的一个家弄得臭气熏天,你都不晓得服侍老头子有多么辛苦,我们一家三口什么事情都干不了,围着他转,我真的受够了。你回来也好,看得到我们的辛苦和付出,实在不行,你带老头子到上海去,你也是他的女儿,要负些责任。"

丁小可心被刺痛了:"对不起,嫂子。"

蔡秀芝说起来没完:"说句对不起要有用的话,我可以对你说一万句对不起,你带走老头子吧。"

丁大伟沉下脸:"妈,你别说了,姑姑刚回来,你就唠唠叨叨,像什么话。"

这时,丁小宏走出来,对妻子说:"你在和谁说话。"当他看到妹妹时,也怔住了,他的双手湿漉漉的,往地上滴水。丁小可讷讷地喊了声:"哥——"

丁小宏慌乱地说:"回来就好,回来就好。"

蔡秀芝冷冷地说:"好什么好。"

丁小宏瞪了她一眼:"还不去做饭,啰唆什么。"

蔡秀芝悻悻地进厨房去了,不一会传来叮叮当当的声音。丁小宏笑着说:"小可,你先坐下来休息会,我给爸洗好澡就扶他出来。"他又吩咐儿子给她倒茶。丁大伟对她说:"姑姑,你不要怪我妈,她就那样的人。"丁小可笑笑:"大伟,我不会怪她的,是我不好。"丁大伟递给她一杯茶:"姑姑真的是画家?"丁小可点了点头:"是失败的画家。大伟,你上高中了吧。"丁大伟说:"高二了。为什么是失败的画家?"丁小可无心和他说话,心里忐忑不安,一会见到父亲会怎么样,进门时,她就希望能够第一眼看到父亲,同时也很害怕。她敷衍道:"以后有机会再和你细说。"丁大伟笑了笑:"不用勉强,不说也没有关系。"

丁小宏搀扶着丁一山走出来,丁小可站起身,呆呆地看着他。父亲比她想象得要好,发胖了,脸色红润,就是目光呆滞,走路不利索。丁一山坐在沙发上,丁小宏对他说:"爸,小可回来了。"丁小可蹲在父亲面前,喃喃地说:"爸,是我,我是小可。"丁一山直勾勾地看着她,突然笑了:"秀丽,你回来了,回来就好,我们去登记结婚吧。"秀丽是丁小可母亲的名字,母亲在她上大学之前就过世了。丁小宏在他耳边说:"爸,她是小可呀,不是我妈。"丁一山大声说:"秀丽,别管他们,他们要阻挠我们结婚,他们都是坏人。"他伸出手,摸了摸丁小可的脸,颤抖地说:"秀丽,你还是那么漂亮,我说你会回来的吧,我是诸葛亮呀，料事如神。"丁小可紧紧地握住父亲温暖的手，哭出了声，她越哭越大声，涕泗横流。丁小宏叹了口气。丁大伟默默地看着这一幕，用手背擦了擦眼睛。厨房里传来抽泣的声音。

……

这是个晴天，也是丁小可回家乡的第二天。她一大早就来到了丁屋岭。从长汀县城到丁屋岭，二十五公里，恰好是星期天，丁大伟骑摩托车带她上山。丁屋岭是云端里的村庄，在高山上的山坳里。上山的路比以前拓宽了许多，还是很多急弯和陡坡，一不小心摩托车就会坠入万丈深渊。尽管丁大伟摩托车技术不错，丁小可还是紧紧地抱住他的腰，不停地说："大伟，小心。"丁大伟笑着说："姑姑莫怕。"

他们来到山顶时，太阳刚刚从东边的山上露出半个头。丁小可让他停下来，下了车，看着火红的太阳和满天的霞光，喃喃地说："太美了。"山坳上的丁屋岭也呈现在她的眼前，古朴的村庄清一色黑瓦红土墙的老屋，淡青色的晨雾和袅袅的炊烟揉在一起，美得让她的心尖颤抖。此时，阳光还没有驱散晨雾，是最佳的观景时间，丁小可从背包里取出速写本，将眼前的美景勾勒出来。丁大伟看着她的笔在速写本上滑动，说："姑姑，我小时候爷爷让我学画画，我就是不喜欢学，爷爷说我笨蛋，还说你聪明。"丁小可说："你爷爷在我小时候经常带我到这里看风景，他说，哪天你要是将这里的风光画出来就好了，可是我一直没有画。"

丁屋岭有条窄窄的小街,小街两旁有些小店面,分别是打铁店、糖果杂货店、理发店、竹器店、小吃店等,小街两旁每家每户都挂着红灯笼,老房子都修缮过,有了很大的变化,丁小可离开丁屋岭时,这里还是个破旧的小山村。丁大伟说:"丁屋岭现在搞旅游开发了,今天星期天,中午的时候,人就会多起来。"丁小可家的老屋在小街尽头的半山腰上,从前,只要早上一开门,就可以看到丁屋岭村街的全貌。丁大伟在村口的停车场停放好摩托车,就和姑姑走进小街。路过街边那口古井时,丁小可停了下来。古井的边缘被绳索磨出了一道道深深的光滑的槽,井水还是那么清澈,像一面镜子。井水里有几尾红鲤鱼,丁小可说:"我小时候,还往井里放过一条鲤鱼。"丁大伟说:"可能姑姑放的那条鲤鱼还活着。"丁小可笑笑:"有可能。在井里放鲤鱼,是为了防止坏人投毒,鱼要是死了,井水就不能食用了。"丁大伟说:"我听爷爷说过。爷爷说,在他小的时候,山上经常有土匪出没,有一回,村里族长得罪了土匪头子陈烂头,因为我们丁屋村人彪悍,还有几十条土枪,陈烂头不敢明着来,就派人在黑夜里潜入了村里,在井里投下了砒霜。早晨,第一个打水的人发现井里的鲤鱼全死了,就赶快报告了族长。那些鲤鱼救了一村人的命。"丁小可笑着说:"他也给我讲过这个故事。"

迎面走来一个粗壮的黑脸汉子。

走到跟前,他停住了脚步,丁小可和侄儿也站住。黑脸汉子问丁大伟:"大伟,这位是?"丁小可笑着说:"大伟,你不要说,让他猜。"丁大伟吐了吐舌头。黑脸汉子笑嘻嘻地抓耳挠腮:"我猜不出来。"

丁小可摇晃着头,拍着手说:"大头大头,落雨不愁,你有斗笠,我有大头。"丁小可说完,咯咯笑起来。黑脸汉子惊讶地说:"小可,你是小可。"在他的记忆中,只有丁小可才会这样嘲笑他硕大的头颅。丁小可说:"大头,是我。"丁大头叹了口气说:"这,这,你怎么会变成这个样子,光着个头,还那么憔悴,老了许多,想当年,你可是我们高三(一)班的班花呀。"丁小可说:"是老了,不成样子了。"丁大头说:"回来就好,刚刚好今天家里杀了猪,中午到我家吃饭,到时好好叙旧,我现在先去城里办点事情。"丁小可答应了他。

丁大伟说:"大头叔现在是村主任,很忙的。"

丁小可说:"他从小学到高中,都是我同班同学,还是我的保护神,谁要是欺负我,他就会为我出头,没少为我打架。大头打架很厉害的,连县城里的小流氓都怕他。大头的学习并不差,可是运气不好,高考前一天开始拉肚子,影响了发挥,没有考上大学。"

丁大伟说:"我爸说,他比考上大学的人还要好过。"

丁小可说:"也是。"

老屋久没有人住,走进去有股霉味,可还是老样子。她的卧室里,小时候练习画画的小黑板还放在木架子上,那是丁一山亲手给女儿做的小黑板,那时家里贫困,买不起纸张，只能在小黑板上习画。她睡的床也还在，铺得好好的，只是上面落满了灰尘。简单收拾一下，这里还是可以住人的，丁小可想，如果实在没有办法，搬回丁屋岭住，也是可以考虑的。

丁小可和侄儿坐在老屋大门的石头门槛上，目睹小街渐渐地热闹起来。

丁小可说："小时候，我和你爸爸经常坐在这里，等着你爷爷奶奶回家。你爷爷奶奶比较偏爱我，常常会偷偷给我糖吃，你爸知道后，就会很生气，一个人跑到山上采野果。他在我面前赌气地吃着野果，报复性地馋我，你爷爷见状，就将他手上的野果抢过来给我吃，他坐在地上哭，说你爷爷偏心。有一次，你爸爸去采野果，摔下山崖，腿骨断了，要不是大头的爸爸打猎时发现他，他可能就被豹子咬死了。"

丁大伟说："山上有豹子呀。"

丁小可说："以前有，现在没有了。豹子闻到烧熟野猪肉的香味，会跑下山来，你看我们家的大门就被豹子抓过，那天晚上我们家吃野猪肉，半夜豹子就来了，拼命地嚎叫，还用锋利的爪子抓我们家的杉木门，我听到那声音，吓得直往你奶奶的怀里钻，你爷爷说不要怕，它会走的。"

……

在大头家吃完午饭，丁大伟带着她回城里去了。大头给她拿了两袋上好的野生红菇，让她带回上海吃。回到哥哥家，丁小可将红菇给了蔡秀芝，蔡秀芝说："现在红菇可贵了，像这种成色的红菇，起码要上千块钱一斤。"

丁一山坐在沙发上看电视，时不时说上一句古怪的话语，谁也不清楚他在说些什么。丁大伟告诉姑姑："爷爷每天都这样，他完全不知道电视里放的是什么，可就是要看，而且专门认准音乐台看，我们换台他还不干。"丁小可没有办法和父亲交流，默默地坐在他旁边，拉过他的手，轻轻地抚摸。她会想起久远的岁月里，父亲带他去山顶看日出的情景，那时的父亲健康而又温和，眼睛里跳跃着希望的火苗。他会指着层层叠叠的大山外的远方，对她说："小可，你长大了会离开我，会到很远的地方去，去走你自己的路，爸爸不能陪你一辈子。"

突然，一股臭味扑鼻而来。丁一山侧过脸，朝女儿呵呵一笑，像个顽劣的孩子。丁小可说："爸，你笑什么？"丁一山说："秀丽，我们去打结婚证，现在就去。"然后颤巍巍地站起来，丁小可也站起来，扶住了他。丁大伟走出房间说："姑姑，你闻到臭味了吗？"丁小可说："闻到了，是怎么回事？"丁大伟笑着说："爷爷肯定又把屎尿屙在裤裆里了。"蔡秀芝从厨房里跑出来："啧啧啧，又屙了，老头子，你就不能说一声吗。"

蔡秀芝脸色难看，大声对儿子说："还不快过来，扶老头子去卫生间擦身体。"

丁小可说："我来吧。"

蔡秀芝瞪了她一眼："你是客人，用不着你。"

客人？丁小可的心脏被狠狠地捅了一刀，这话比骂她还难受。母子俩扶着丁一山走到卫生间门口,他突然不走了,声嘶力竭地喊叫:"我不进去,你们绑架我,要杀死我,我就是不进去。"他浑身筛糠般颤抖,要瘫倒的样子。这时,丁小宏回家了,见状,放下手中的鸡鸭鱼肉,走过来抱住了丁一山。他对母子俩说:"你们去准备菜吧,小可好不容易回来一趟,弄点好吃的慰劳她。"

卫生间的门被关上了,丁小可还能听到父亲撕心裂肺的喊叫。

卫生间里平静下来。

丁小可走过去,敲了敲门。丁小宏说:"是小可吗?"丁小可说:"是我。"丁小宏说:"门没有插。"推门进去,她见哥哥用一把鞋刷子在刷父亲的身体,边擦边给他身上冲热水,父亲坐在木凳子上,瞪着眼睛,气鼓鼓的。丁小可说:"让我来吧。"丁小宏没有说什么,站起身:"洗好了叫我,我来帮他穿衣服,你不行。"丁小可点了点头。卫生间里浓郁的腥臭味,丁小可可以忍受,这是自己的父亲。

丁一山身体上一道道红痕,那是鞋刷子刷出来的。她的心脏骤然抽紧,眼睛湿了,她忍住没有让泪水滑落。沐浴露抹在父亲的皮肤上,她用毛巾轻轻地擦着,尽量让父亲舒服些。此时的父亲,真的是个孩子,丁小可细心地擦洗父亲的身体,就像童年时代父亲温存地呵护自己。这是她一生中唯一的一次照顾年迈的父亲,明天,或者后天,她就要离开家乡,兴许永远也不会回归。丁一山突然抽泣起来,她给父亲擦了把脸,柔声说:"爸,别哭,我好好的，你别担心我。"丁一山没头没脑地说了一句："炸死了很多人。"她深入不了父亲的内心，根本就不知道他在说什么。她发现父亲的胸膛上有一颗黑痣，想起小时候，趴在父亲胸膛上睡觉的情景，醒来后，她用小手去摘那颗黑痣，以为那是一颗黑色的豆子。

在阴影里，脸是灰暗的（丁小可死前96天）

悬铃木的叶子开始飘落，深秋的上海，如果不是阴雨或者雾霾天，还是很爽朗的，走在路上，阳光温暖地抚摸头皮和脸，自然而惬意。从家乡回来后，丁小可开始找工作。现在工作难找，她除了绘画，也没有其他专长，找了几家和绘画有关的文化类公司，都铩羽而归。前几天，突然想起北风说过的话，抱着希望，她找了北风。北风夫妇都是实在人，热心地帮她联系了动漫公司人事部经理，约她今天去面试。北风老婆李红特地交代她穿着要正式点，最好戴顶帽子遮住光头，因为人事经理是个半老徐娘，比较保守。她找出件很七成新的粉色小西装穿上，里面是件白衬衣，配了条白色西裤，穿了双黑色半高跟皮鞋，戴了顶红色的圆帽子，这些是她最正式的行头了。

下地铁后，丁小可和李红通过电话，李红会在漕河泾创意园区里面的动漫公司大楼下等她。到了地方，李红果然等在楼下。李红笑脸相迎："哇，今天穿得很漂亮呀。"丁小可说："实在找不出像样的衣服，这套衣服，还是当初画廊开业时，金凌给我买的。"李红说："不管那么多了，走吧，向经理在办公室等你呢。"

向经理保养得很好，脸皮白嫩，透着红晕。李红领她进向经理办公室后，就出去了。向经理和蔼可亲，说话轻轻柔柔，女性魅力十足，她微笑地问了丁小可一些问题。丁小可有点紧张，回答问题时不是很利索。向经理微笑着说："小丁，别紧张，慢慢说。"

向经理的微笑让她紧张的情绪渐渐平息，说话也得体流利起来。向经理并没有过多问她专业上的问题，就像一个大姐和她拉家常，说的都是生活中的一些琐事。丁小可觉得意外，准备的好多东西都用不上，向经理是个与众不同的女人。她们聊得愉快，丁小可认为这份工作应该没有什么大问题了，就在她心里有些小得意的时候，胃部突然剧烈疼痛。她双手捂住肚子，脸部肌肉抽搐变形，痛得叫出了声。向经理吃惊地站起来："小丁，你怎么啦？"丁小可牙缝里艰难地挤出一个字："痛。"她从椅子上滑到地上，蜷缩成一团，额头上冒出一颗颗豆大的汗珠。向经理说了声："不好。"她赶紧给李红电话："李红，你赶紧过来，小丁有问题。"李红匆匆忙忙地赶到向经理办公室，有两个保安已经先到了。李红焦虑地说："向经理，这是怎么了？"向经理说："你赶紧带小丁去医院，让保安扶她下楼，我的车在门口等着，快去。"李红说；"谢谢向经理。"向经理挥了挥手："快去吧，救人要紧。"

丁小可被送进了医院急救室。

李红十分担心，要是丁小可有个三长两短，那可如何是好。她心里充满了恐惧，急出了一身冷汗。她赶紧给北风打了电话。北风让她别急，很快就会赶到。李红还嘱咐他带点钱过来，估摸丁小可没有钱，北风说没有问题。在人命关天这个问题上，他们都不含糊。半个多小时后，北风赶到了医院，气喘吁吁地说："红，小可怎么样了？"李红眼睛湿湿的，难过地说："在里面，还没有出来，不知道会不会有生命危险。"北风抱住妻子，安慰道："我想小可不会有事的，别担心。"李红哽咽道："可我还是担心，小可挺可怜的，都怪金凌那个王八蛋，害了她。"北风叹了口气，紧紧地搂抱着善良的妻子。

　　过了一个多小时，急救室的门开了，走出来两个医生。北风和妻子迎上去，李红说："医生，我朋友没事吧？"年纪比较大的医生说："没事了，是胃痉挛，我们已经给她做了处理，缓解了，再过一个小时就可以恢复正常。"李红含泪地笑了："没事就好，没事就好。"北风还是第一次听说这种病，问道："胃痉挛是种什么样的病，要紧吗？"医生说："这是常见的一种胃病，但给患者带来的伤害比较大，出现的腹痛难以忍受，严重的会影响生活。病发后一般两个小时左右可以自行缓解，如果中上腹部出现硬块，会更加疼痛，手都不能触摸硬块。目前这种病除了吃药，就是按摩有关穴位，针灸据说也有一定疗效。我和你们的朋友说过了，最重要的是生活要有规律，不要饥一顿饱一顿，休息也很重要，还要调节好自己的情绪。"

　　北风诚恳地说："医生，谢谢你。"

医生笑了笑:"不客气,你进去接她回家吧,让她好好休息。"

北风说:"好的,好的。"

这时,丁小可捂着肚子,轻轻地走出来。李红跑过去扶住了她,说:"感觉好些了吗?"丁小可惨白的脸上露出了笑容:"好多了,谢谢你,红姐。"李红说:"小可,你吓死我们了。"北风说:"红,你先扶小可下楼,在门口等我,我去地下车库开车。"李红说:"快去吧。"丁小可说:"北风大哥,我还是坐地铁回去吧,很方便的,麻烦你们,我心里过意不去。"北风说:"别扯了,看你那虚弱的样子,你坐地铁回家我们不放心。"

回到住处,丁小可躺在床上,浑身无力,觉得自己是一具尸体。

动漫公司的工作,估计没戏了,他们不会要一个病恹恹的人。果然不出所料,下午李红就来电话告诉了她面试不好的结果。李红安慰她,不要灰心,会找到工作的,还说会给她留意,有什么好的去处会及时联系她。她闭上了眼睛,决定昏睡到天黑。问题是她根本就睡不着,脑海里重叠着很多过往的画面,像一部剪接错了的电影,凌乱不堪。

生活就是一面魔镜,变幻莫测。

他渐渐变小,消失在墙上(丁小可死前 11 天)

雨天,潮湿,寒冷。就是用被子裹住身体,丁小可还是瑟瑟发抖,像只将要被冻死的寒号鸟。窗外凛风呜咽,她想悬铃木的枯叶都应该掉光了，那些伸向天空的枝丫，像是绝望之人高举的手。她是被一通手机铃声吵醒的，打电话给她的人，是久没联系的朋友肖染。

她说在大阪的街头看见了金凌，并且给丁小可讲述了金凌在日本的故事。听到有关于金凌的消息，丁小可神经受到了刺激，从床上猛地坐起来，眼睛瞪着墙上的《撕裂》，也没顾得上穿衣服。花了近两个小时听完朋友的讲述，丁小可浑身冰凉，僵硬在那里，一动不动。

肖染说，她去日本大阪参加一个文化交流活动，有天中午，出去逛街，看到一个在路边给人画像的男人特别像金凌。他扎着马尾辫，瘦削的脸，曾经鹰隼般的眼睛淡漠了许多。她走上前，注视着他。他专注地给一个小女孩画像，小女孩子的父亲在一旁微笑地看着。肖染没有打扰他，静静地站着，守在那里。小女孩的画像十分卡通，她很高兴的样子，她父亲也笑得开心，竖起了大拇指。小女孩和她父亲走后，他才看了看肖染。肖染笑着说："先生，你是金凌吗？"他低下头，看着自己的鞋头，还动了动脚，像是鞋极不合脚，没有理会肖染。肖染又说："金凌，我是你的朋友肖染，那时你在三十一区开画廊，我当时在《新民晚报》，还采访过你，还记得你的女朋友丁小可，她很漂亮的。"

他抬起头，怨恨的眼神，不耐烦的语气："你认错人了。"

他说的是日语，肖染学过一段时间日语，知道他说的是什么，其实，他的日语说得特别蹩脚。肖染顿时觉得无趣，默默地离开了。走出一段路，肖染回头望了望，他已经不在那里了。

那天晚上，旅居大阪的几个朋友请肖染吃饭。肖染说起了遇见金凌的情景："……也许我真的认错了。"朋友李说："没错，就是他，每天白天，他都在街头画像，晚上则去夜店接客。他混得不好，人又孤傲，没有朋友，我们都躲着他。刚来时，会来找我们这些同乡，我们在他困难时接济过他，但此人无情无义，对他再好，也是说翻脸就翻脸，久而久之，就没人理他了。"肖染说："我从来没有和他交恶，为什么不认我？"朋友李笑了笑："他沦落到在街头画像，又当鸭子，哪有脸认你。"

肖染心里悲伤："其实他也不坏，就是性格不好，看他那样落拓的样子，我还真不忍心。"朋友郑说："肖染，你太善良了，你是没有吃过他的苦头，说他人渣也不为过。"肖染说："他以前对我蛮好的，我还喜欢过他一段时间，要不是他有女朋友，我也许会追他。我不明白为什么说他是人渣。"朋友李喝了口清酒："有段时间，金凌没地方住，郑兄收留了他，说是住几天的，岂料住下来就赖着不走了，还不把自己当外人，作威作福，更可恶的是，这瘪三竟然趁郑兄上班不在家，欺侮他的日本妻子。"

朋友郑摆了摆手："李兄，这事就不提了，丢人。"

肖染沉下脸："这样啊。他刚刚来日本的时候，听说他的画在日本卖得很好，很受追捧，我一直以为他来日本是对的。"朋友李说:"吹牛的。你知道他为什么要来日本吗?"肖染眨了眨眼睛:"不知道,大家都不知道,连他的女朋友丁小可也无从知晓。"朋友李说:"他的保密工作做得真好,本来我们也不晓得,有次他喝多了,自己说出来的。他说他泡了一个不该泡的女人,女人怀了他的孩子东窗事发,那女人丈夫不是一般的人,买了凶要他的命,他才逃到了日本。"肖染无语了。朋友郑说:"我也是服了他,和一个年老色衰的艺妓结婚。"朋友李说:"肖染,和谁结婚没有问题,但我要告诉你,那不是爱情,不是传奇,他仅仅是为了找个住所,因为那老艺妓有房子。"

肖染心里十分难过,很是纠结:"也许他们真的相爱呢。"

朋友郑说:"不可能。"

肖染不死心:"为什么?"

朋友李接过话:"因为他从来没有爱过别人,他爱的是自己,甚至连自己也不爱。"

……

丁小可的身体现在就是一块冰,思维却异常清晰。

她喃喃地说:"我不能再如此撕裂自己了。"

金凌突然出现在眼前。他神色苍茫地望着她,口里絮絮叨叨,听不清他在说什么,或是表白,或是辩解,一切都不重要了。在此之前,丁小可一直记得他说过的话:"小可,无论以后怎么样,我都爱着你,也许哪天我会突然消失,你不要怕,等着我,一定会回来找你,此生有你,无比满足。小可，你知道吗，每次我轻轻触碰你锁骨的时候，你的身体都会轻微颤抖，我会永远记着这爱的颤抖。"从这一刻起，她要忘记这些话，忘记他所有说过的话，不再相信，不再等待，不再受伤。

金凌的身体渐渐地后退，贴在墙上，他的嘴巴还在诉说，她还是听不清他在说些什么，也不想听。他的身体在墙上渐渐变小，最后消失，连一点痕迹都没有留下。

丁小可如释重负地吐出了一口气。

她下了床，走到《撕裂》下面，拉过椅子，站上去，取下了这幅画。在那堆画中，她找出了大学时代在罗树林画室里临摹的西德罗夫的油画《飘浮在大地上空的云》，挂在了墙上。丁小可凝视着这幅画，喃喃地说："西德罗夫，我想躺在你的画中安睡，在一朵云下，一棵树下，或躺在你怀里，轻声地泣哭，这是幸福的泪水，落在丰饶的泥土里，像一颗种子般发芽，长出鹅黄的芽，鲜绿的叶子，在你温煦如阳光的目光中开花，结果。我不会再用鲜血染红黑夜，不会再用刀锋划破皮肤的声音感受生命的健在。"

丁小可收起画架上那未完成的《头颅》，重新铺上一张干干净净的画布。做完这些，她在微信中找到了王玲，写下了这段话："姐姐，我做了个决定，我要回丁屋岭去，那里有纯净的天空，清澈的水，绿色的山峦……还有我亲爱的老爸。上海不适合我，不，是我不适合在上海生活。我已经心静如水。你回来时，我就不在上海了，处理完一些事情，我就离开。不过，你可以带可爱的小宝宝来丁屋岭，我给你们准备一间房，想住多久就住多久，每天给你们做好吃的。对了，我们那里出产红菇，据说坐月子的女人，吃红菇炖鸡汤是最补的，我们那里还有世界上最好吃的鸡。等待你的到来，姐姐，我好想你。"

写完这段话，丁小可突然感觉到了疼痛，上腹部鼓起了硬硬的包块，她蹙起眉头。疼痛是一种无法描述的感受，丁小可觉得自己要窒息。

鲜花丛中的丁小可（2017年1月11日）

周雅儒摸了摸光滑的秃顶，戴上那顶米黄色的鸭舌帽，穿上黑色羽绒服，准备出门。门铃响起，开门，收了个快递。是《油画》杂志社寄来的快件，厚厚的牛皮纸大信封。《油画》是油画行业内最高级别的杂志。迫不及待地拆开，翻开，目录上有那篇上万字的画评《从〈撕裂〉看待当代城市人人格变异——兼谈丁小可油画作品的艺术探索》，他自言自语道："那么久才发出来！"

他还是抑制不住激动，颤抖地拨打丁小可的手机号码，失望，她的手机已经停机。周雅儒想了想，拨通了北风的手机。

"北风兄，近来可好？"

"噢，是雅儒老师呀，我还好，谢谢关心。你找我有事？"

"我想问丁小可的手机号码，刚才拨她的电话，说是停机了，我想她是不是换了新的电话号码。"

"小可……"

"对，丁小可，我给她写的画评发表在《油画》杂志上了，想告诉她这个好消息。"

"她，她走了。"

"到哪里去了？"

"天堂。"

"北风兄，不要开玩笑，我上次见她都还好好的。"

"真的，下午在龙华殡仪馆的追悼会，你要有空也来吧，送她最后一程。"

"怎么会这样，怎么会这样，不能接受，完全不能接受。"

丁小可真的死了。邻居闻到尸臭才发现她死了，发现她尸体的那天是2017年1月9日，法医鉴定，她殒命的日期是2016年12月29日。丁小可不是死于自杀，也不是他杀，也许是饥饿，也许是胃痉挛造成的疼痛。据一个小偷的供述，2016年12月29日深夜，他从窗户爬进了丁小可的房间，根据观察，她房间好几个晚上没有亮灯，他才入室盗窃的。手电光在房间里游动，他发现丁小可趴在地上。丁小可艰难地抬了抬头，手往他的方向伸了伸："救我，我不行了，动也动不了——"小偷大骇，跳窗逃了。房东老太太开门进去，丁小可的尸体已经开始腐烂，她看到画架上完成的油画《丁屋岭晨雾》，落款日期是2016年12月26日。她告诉警察，丁小可还欠她两个月房租，人都走了，一笔勾销。

周雅儒走进吊唁大厅。大厅的墙壁上挂满了丁小可的遗作，有《撕裂》，也有《丁屋岭晨雾》。来了不少人，其中一部分是三十一区的画家，还有她生前的朋友以及一些莫名其妙的人，周雅儒很奇怪，丁小可一直孤独，怎么会有这么多人参加追悼会。不少人围在《丁屋岭晨雾》前，有人说，这是杰作，有勾人心魄的宁静力量。他没有去看那幅画，怕激发写画评的冲动。追悼会由北风主持，到场的丁小可亲属有她哥哥和侄儿。

丁小可安静地躺在乳白色的棺材里，棺材四周铺满了鲜花。她的身上也铺满了鲜花，她紧闭双眼，显得十分安详。鲜花丛中的丁小可，是沉睡的天使，周雅儒这样想。他没有往她身上放一朵鲜花，而是放上了那本最新的《油画》杂志，也许这是对她最好的纪念。鲜花很快地覆盖了那本杂志，就像尘世很快就会将丁小可遗忘。

这天晚上，王玲在遥远西雅图的一家月子中心，产下一女。她要将这个消息告诉丁小可，可是怎么也联系不到她，王玲还没有得到丁小可的死讯。

2017 年 2 月 20 日夜完稿于上海家中
（发表于《花城》2018 年第 2 期）

阿莹失踪的那个夜晚

1

那天天气还算不错,阳光充足,可以感受到温暖。初冬的上海,只要在阳光下,并不会觉得阴冷。悬铃木的叶子并没有黄透,但有风吹过,叶子还是会飘落。只有进入更深一点的冬季,几场雨后,悬铃木的枯叶才会掉光,那时寒冷才会真正降临。

整个早晨,我的状态异常亢奋。狭小的出租屋里,充满了荷尔蒙的味道,那张不大不小的床嘎嘎作响。阿莹的呻吟兴奋而又凄凉,我仿佛是在强暴她,她不时可怜楚楚地说:"轻点,痛。"我对她的哀求置若罔闻,以自己的意志行事。我瘫软下来后,阿莹将我从她身上推下来,长长地呼出了口气。她的左手轻轻地放在我胸膛上,柔声说:"你没有死掉吧。"我微微笑了笑,有气无力地说:"放心,死不了。"接着,她说:"让我睡会吧,昨夜那么晚下班,一早又被你闹醒,太累了。"不一会,她就沉睡过去。我侧过脸,看着她,伸手轻轻摸了摸她潮红的脸,心里有了点怜爱。

我没有像往常一样在她熟睡后逃掉，因为今天是她生日。我承认，最初那段时间里，我和她交往是出于情欲，爱情的成分很少，每次欢愉之后，我就想一走了之，再不和她见面，那种想法十分卑鄙。可是我和她分别后，就会想她，想得受不了了，就会去找她，她让我迷恋。阿莹喜欢吃火锅，她说好久没有吃了，我答应她，在她生日的那天中午吃火锅。我昨天就和老板请好了半天假，并且和工友王秋雨借了五百块钱，今天好好陪阿莹吃生日火锅。

阿莹是漕东路红房子足浴店的技师，认识她，就在足浴店里。我酷爱洗脚，每月发完工资的那个晚上，我就会像幽灵般闪进红房子足浴店，点7号技师的钟，然后在一个小房间里等待7号技师的到来。等待的过程中，内心忐忑，像是干什么见不得人的事情。7号技师就是阿莹。她吃力地端着一木盆水放在我脚下，帮我脱掉袜子，将我的脚放进水里，微笑地问："水温可以吗？"我注视着她的大眼睛说："可以。"她的脸圆，有点婴儿肥，白嫩嫩的，有点可爱。每次她给我捏脚，我们有一搭没一搭的说话，我偷偷用手机拍她，留来回住处躺在床上看。她的双腿长，有时，我的目光会粘在她大腿上，想一些心惊肉跳的问题，尽管黑色的裤子会阻断我的想象。

有一次，她微笑着问我："你每次都点我，是不是喜欢我？"

我的脸滚烫起来，没有回答她这个问题。她也没有再问，卖力地捏脚，她知道我特别受力。没话可说的时候，我就闭上眼睛，享受着她的服务。我告诉过王秋雨，喜欢阿莹给我捏脚。王秋雨对洗脚十分排斥，有两方面的原因，一是他舍不得花钱，在老家有老婆孩子要养，二是他不习惯洗脚，怕痒。他比我大几岁，显得老成，他经常语重心长对我说："贵成老弟，钱还是省着点花，碰到困难，没钱会逼死人的。"我对他的话十分抵触，说："你又不是我爹，管那么多干什么，有钱不花王八蛋。"他叹了口气，摇了摇头，觉得我是块厕所里的石头，又臭又硬。后来，王秋雨听说我和阿莹好上后，也劝过我，让我不要鲁莽行事，他对按摩店、足浴店里的女子都有偏见，认为她们不干净。我当时怒气冲冲地告诉他："你才不干净！你祖宗八代都不干净，阿莹和你一样，都是凭手艺吃饭，怎么就不干净了！"他见我发火，就不说什么了，但我知道他是好心。

如果不是因为一个老头的猝死，我也不可能那么快就和阿莹相好。

我没有见到老头的尸体，天黑后来到红房子足浴店时，老头的尸体已经被殡仪馆的车拉走了。据说那是个干瘦的老头，也喜欢做脚，他的退休金基本上送到了足浴店。他和我一样，都喜欢点阿莹的钟，来之前都会打电话到足浴店，约好时间，以免错过阿莹。这天下午一点，他如约而来，捏了半个小时之后，脑溢血猝死在阿莹面前。虽然老头是猝死的，但老头的家属认为是阿莹害死了他。

我踏进足浴店，就看到两个中年男子和一个中年妇女，指着阿莹骂，骂得十分难听，在他们嘴里，阿莹是个十恶不赦的杀人凶手。阿莹眼泪汪汪地辩解,圆脸蛋涨得通红。站在她旁边的足浴店经理,那个瘦小的男人也在说着话:"老人家不幸去世,我们也很难过,我们刚从派出所录完口供回来,派出所会安排尸检,会做出公平的结论,如果是我们这里的责任,我们会承担的。"他们根本就听不进阿莹和经理的话,其中一个男子扬起手,噼里啪啦,在阿莹的脸上扇了几个耳光。他还飞起一脚,踢在阿莹肚子上,怒气冲冲地说:"老子打死你,一命抵一命。"阿莹倒在地上,捂着肚子,泪流满面。我从小到大,很少和人打架,而且惧怕凶恶之人,但我见阿莹被打,想也没想就冲过去,挡在了那男子面前,大喝了一声:"不许打人!"

他指着我的鼻子,瞪着眼睛号叫:"你是谁,滚开!"

我心中的怒气顿时升腾起来,大声说:"我是她男朋友!"

我的话激怒了他,也激怒了他的同伙,他们一起朝我扑过来,拳打脚踢。我没有战斗经验,很快就被他们打倒在地。我对阿莹说:"阿莹,快跑!"接下来,我就说不出话来了,他们的脚纷乱地踢在我身上,还有不堪入耳的怒骂声冲击着我的耳鼓。我抱着头在地上翻滚,悲惨极了,心想不被打死,也会被打残。警察来了,他们才停止殴打和怒骂,装得很无辜的样子,好像我罪该万死。我被小个子经理扶起来,他说:"对不起你。"我没有理会他,目光四处寻找阿莹,她不见了。我身上每一块肌肉都在抽搐、疼痛。警察带我和打我的人到附近医院检查了身体,开了些药，就一起到派出所录口供。我对警察有种天然的恐惧，在派出所里，一直瑟瑟发抖，心惊胆战。打我的人对警察点头哈腰，用我听不懂的上海话和警察说着什么。而我却没有太多的话，警察问我一句，我回答一句。一直到深夜，警察先让打人者走了，然后让我走。我算是白白挨了顿暴揍，警察说，达不到轻伤，不能拘留他们，调解了一下，事情就拉倒了。警察让他们给我六百元钱，我没要，我只是想早点离开派出所。出了派出所的门，后面一个年轻的警察追上来，对我说："委屈你了，以后要学会保护自己。"

我没说什么，一个人走在空荡荡的马路上，内心凄凉，觉得自己是个孤魂野鬼。走着走着，我听到身后传来脚步声。回头，看到了阿莹，她停住了脚步，站在那里。我心里涌过一股热流，颤抖地说："你没有回去？"她镇静地说："我怎么能丢下你不管，我在派出所外面等你，就在那个角落里，你为我出头，我不能一走了之。"我什么话也说不出来。她走过来，搀扶着我，轻声说："走，我们回去。"那时我想，在这个巨大的城市里，我并不是孤单的人。

阿莹带我回到了她的出租屋里。那是个老旧的小区，有十几幢五层楼的住宅楼，阿莹的住处在其中一幢楼的底层，一居室的小房间。来上海后，我梦寐以求有个属于自己的房间，哪怕只能够放下一张床的小房间，可是没有，来上海三年了，我还是和王秋雨他们一起住在员工宿舍里，放个屁，旁边铺位的同事都能闻到。阿莹的小房间收拾得十分整洁，她在墙上贴满了大大小小五颜六色的蝴蝶贴纸,这就是一个蝴蝶的世界,还有种淡淡的香味,也许是阿莹的体香。阿莹的脸还是红肿的,让我心疼,我记得那踢在她肚子上的一脚,关切地说:"阿莹,你肚子没有问题吧?"她笑了笑:"没事,小时候,我爸打我更狠。"我说:"你不恨他们?"阿莹说:"不恨,老人死了,他家人气愤是正常的,换着你,你也会那样。"我说:"我恨他们。"阿莹笑了:"小肚鸡肠。"

阿莹看着我,突然说:"把衣服脱了。"

我吃惊地说:"脱衣服?"

阿莹说:"脱衣服。"

我脸热了。她看出了我的心思,说:"脱吧,我又不是没有见过男人的身体,别像个小姑娘那样害羞。我没有别的想法,只是看看你伤得厉害不厉害。快脱吧,别磨蹭了。"

我脱掉了衣服,只剩下一条内裤。我身上青一块紫一块,伤痕累累。阿莹的眼睛里闪动着泪花,喃喃地说:"从来没有一个男人为我挺身而出,从来没有一个男人为我挨过打。"我趴在床上,她用我从医院里带回来的药水,给我涂抹伤处,边涂抹边轻声和我说话,她的声音很好听,说不上像什么,就是很好听。我的嘴唇触碰到了一根头发,细细的绵绵的,我伸出舌头舔了舔阿莹落在床上的头发。她在说那个死去的老头的事情:"他是个很好的老人,每次来,开始都在夸我长得好看,我有自知之明,我不是那种漂亮的女人。夸着夸着,他就睡着了。给他做完脚,他要还是在睡，我就会悄悄出去，他醒了也会默默离去。他和我说过一些话，说他儿女不搭理他，他也不管他们，自己独住，有时会想起死去的老伴，觉得她活着时是美好的。老头还对我说过，每次来洗脚，他心里都很快乐。有时，他会摸摸我的手，说我的手很嫩，像他老伴年轻时一样。你知道，我平常不让客人碰我，但他不一样，他摸我，我不在意。"我突然想摸摸她的手，但我没动，就这样躺着，也是蛮幸福的。她的脸贴在我背上，双手搂住了我，她的脸很烫很烫。

……

阿莹睡了两个小时回笼觉，醒了，问我："几点了？"

我看了看手机，说："十点半。"

她打了个呵欠，说："该起床了。"

阿莹生日那天天气真的很不错，阳光照在她脸上，有种奇妙的光泽，散发出甜味。我拉着她的手，走在路上，有种踏实的幸福感。一片悬铃木的叶子飘落，恰巧落在她头上，她惊奇地笑了。我们路过锦江乐园的时候，同时停住了脚步，我们听到了巨大的声响和众人的尖叫声，我们一起抬头，看到了路边空中的过山车。过山车急速飞奔的景象让我们目瞪口呆，我们仿佛发现了一个奇妙的世界。阿莹说："来上海几年了，我怎么就没有去锦江乐园玩过呢？"我说："我也没有玩过。"阿莹的眼中闪烁着天真的光泽："我们去玩玩？"我说："不去吃火锅了？"阿莹双手抓住我的胳臂，摇了摇，娇嗔道："去嘛，去嘛，今天我生日，得听我的。"我怎么能够和她拗呢，于是，我买了两张门票，和她一起进入了锦江乐园。我们在锦江乐园里逗留了三个多小时，该玩的都玩了，中午一人一个汉堡，还有一杯可乐，阿莹说这是她这些年来最开心的一天。到时间了，我们分头去上班。我一直记得我们坐过山车时的情景，阿莹的手死死地抓住我的胳膊，指甲都抠进我的肉里了，大家都在尖叫，包括我，只有她没有叫。下来后，我问她为什么没有尖叫，她喘了口气说："我吓得叫不出来了，好刺激，我想我要飞到太空里去了。"过了会，她又说："人要是能飞，该有多好，想到哪里就飞到哪里。"

这是两年前阿莹生日发生的事情。

2

阿莹有可能在那个寒冷的深夜长翅膀飞走了，或者她根本就不是人，而是潜入尘世的妖精，回她修炼的地方去了。我很难想象，她会突然失踪。阿莹的失踪没有什么预兆，最起码我没有发现什么迹象。在同样一个寒冷的夜晚，我独自来到那个老旧的小区。

夜太深，小区里一片沉寂，亮着灯的窗口已经不多了，但还是有一些灯固执地亮着，就像我固执地认为阿莹还在世间存在。我来到阿莹曾经住过的出租屋门口，敲了敲门。我希望门突然洞开，阿莹笑盈盈地站在我面前，告诉我，只是和我开了个失踪的玩笑，考验我是否真的爱她，我伸出手去摸她有温度的圆脸蛋，然后将她拥在怀里。门里没有一点动静，我想开门进去，可是我没有钥匙，当初要是配把钥匙就好了。我默默地离开，失望而又焦虑。

我朝小区大门走去，突然发现有个人鬼鬼祟祟地趴在一个底层窗户上，那个窗户透出亮光。我悄悄走过去，他竟然没有发现我。我鬼魂般站在他后面，轻轻地咳嗽了一声。他惊骇地转过身，昏红的路灯照在他满是胡茬的脸上，他的眼睛直勾勾地看着我，张着嘴巴，没敢喊出来。他只要喊叫，房间里的人就可以听到，偷窥的丑行就会暴露。他穿着黑色的制服，我认出了他，是这个小区的保安张小五。我进来时，他还在门岗里打瞌睡。呆立了一会，他看清了我，朝我做了个不要发声的手势，轻手轻脚地走近我，低声说："跟我走。"

我跟着他进了门岗，关上了门。他低声咆哮："你吓死我了。"

我冷笑了一声说："不干亏心事，怎么会害怕，我就不怕。"

以前，我不敢这样和穿制服的人说话，无论是警察还是保安，或者城管，和阿莹在一起后，我胆子大了些，阿莹失踪前，还说我越来越像个男人了，这话是对我的褒奖，也是对她自己的褒奖。女人让男人成长。

他坐在椅子上，拿起桌上的保温杯，拧开盖子，喝了口水。他看着我，冷冷地说："坐吧。"我坐在他面前，想问他一些事情。我说："十二月二十五日那天晚上，你看到阿莹出去过吗？"他认识阿莹，那些深夜，我送阿莹回来，他的目光就会贼溜溜地在她身上乱转，阿莹鄙夷地投向他一眼，嘴里吐出两个字："色狼。"张小五点燃了一根烟，深深地吸了一口，说："我记不得了，小区里那么多人出出入入，我的脑袋又不是计算机，怎么数得过来。"看得出来，他对我的问题有抵触情绪，可他的回答也没有什么问题，况且时间已经过去一年多了，如果不是有特别的记忆，一切都是模糊的。这个老旧小区竟然没有摄像头，想找些证据都困难。那个深夜，我离开阿莹，走出小区时，张小五还是在门岗里打瞌睡。

张小五吐了口烟雾，说："那么久了，你还在找她，你也够痴情的了，也许她是和别的男人跑了，心里根本就没有你。"

他的话是把锋利的刀子，无情地刺进我的心脏。

我也这样怀疑过阿莹，她无情地抛弃了我，可是我一直不愿意接受这种情况的发生，每次阵痛之后，我还是会相信这是不可能的，我相信她爱我，就是不爱了，她也会和我说明白，她是那么真实的一个女人。

我说："她不会平白无故地离开我。"

张小五冷笑道："嘿嘿，你以为她是什么好东西！"

"你怎么能这样说阿莹，你才不是好东西！"我怒了，谁羞辱阿莹，我都会和他急眼。

"你和她在一起那么久，难道不知道在你之前，她有过一个相好的？"

"你胡说！"

"你去问问这个小区里的老住户们,他们都知道这件事情。有天晚上,阿莹相好的老婆找到这里,在她门口大喊大叫,男的开门后,她冲进去,抓住阿莹的头发,用脚不停地踢阿莹的下体。男人是个软蛋,在两个女人撕扯的时候,他溜了。我看着他跑掉的。他老婆是个厉害角色,阿莹根本不是她的对手,被她压在地上,脖子被她双手死死掐着,脸都发紫了。阿莹门口围满了人,有人在大叫:'不好了,杀人了——'他们只顾叫唤,并没有去救阿莹。那女人疯了,指定要掐死阿莹,嘴巴里还不停地咒骂阿莹,说阿莹是臭婊子,是臭不要脸的小三,说杀了阿莹也不解恨。女人要是耍起狠来,也是很可怕的。要不是我,阿莹肯定被那女人掐死了。我赶过去时,阿莹已经没有力气反抗了。我一看,乖乖,要出人命了,这可了得,我是小区里的保安,这事情我得管呀。我二话不说,上去掰开女人的手,然后将她赶出了阿莹的房间。女人还不依不饶,不停叫骂。我朝她怒吼,又对她讲道理,说,杀了人你就什么都没有了,还要坐牢。在我的软硬兼施下,她终于哭哭啼啼地离开了小区。那件事情让大家都知道了阿莹,也知道了那个男人和阿莹有一腿。"

我不相信他说的是真的,既然如此,阿莹为什么还要住在这里?

张小五接着说:"你要不信,我告诉你那个男人是谁,他就是新兴软件园的经理朱向阳。"

我什么话也不想说了,站起身,默默地走出门岗,朝小区外面走去。寒风呼啸，天空中飘起了雪花。记得阿莹失踪的那个夜晚，也是寒风呼啸，风中有无数鬼魂在疾走，但是，那个夜晚没有落雪。我漫无目的地走在街上，雪越下越大，我的心越来越冷。如果阿莹还在，在这个寒冷的夜晚，我们也许会相拥在一起，我抚摸着她的短发，她给我讲她的故事。那是多么温馨的场面，却不会再重现。

在阿莹的嘴里，张小五不是个东西，这个四十多岁的老光棍是个偷窥狂，是条臭烘烘的蛆。某个夏天的深夜，阿莹回到出租屋里，脱了衣服，去卫生间洗澡。她忘记了将卫生间的窗帘拉起来。洗着洗着，她突然发现水雾迷蒙的窗户玻璃上贴着一张脸，那张满是胡茬的脸贴得很紧，鼻子和嘴唇都压扁变形了。就是这样，阿莹还是知道这个人就是保安张小五。阿莹赶紧捂住自己的私处，大喊着："臭流氓，滚开——"跑过去拉起了窗帘。她气呼呼地站在窗边，听到一阵脚步声远去。当时她气坏了，决定天亮后去物业投诉张小五。一夜未眠，越想越生气，那天上午，阿莹来到了物业，找到了物业经理。物业经理是个五十多岁保养得很好的女人，她戴着一副红色边框的眼镜，笑眯眯地接待了她。阿莹气呼呼地将张小五偷窥的劣迹陈述了一遍，希望物业经理对他做出处理。物业经理听罢，笑了笑说："你确定他就是偷窥你的人？"阿莹点了点头说："是的，就是他，剥了皮我都认得他。"物业经理收起了笑容，严肃地说："说话要有证据，如果没有证据，那就是诬告。你能拿出他偷窥你的证据吗？"阿莹一时语塞。的确，她拿不出任何证据,她默默地站起来,离开了物业经理办公室。后来,她才知道,张小五是物业经理在乡下的亲戚。阿莹还说,她踢过张小五一脚。那次偷窥之后,张小五还会在她下班回来的时候用语言骚扰她。一个深夜,阿莹拖着疲惫的步子走进小区,张小五又喊住了她:"阿莹,你等等。"阿莹知道他要说什么,就没有理会他,径直往里走。张小五走出门岗,追上来,对她说:"阿莹,我知道你是做什么的,能够和你交个朋友吗?"阿莹站住了,问他:"我是做什么的?"张小五摸了摸下巴,淫笑道:"不就是做那种事情的嘛。"阿莹气不打一处来,飞起一脚踢在他的裤裆里,然后扬长而去。张小五捂住裤裆,蹲在地上,痛苦地骂道:"你是真踢呀,哎哟,痛死我了。"阿莹扔下一句话:"不要以为我好欺负,你要再胡言乱语,我还踢。"阿莹还是有点怕,怕张小五报复她。

3

阿莹失踪后,我怀疑过张小五,也许是他对阿莹下了毒手。我曾经在小区里的每个角落检查过,没有发现新挖出的土,也就是说,阿莹就是被张小五害死,尸体也没有被埋在小区里。我是个傻瓜,纵使张小五杀了阿莹,也不可能将她的尸体埋在小区里,可能被分尸扔在垃圾桶里当垃圾清理了,也可能被埋在这个城市另外的一些不容易被发现的角落里,甚至扔进黄浦江被江水冲进了大海。我像个傻瓜一样,在城市的一些掩蔽的角落里寻找,也沿着黄浦江一直寻找，甚至到很远的垃圾存放地寻找，还是找不到阿莹，一个小指甲都没有找到，阿莹喜欢在指甲上涂上蓝色的指甲油，我迷恋阿莹的身体，同样迷恋她涂着蓝色指甲油的手指。

我对张小五毫无办法，我不能确定是不是他杀了阿莹，也不清楚那个晚上到底发生了什么。就是他杀了阿莹，我也没有证据报警抓他，我也不能将他杀了，我还没有杀人的勇气。在我父母亲眼里，或许我还不老成，不过，在和阿莹相爱的时光里，我的确是个男人了，我从心里感谢阿莹。我原本想在过年或者适当的时候，带阿莹回老家去的，我父母亲和乡里的人们会觉得我是个有本事的人，连女朋友都带回来了。阿莹的失踪对我来说是个巨大的打击，但我没有一蹶不振，我希望能够找到她，努力工作等她回来，至于带不带她回老家，已经不重要了。

我还是不相信张小五会杀了阿莹，这当然是我一厢情愿的想法。

阿莹失踪这一年里，我了解过很多情况，朱向阳这个名字还是第一次通过张小五的嘴巴传递到我的耳中。我决定去找这个人，不过，除了晚上，要在白天里抽出时间去找他，也不是那么容易的，因为我还要工作，要养活自己。我在一家汽车美容店上班，其实就是修车洗车的营生，我是一个汽车修理工。我成为一个汽车修理工，还得感谢我的亲叔，那年我没有考上大学，他看我百无聊赖，就收了我这个徒弟，在他的修车店做事。要不是因为那个叫杜可可的姑娘，我也不会离开那个尘土飞扬的西部小镇，来到光怪陆离的大上海。杜可可是我的高中同学，她和我一样没有考上大学，但她爸爸是我们镇最有钱的人，她不在乎。她爸爸在镇上给她开了家手机店，卖手机。手机店就在我叔叔修车店的斜对面，每天，我都可以看见她，有时，她会坐在店门口嗑瓜子，瓜子皮从她嘴巴里蹦出来，子弹般到处飞溅，我可以感觉到她的口水也随着瓜子皮飞溅到我脸上。她是个肥胖的姑娘，又喜欢穿紧身的短裙和无袖T恤，鼓鼓囊囊的肥肉随时都有可能爆炸，她身上的衣服随时都有可能变成碎片，像她口中蹦出的瓜子皮一样四处飞溅。最要命的是，她竟然喜欢上了我，经常会跑过来，边嗑瓜子，边和我搭讪。她总是碍手碍脚，我央求她："你回你的手机店里好不好，你不好好看着你的手机店，跑这里来干什么。"她笑嘻嘻地说："我喜欢你，看着你我开心。"我说："可是我不开心。"她霸道极了："你不开心无所谓，我开心就可以了。"她还在我下班后，拉我去下馆子，下完馆子，带我去唱歌。我实在无法忍受她跑调到万米高空的歌声，而且还怪里怪气，仿佛是一只老鹅在呱呱直叫。最让我受不了的是，她拼命灌我酒，我喝醉了就亲我，舌头在我脸上一气乱舔，她口水的怪味洗了三天也洗不干净，我怀疑她从来没有好好刷过牙，像她的暴发户父亲那样。因为我酒醉她亲过我，她就到处扬言我是她的人了，她父亲还装腔作势地到我家提亲。我想到如果要和她过一辈子，那是多么残忍的事情，于是我就逃离了那个尘土飞扬的西部小镇，逃离了杜可可的魔掌。我怕她追到上海，让我父亲千万不要告诉她我在哪里。直到有天，我父亲告诉我，她喜欢上别人了，我心里的一块石头才落地。

好不容易熬到一个不是周末的休息日，我决定去找朱向阳。起初，我以为张小五随便编个故事来糊弄我的，没想到还真有这个人。我在新兴软件园打听到了他后，就直接闯进了他的办公室。办公室有三张办公桌，每个办公桌前都坐着一个人，两女一男，他们都神色庄重地面对电脑屏幕，我不知道他们脑瓜里此时都在想着什么，也许是男盗女娼的事情。

我怯生生地问："谁是朱向阳？"

男人抬起头，一本正经地审视我："你是谁。"

我的目光躲闪了一下，说："我叫沈贵成，是李阿莹的男朋友。"

他听完我的话，屁股上像装了弹簧，猛地弹了起来，走到我面前，拉着我的手，轻声说："走，我们到外面说。"那两个女人都抬头看着他，像是看一只动物园的猴子，当然，我在她们眼里，或者连猴子都不是。他的脸色变得十分难看，像块猪肝。走到门口，他让我等等，折回办公室去了，和那两个女人交代了几句，又出来了。他一直掐着我的胳臂，走出新兴软件园，来到一个街角，厉声地质问我："你为什么到办公室找我。"我瞪着他，说："放开我的手！"他松开了手，眼睛冒着火："你想怎么样？"我说："我不想怎么样，只想问问，你知道阿莹在哪里吗？"他恼怒地说:"我怎么会知道,她去哪里又不用向我汇报,我和她有什么关系。你不要再来找我了,明白吗。"说完,他扭头就走。他个子高而瘦,背有点躬,像是被什么压弯的。我默默地注视着他的背影,心里突然有点难过,不知道为什么难过。

走出了一段路,他又回转身,走到我面前,压低了声音说:"她到底怎么了?"我说:"谁到底怎么了?"他的眼神慌乱:"阿莹。"他的话证实了他的确和阿莹有非同一般的关系。我叹了口气说:"她失踪了,已经一年了。"他显得焦虑:"为什么?"我摇了摇头。他突然抓住我的衣领,凶狠地说:"你不是她的男朋友吗,为什么不照顾好她。"我冷冷地说:"你放开手。"他松开了手,眼睛里有泪光。

朱向阳找了家咖啡馆,我们在一个角落里,说话,关于阿莹的话题。他是我的敌人,我也是他的敌人,我们因为阿莹的失踪坐在了一起,本来我们可以永远没有交集的,像两条毫不相干的河流,现在,阿莹让我们交汇在一个地方。他应该是我叔叔那样的年龄,可我们是平等的,都是曾经和阿莹有过亲密关系的男人。

他有点瞧不起我:"阿莹怎么会看得上你?"

我没有回答他这个问题,我也不知道怎么回答,世间有些问题根本就无法回答。我觉得他有点迂腐,怎么会问这样的问题。我说:"你伤害了她。"

朱向阳沉默了一会,叹了口气说:"是的,我伤害了她。"

我没料到他如此诚实。也许我涉世不深，容易被蒙骗，连老实巴交的王秋雨也知道很多人都是演员，每天都在演不同的戏，见人说鬼话，见鬼说人话。我不管朱向阳的诚实是否装出来的，我希望从他口中能够得到有关阿莹的蛛丝马迹，以便我找到她。

　　朱向阳喝了口咖啡，注视着我说："我承认，我和阿莹是有段过往。那时我十分苦闷，和老婆处在一种冷战状态。我不是在足浴店认识阿莹的，和她相处后，才晓得她的具体工作。人有的时候是不顾一切的，会失去思辨的能力。应该是三年前的一个夜晚，和老婆吵完架，独自到茂名路的莱宝酒吧去买醉。我注意到一个和我一样孤独的女子，她坐在一个角落里，喝了一瓶又一瓶的啤酒。她好像在审视酒吧里的每一个人，沉默的、疯狂的、装疯卖傻的、相互挑逗的、吹嘘的、热情的、冷漠的……我觉得她与众不同，有点冷艳，又像一道光，照亮了我黑暗的世界。也许她也注意到了我，感觉到她朝我笑了笑，是的，朝我笑了笑，然后又恢复了冷艳的表情。我心动了。我端着酒杯走过去，坐在她面前。她瞥了我一眼，微微笑了一下，你应该知道，她笑起来是很迷人的。我平时说话很多的，可是在她面前，我一下子没话可说了，只是看着她，不停地喝酒。没有语言，也是交流，用目光和微笑，用酒杯相碰，我相信我们渐渐有了种默契。最后，她喝多了，我要送她回家，她没有拒绝。在出租车上，她的头靠在我肩膀上，我抱着她。她的身体热烘烘的，而我的身体像块冰，她在融化我。"

我不相信，阿莹不会去酒吧，也不会喝多，在和我交往的两年多里，她从没喝过酒，就是我生日，和我的工友们一起喝酒，王秋雨非要逼她喝，她也没喝，说对酒精过敏。朱向阳说的是不是事实，我无从探究，毕竟我也没有见过阿莹喝酒，更不用说她真的会不会因喝酒而过敏。阿莹到底是个谜，和她在一起的那些日子，都似梦幻。

"我和阿莹在一起，是种解放。我想过，离婚娶她。每次提出这个问题，她都淡淡一笑，说那是不可能的。她是个看问题很清楚的女子，一开始，她就没有对我抱多大希望。我说，出钱给她租个好点的公寓居住，她拒绝了，说哪天我们分手，她还是要回到廉价的出租屋里，还不如不搬。我说，让她不要去足浴店上班了，她也反对，说足部按摩是她唯一的手艺，离开了足浴店，自己一无是处，什么也干不了。我尊重她。有时候，我会给她一点钱，她会收下，说下次吃饭她来买单。我和她相处了半年多时间，那半年多时间是我最放松、最开心的时光。尽管半年时间里，我们在一起也就十几个夜晚，我还是觉得在一起很久了。她对我从来没有过特别热情，每次在一起，都是淡淡的，像她的微笑一样，就是在床上，也是低声的呻吟，她越是这样，我就越觉得离不开她。我来，我走，她都那么地淡定，我不知道她内心是否火热，我的心却一直在燃烧。我一直想去足浴店找她帮我洗个脚，她不让我去，十分决绝，说如果我去，就不要再见她了，她不想让我看到她工作的样子。"

听朱向阳说这些,我心里十分嫉恨,胃里的酸水涌动。我不恨阿莹,她的过去其实和我没有任何关系,我恨的是眼前这个人模狗样的男人,他在向我说这些话的时候,他心里到底有没有一点愧疚?

"我以为我们的关系能够持续很长的时间,直到我老婆同意和我离婚,那么我就可以名正言顺地娶她了,那时她一定不会拒绝。可事情还是发生了。我误判了老婆对我们婚姻的看法,也低估了她的能力。她觉察到了什么之后,就在暗中调查我。她雇了个私人侦探,跟踪我,将我和阿莹的事情摸了个底朝天。说到底,我还是个懦弱的男人,我没有勇气面对血淋淋的撕裂,最终还是离开阿莹,回归了家庭。老婆威胁我,如果再和阿莹来往,就将我八岁的儿子杀死,不管她能不能做出这种事情,我还是充满了恐惧,退缩了。我离开了阿莹,她也没有找过我,连微信也删除了。我心里并没有将她放下,有几次,我偷偷打电话给她,她也没有接。我只想告诉她,我还爱着她。但是,我害怕她来找我,她真要找我了,要是被我老婆知道,又将是一场轩然大波。我就是这么一个优柔寡断的人,也是个很要面子的人。我伤害了阿莹,却找不到补偿的机会。"

我不理解朱向阳这样的男人,他们的内心世界都是狗屎,肮脏的狗屎,却还要用"爱"这个字眼来掩盖他们的肮脏。我想吐,一口吐在他那张虚伪的脸上。我克制住了自己。我说:"你知道她会去哪里吗?"朱向阳停顿了一会，喝了口咖啡说："不知道。兴许回老家去了吧，她好像和我说过，不太想在上海待了，等赚够钱后，想找个安静的小地方过平静的生活，她老家那地方也许是很平静的。"阿莹和我在一起两年多，没有和我说过这样的话，也没有表露出要离开上海的意向。我心里痛苦的还有一点，她很多话都来不及和我说，就消失了。

4

阿莹失踪后的那个春节，我没有回老家，而是去了大别山区的一个小城，那是她的家乡。我也想过，她是不是回家了。阿莹失踪后，我去派出所报过案，警察做了笔录，受理了案子。可是，没有任何迹象证明阿莹的失踪和被侵害有关，要找一个人，犹如大海捞针，问题是，我不能出具阿莹的身份证明，就连她的身份证号码我都不知道，更难以寻找。我和她在一起时，从来没有看过她的身份证，她也没有看过我的。

知道我要去阿莹家乡，王秋雨建议我不要去。他怀疑阿莹在家乡有老公，她的消失可能是被老公叫回去了，说我到底是被她骗了。他知道得还挺多，说很多那样的妹子，碰到人就说自己出来做那种事是生活所逼，家里有得绝症的父亲或母亲，还有弟弟妹妹没钱上学，希望多赚点钱拿回家，装得凄凄惨惨的。我对王秋雨说，阿莹不是做那种事的人，她和我好并不是图我的钱，而我是穷光蛋一个，根本不值得她骗，至于她有没有老公，我去了才知道，如果真有，我会默默离开，回来打工，但我必须知道她还活着。王秋雨叹了口气，说："那你去吧，要注意安全。"

上了开往北方的高铁，我才发现根本就不知道阿莹家乡的住址。那个大别山里的小城再小，要找个人家也是相当困难的。我的心被焦虑填满，就像清澈的溪流堵满了淤泥。我突然想到了微博，前些年，我就注册过一个微博账号，那个叫我心飞翔的微博账号很久没有使用了，不知道还能不能用。以前我迷恋过一段时间微博，老是在上面写几句不咸不淡的句子，冒充自己是个有文化的人，我粉过一些名人，自己的粉丝却少得可怜，几乎没有和什么人互动过，在现实生活中，我是一粒尘埃，在网络上同样如此。我试着登录微博，竟然还能用，心里有了点小惊喜，希望能够通过微博，找到阿莹的住址，微博经常有寻人的帖子，我还转发过。我突然觉得自己是个笨蛋，阿莹失踪两个多月了，也不知道在网上发帖寻找她。

我于是发了一条寻找女朋友阿莹的帖子，帖子写了阿莹失踪的日期，表达了我的思念和担忧，并希望能够知情人提供她家乡的住址，因为我要前往寻找，还放上了阿莹的照片。这张照片是某个休息日，我和阿莹一起去上海植物园拍的。她在鲜黄的菊花丛中，笑靥如花，这是我用手机给她拍过的最好的一张照片，她自己也特别喜欢，当时她还说我的摄影技术不错，等有钱了，买个相机去学摄影，说不准可以当个摄影家什么的。

帖子发出去后，我在等待网友的回复，每隔几秒钟就刷新一次。车窗外的苍凉的景色电影画面般飞速掠过，我的心情也越来越忐忑不安。像我这样的超级草根，发的帖子是不会有人转发的，时间过去一个多小时，还没有一个转发和回复，仿佛我的帖子根本就不存在。网上网下，都是残酷的现实社会，我必须求人。我找到那些粉过的名人们，挨个私信哀求他们，希望他们能够帮我转发。又过了几分钟，终于有的名人帮我转发了，那是个叫午夜的女作家，午夜的转发让我看到了一线亮光。

不到半小时，我的寻人帖子就转疯了。大量的转发和留言让我有点恐慌，大部分转发和回复都希望我能够找到阿莹，也有骂我的，比如，骂我是个渣男，一定是我对不起阿莹，阿莹才不辞而别的。还有比这更难听的话。看着骂我的留言，我的心一阵阵刺痛，可是，如果能够找到阿莹，那些恶毒的语言又算得了什么呢。我在承受善意时，必须忍受恶意。我的目光一直粘在手机屏幕上，不漏过一条留言。没有人告诉我，此时阿莹在哪里，她是这个世界上最普通的女子，没有做过什么惊天动地的事情，谁又会知道她在哪里呢？就在我下车前几分钟，我发现了一条留言："博主，我知道这个李阿莹，但是我离开家乡已经五年了，现在的情况也不清楚了，他们家原来住在新民街，不知那里拆迁没有，你可以去那里打听打听。只能帮你到这里了，真心希望你能找到所爱。"

我只能说我运气不错，在两千多个回复中，找到了这一条最有用的信息。下了高铁，坐两个多小时的汽车，走完那弯弯曲曲的山间公路，才到达那个小县城。我一直以为阿莹家在乡下，没有想到是在县城里，县城虽然不大，找到新民街，还是花了不少时间。当我走进新民街时，太阳就要落山了。

这是一条很短的小街，街道两旁都是老砖瓦房，每家人的墙上都用白色涂料写着大大的"拆"字，"拆"字的外面，画着一个不规则的圆圈。我提心吊胆，担心找不到阿莹的家。我看到街边一个卖烤红薯的老头，走过去问道："老大爷，请问，你知道李阿莹家怎么走吗？"

老头说："李阿莹是谁呀？"

我噎住了，不知怎么回答他。这时，旁边的小卖部窗口探出个头，那是个中年妇女，她说："老关头，这位小伙子问的是不是李老倔家的姑娘？"老头拍了拍脑袋，说："你看，我都老糊涂了，李老倔家的姑娘是叫阿莹。"

我笑了笑说："老大爷，你想起来了。"

老头笑着说："想起来了，想起来了。李老倔家就在街尾左边倒数第二个房子。对了，小伙子，你找李老倔做什么？"

我说："我想去看看阿莹回家没有。"

这时，那个中年妇女走出来，站在老头旁边，说："阿莹都走了好多年了，李老倔坐牢那年，她就离开了，一直都没有回来。两个多月前，听李老倔喝多了嚷嚷，说要去找阿莹回来，他出去了几天，一个人孤零零回家，也没有见阿莹跟他回来。"

我心里凉飕飕的，中年妇女的话让我觉得希望很快破灭。

老头说："对咧，对咧，阿莹好多年没见人影了，也不知是死是活，这都是李老倔造的孽。"

中年妇女用手捅了一下老头的背，示意他不要说下去了，老头尴尬地笑了笑。中年妇女问我："小伙子，你从哪里来？"

我说："上海。"

中年妇女说："上海是大地方，好呀，你们上海人的钱很好赚吧。"

我不想和她唠叨下去了，说："阿姨，我得走了。"

中年妇女说："好咧，好咧，去吧，去吧。"

我走了几步，回头看到中年妇女和老头在窃窃私语。阿莹一定和他父亲有什么不能言说的事情，我的想法很快得到了证实。我来到了李老倔的家门口，敲了敲那看上去古旧的榆木门。里面传来沙哑而又苍老的声音："谁呀？"我心惊肉跳，有些害怕。我说："是我。"老人愤怒了："鬼知道你是谁，你不说名字，我知道你是张三李四王二麻子，快给老子报上名来。"

我鼓足勇气说："伯父，我叫沈贵成，是来找阿莹的。"

他没有马上回答我，我听到的是忽高忽低的脚步声和木棍敲击地面的声音渐渐临近。门吱呀一声开了，我看到一个高大魁伟的老汉站在我面前，瞪着眼睛说："你刚才说什么，来找阿莹？"我点了点头。他又说："你为什么找她?"我说:"她不见了,所以我来找她,我以为她回来了。"他咬了咬牙说:"你是她什么人?"我脸发烫,但还是如实说了:"我是她男朋友。"

他突然暴怒了,抡起手中的拐杖劈头盖脸地朝我打过来,边打边吼:"原来是你这个王八羔子拐走了她,老子打死你。"我的头上被击中了一下,身上也挨了好几下,赶紧忍痛跑开了。他拄着拐杖走出门,要追上来,被赶过来的几个人拦住了,将他送回了家里。

我站在小街的一旁,眼中流出了泪水,我不是因为挨打而哭,是因为没有找到阿莹而悲伤。天很冷,我的泪水也冰凉。一个身材高大的汉子走到我面前,关切地说:"小伙子,你没事吧。"我擦了擦眼睛,嗫嚅着:"没事。"他叹了口气说:"这老东西还是这样,活该他孤老。走,小伙子,到我店里去,喝碗羊汤暖暖身体。"

他的羊汤店就在这条街上,几步路就到了。他叫李兴元,是阿莹的堂哥,李老倔是他的堂叔。羊汤店里十分温暖,我热得脱掉了羽绒服,这羽绒服还是阿莹给我买的。李兴元弄了几个菜,拿了一瓶白酒,说:"别难过了,我们喝两盅,去去寒。"这时,我才发觉肚子饿得咕咕叫了。我狼吞虎咽地吃了个馍馍,喝了一碗羊汤,才缓过劲了。我的头上鼓起了一个大包,疼痛极了。李兴元用块毛巾包了些冰块让我敷在头上。我们边喝酒,边说话。我将和阿莹相识相爱的过程,以及她突然失踪的事情告诉给了他。

他听完后,眼睛红红的,喝了口酒说:"我这可怜的妹子。"

李兴元一五一十地给我讲了一个让我震惊而又悲愤的故事。那是阿莹和她父亲的故事。李老倔青年时期，参加武斗，弄残了一条腿。他的暴脾气在小县城里出了名，加上他是个瘸子，没有女人愿意嫁给他。在他四十岁那年，走了狗屎运，碰上流落到这里的异乡女人，娶了她。那女人对他百依百顺，在家里做牛做马，还要挨他的打，一年四季，女人的头脸上都有伤痕。而且，他是个酒鬼，每天喝得醉醺醺的，到处惹事，因为醉酒惹事，就被派出所拘留过多次。阿莹出生后，他收敛过一段时间，不久又故态复萌。他不仅仅打骂妻子，还打骂童年的阿莹。阿莹的母亲是个苦命的女人，还没到阿莹长大，就在一场车祸中丧生。如果她不过早离世，或许会改变阿莹的命运。在阿莹十七岁那年，她被醉酒的父亲强暴了。阿莹走进了派出所，报了警。父亲还没有判刑，阿莹就悄无声息地离开了家乡小城，远走他乡。

虽然李兴元的描述十分简单，但我听了还是泪流满面。阿莹和我在一起时，从来没有说过这些悲伤的事情，而总是用微笑面对我，想起她清澈明亮的大眼睛，我的心被千刀万剐，疼痛不已。

李兴元告诉我，李老倔出狱后，四处寻找阿莹，无功而返，他寻找阿莹，不知道是想忏悔，还是想报复。突然有一天，李兴元接到了阿莹的信，她把电话号码告诉了他。他们联系上了之后，阿莹每个月都会打笔钱到他账上，让他交给父亲,并且不让他告诉父亲是她给的钱。李兴元叹了口气说:"我多么希望阿莹能和我们见上一面呀,可是,她怎么就失踪了呢,怪不得我两个月没有接到她的电话了,也没有收到她的钱了。那老东西也真是有狗屎运,阿莹也不应该再给他钱了,一个月前,确定我们这片要拆迁,老东西可以拿到一大笔拆迁费,到死他也花不完。"

5

当时我离开那个小县城前,给李兴元留下了手机号码,让他一有阿莹的消息就要通知我,他答应了我。在回上海的火车上,我想到一个问题,那个中年妇女说李老倔离开过几天,是不是来了上海,他是不是找到了阿莹,阿莹不愿意和他回去,他就……我不敢往下想,因为残酷。一晃一年过去了,我还是没有接到过李兴元的电话,也许他早就忘记了我。

这个冬天特别寒冷,天上又飘起了雪花。上海的冷是透骨得冷,下雪天,潮湿而又阴郁。在汽车美容店,干活的间隙,我走出去,看天上飘飞的雪花。雪花落到地上就死了,我突然冒出这样的想法。老板走到我身后,拍了拍我的肩膀,没好气地说:"大家都在忙碌,你倒好,在这里看雪花飘呀飘,看出什么来了吗?小老弟,天上飘的是雪花,不是钞票。"我被他说得脸红耳赤。里面的工友们听了老板的话,笑成一片,我灰溜溜地回到工作现场,赌气地说:"你们笑个屁,笑能够笑出钞票来吗!"老板笑了,指着我说:"小子学我。"

我突然想起阿莹,就在她失踪的那个夜晚,说过希望看到落雪,那个让我伤感的夜晚竟然没有落雪,阿莹是不是寻找雪花去了。

这天中午,我端着饭盒坐在门边的小板凳上,边吃饭边看飘雪,心里想念着阿莹,也许她没有离开上海,只不过换了一个地方,换了手机号码,她也和我一样在看着雪花飘落,只是心里早已经没有了我。不,不,这不可能。我经常这样否定自己的想法,却得不到她的消息。

手机突然响了,一看号码,就知道是以前阿莹的房东打来的。因为我曾经帮阿莹去交过房租,她就留了我的手机。我很清楚她找我的目的,果然,又问我有没有朋友要租阿莹住过的那个房间,我是想租下来,可以在那房间里闻到阿莹残留的味道,问题是老板不让我们在别的地方居住,这样会影响工作。我对房东说,我没有办法,你找中介去呀。她说找过中介,那房子死活就租不出去。我冷笑地说,你是不是太狠心了,房租开得太高了,你们这些人,就是太贪婪了。她用上海话骂了声小赤佬,就挂了电话。

阿莹的失踪,是不是和房东有关?

这个问题在阿莹失踪不久,我就想过。阿莹失踪的前几天,她和房东吵过一架,那天上午,阿莹正在补觉,听到了敲门声。阿莹以为是我,爬起床开了门,发现是房东,这个小老太太身后站着一个彪形大汉,那是她的儿子,据说是健身教练。阿莹穿着睡衣,发现不是我,赶紧关上门,穿好了衣服才再打开门。阿莹说:"你们这是干什么?我的房租不是交过吗?怎么又找来了。"房东笑了笑说:"我们是来和你商量事情的,你看看,现在房价都涨了好几倍,房租还没有涨,是不是该考虑涨涨房租了。"阿莹被吵醒,又听了这样的话,生气地说:"去年不是刚刚涨过吗,怎么又要涨,你们干脆拿把刀去街上拦路抢劫好了。"房东儿子怒了:"你怎么这样说话,我们来好好和你商量,你还冲我们发脾气,难道我不会发脾气吗。"他说着要动手的样子。这时,阿莹也恼了:"你以为你个头大我就怕你,像你这样的男人我见多了,有种你打我呀,我告诉你,这事情没得商量。"房东儿子吼叫道:"你以为我不敢揍你,我一巴掌把你拍扁了。这房租涨定了,从下个月开始,每个月涨两百,不交就给我滚蛋。"阿莹冷笑着说:"你要是敢动我一下,你试试。你威胁我也没有用,我们按合同办事,合同上该交多少就交多少,我不会多给你们一分钱。你要是敢赶我走,法庭上见。"房东儿子气得眼睛冒火,又拿阿莹没有办法。这种情形,并不是房东想看到的,见阿莹根本不吃他们这一套,就拉着儿子走了。

　　阿莹失踪后的第三天,我去找过房东,为提防她儿子对我下手,我还带了把水果刀插在腰间。水果刀只是壮胆,其实,就是他儿子打我,我也不敢拿刀捅他,只能威慑他。下班后,我晚饭都没吃,就找上门去了。房东接待了我,让我进了家门,我坐在干净松软的布艺沙发上,心里很不是滋味。她的儿子不在家,她老伴见到我,面无表情进房间里去了。客厅里就我和房东,还有一只白猫坐在窗台上,用舌头舔身上的毛。

房东脸色苍白,皱巴巴的眼皮耷拉下来,她整张脸皮都耷拉着,看上去像是假的。她笑了笑说:"你找我有事?"

我坐在那里,腰间的水果刀要露出来,我用手按着它,不想让老太太看见。我皮笑肉不笑地说:"是的,是有点事情。"

房东说:"是不是阿莹让你来谈涨房租的事情?她想明白了?"

我心里有点紧张,说:"不是,房租肯定不答应涨的。可是,可是——"

房东说:"可是什么?"

我的额头一定冒出了汗珠,浑身热得难受。我喃喃地说:"阿莹,她不见了。"

房东惊讶的样子:"啊,怎么不见了?"

我摇了摇头说:"不知道。"

房东轻声说:"怎么会。"

这时,白猫跑过来,跳在她的膝盖上,房东顺势将猫揽在怀里,轻轻地抚摸它的背。房东神情淡定的样子,让我着急,我说:"是不是你们对阿莹做了些什么?她的失踪是不是和你们有关系?"

房东笑了,笑得很平静:"怎么可能,你看我是那样的人吗,我是信佛的,连一只蚊子都不敢拍死,怎么会让一个大活人消失？猫咪，你说是不是？"猫叫了声，从她怀里挣脱，跳了下去，来到我的脚下，望着我。我看了看白猫，它眼睛里有种说不清楚的阴气，像它主人的眼睛。

我不知道说什么好了。

她又笑了笑说："其实房租涨不涨都无所谓，我们也不缺那几个钱。我们不可能因为一个月两百块钱，害一条人命吧，看你也是个聪明人，用脚趾头也可以想明白这个问题。不过，你也不要着急，上海还是治安很好的城市，不就是三天没有见着她吗，也许她突然有什么重要的事情要办，暂时离开而已。回去耐心等几天再说吧，实在是找不到了，你可以去报警，警察也会帮你找的。"

她说的话也有道理。

我突然想逃，浑身又热又痒，如坐针毡。她说："我给你倒杯茶吧。"我站起来，慌乱地说："不要了，不要了。"说完，我就离开了她的家。下了楼，走出楼门，冽风吹过来，我浑身颤抖了一下，脑袋里一片空茫。

阿莹失踪一个月后，房东打了个电话给我，让我去出租屋一下。我以为是有阿莹的消息了，请了个假，匆忙赶过去。出租屋的门开着，房东一个人坐在床沿上，等待我的到来。以前，阿莹也经常那样坐着，和我说话。房东笑了笑说："阿莹真的找不到了？"我点了点头。她站起来，在狭小的房间里走了几步，回过头对我说："既然这样，也不能总让这个房子空着，你说对不对？"我又点了点头。她又笑着说："刚才，有人来看过房子了，他们要租，这样吧,你把阿莹的东西收拾一下,拿走,我不要她留下的东西,等找到她,你让她来找我,我会退还押金和这个月的房租。你说怎么样?"

我什么话都说不出来,还是点了点头。

阿莹的衣服和被褥,还有一些化妆品都还在。我用床单打了个大包袱,将她留下的东西都装进了包袱里。在床单上,我看到了一根头发,触景生情,我的泪水情不自禁地流下来,我想起了第一次趴在这张床上的情景。我用舌头舔的那根头发,那有阿莹的味道,这个房间里还有阿莹的味道,那种淡淡的香味。我将那根头发用张纸巾包起来,放在口袋里,以后念想她的时候,可以拿出来吻吻,就像吻着阿莹光洁的身体。

6

自从和阿莹相好之后,我没有再去红房子足浴店洗过脚。那些美好的时光里,每天晚上,在深夜时,我会到足浴店门口等她换完衣服出来,然后送她回出租屋。一般情况下,我送完她,稍微和她缠绵一下,就会回到我的集体宿舍,只有第二天是她或者我的休息日,我才会留下来过夜,和她一起共浴爱河。那些日子真是我有生以来最幸福的时光,可是,那些美好的日子渐渐远去了,留给我的是绵绵无期的忧伤和思念。

有时,我怀疑阿莹这个人是不是真实存在过,也许那只是一场梦幻。以至于我在这个雪夜,时隔两年多,重新走进红房子足浴店时,我见到那个瘦小的经理时,会莫名其妙地问道:"宋经理,你们店里真的有过一个叫阿莹的女子吗?"宋经理吃惊地望着我,惊讶地说:"沈先生,你难道失忆了吗?"我苦笑了一下,说:"我现在记起来了,她真的存在过。"宋经理说:"她是个好姑娘。"我骄傲地说:"当然,我的眼光不会错的,她是个好姑娘。"

宋经理的眼中闪过一丝阴霾,幽幽地说:"我说一句话,你不要生气,好吗?"

我故作大方地说:"你随便说,我不是小肚鸡肠的人。"

宋经理说:"其实,我也喜欢阿莹。"

我心里十分难过,说:"我知道,她和我说过。她还说过让我小心点,害怕你找人打我,说你特别恨我。"

宋经理惨淡一笑:"那都是过去的事情了,你不要放在心上,那只是我一时的气话。一直没有她的消息,你知道她现在在哪里吗?"

我摇了摇头。

他给我安排了一个年轻美丽的女技师,帮我做脚。还是以前阿莹给我做脚的小间,我半躺在沙发上,眯着眼看眼前这个秀气的姑娘。我问她:"你知道阿莹吗?"她笑着说:"不知道,我刚刚来不久。"是的,足浴店里除了宋经理外,都是陌生的面孔,这个行业,人员流动也是十分频繁的。我告诉她,这个房间曾经死过一个老头,她惊叫道:"你别吓我,我胆子小,晚上会做噩梦的。"我恶作剧般笑了,有点无耻。我闭上了眼睛,我感觉就是阿莹在给我捏脚，时光好像回到了两年前。房间里还是那种按摩膏腻腻的香味，这种香味让我昏昏欲睡。我没有睡，脑海里在回忆着阿莹，回忆着她失踪的那个寒冷的夜晚。

那个深夜，我站在足浴店门口等待阿莹，街上行人车辆都十分稀少了，这个城市的大部分人都已经进入了梦乡。冽风呼啸，我穿着阿莹给我买的羽绒服，并不觉得寒冷。阿莹出来了，穿着红色的呢子大衣，笑着对我说："贵成，让你久等了。"我笑着说："我乐意。"她说："傻瓜，让你不要管我，你非要来，多睡会觉多好。"我说："我不放心。"

从足浴店到出租屋，骑自行车需要二十分钟，走路需要四十多分钟。我们有时走路，有时骑车。这个夜晚，阿莹没有骑车，意味着要走路回去。一路上，她总是哆哆嗦嗦，很冷的样子。我提议打个出租车回去，她不答应，说辛苦赚下的钱，不能就这样给了出租车司机。我要将羽绒服脱下来给她穿，她制止了我，说她不冷，只是今天多做了两个客人，有点累。我说，那我背你走吧。她笑着说，好呀，好呀。

我背着她，她双手搂着我的脖子，在我耳边说："贵成，你会一辈子这样背我吗？"我说："会的。"她又说："可是我比你大几岁，我老了你还年轻，你一定会嫌弃我的。"我说："不会。"她不说话了，用双唇含着我的耳朵，我的耳朵暖暖的痒痒的，我想笑，又觉得爱欲横流，不忍笑出来，否则她会松开口。走出老长一段路，她从我背上挣脱下来，摸了摸我的脸说："不能再让你背了，看你累得喘大气了。"

她跑到前面，面对着我，仔细端详，然后说："我的目光不错，这件羽绒服穿在你身上，有模有样的。我发现，你还是长得很帅的，穿上得体的衣服，就显得更加精神了。人就是要好好倒腾自己，哪怕地位再低微，也要穿戴整齐，干净利索，这样才更有勇气面对生活。"

她的话十分有哲理，第一次听她说这样的话，我有点意外。我冲过去，一把抱住她，要吻她。她说："别急，回去再说。"于是，我们手拉着手，有说有笑地走在路上。

她抬头望了望天空，说："要是能够下场雪多好呀。"

我说："天气预报说，晚上会有雪的。"

阿莹说："天气预报也有不准的时候。"

路过一个桥洞的时候，我们看到一个乞丐裹着被子在一边睡觉。走出桥洞后，阿莹说："那个乞丐很讨厌的，我给过他一次钱，然后每次看到我都追着要钱，很凶的样子，我有点怕他。"我拍着胸脯说："有我在，你什么也不用怕。"阿莹认真地说："其实我不要你保护，我害怕你被伤害，我要你平平安安，知道吗？如果有人对我下毒手，你要跑开，不要为我去和别人拼，你拼不过的，只要你好，我怎么样都无所谓，答应我，好吗？"我没有说话，只是握紧了她的手。

走进小区的时候，保安张小五站了起来，用怪异的目光看着我们。阿莹挽着我的手，朝他瞥了一眼，仿佛在向他示威，我听到他冷笑了一声。回到出租屋，我抱紧阿莹，吻她，吻得上气不接下气。松开后，我笑了笑说："我该回去了，你好好休息吧。"她坐在床沿上，微微一笑："你真的要走吗？"我走过去，拉起她的手，抚摸着，我摸到了她食指和中指突出的厚厚老茧形成的包块，心里一阵疼痛。每个做足浴的技师，手指上都有这样的包块，那是他们辛劳的见证，也是岁月颁给他们的勋章。我吻着那包块，喃喃地说："以后我有出息了，一定不让你干这种活了，你的手指多么漂亮，那么修长，我要它们恢复原来的样子。"阿莹一把将我搂在怀里，双手抚摸着我的头，喃喃地说着："傻瓜，贵成，你是个傻瓜。你要吗，我给你，现在就给你。"

我含着泪说："我要。"

我们融为一体，那一刻，相信永远不会分开。我被甜蜜的水包裹，让干渴的大地滋润，开出花朵，又揉碎花朵……突然，我的手机响了。她气喘吁吁地说："不要接。"我没有接。手机声一次次响起，不依不饶。她叹了口气："接吧。"

接通手机，听到了老板咆哮："你这个小赤佬，跑哪里鬼混去了，赶紧给老子滚回来，二十分钟之内要不回来，你明天就给我滚蛋！"阿莹也听到了老板的咆哮，她笑着说："回去吧，听话。"她的笑容有点凄楚，我不忍心抛下她，在这个寒冷的夜晚。她抱着我，在我额头上深深吻了一下，说："快回去，听话，你要好好的，不能出任何问题，否则我会不安心的。"

我默默地离开了她，离开了温暖的充满爱意的出租屋。那个夜晚，老板的一个朋友的车坏了，要连夜赶修，天亮要用车，老板就将我叫回去了。我走在街上，一路狂奔。一个醉鬼在路边撕心裂肺地喊叫，仿佛整个城市都充满了他撕心裂肺的喊叫……

我的泪水又流了下来。美丽的女技师说："你怎么哭了？"我说："我想阿莹了。"她微笑着问："阿莹是谁？"我说："以前就坐在你这个位置上的人。"她不说话了。

回到宿舍，工友们都睡了，王秋雨还在打呼噜，刚刚来时，我不习惯他的呼噜声，后来习惯了。可是，我不能习惯没有阿莹的日子。我躺在床上无法入眠，我在想着阿莹，我看着手机里她的照片，心想，是不是到最后，每个人都会消失得无影无踪，像一只鸟儿飞走了，再也不会飞回来，阿莹就是那只鸟儿，可我还是希望她飞回来。

窗外还在落雪，是阿莹喜欢的雪花。

我写下了这样一条微博：如果你碰到一个个子高挑，短发，有着圆圆的脸庞，明亮的大眼，名字叫李阿莹的姑娘，请让她回来找我，我还爱着她。

2016年12月9日完稿于上海家中
（发表于《青年作家》2017年第1期，
《小说选刊》2017年第3期选载）

暖阳

1

秋天的雨夜，酒吧里男男女女眼睛潮湿，让苟玲总是能够遇见渴望爱的人。就是在那样一个微凉的雨夜，苟玲和向文亮在酒吧相遇，两个孤独的人，不到两个小时就擦出了火花，没有任何的过度和推让，直接就去了向文亮的宾馆，两具肉体迫不及待地缠绕一起，急速地燃烧，然后变成灰烬。

一夜激情，并没有让苟玲摆脱人到中年的寒凉和困窘，反而让她陷入了更大的困境，尽管记起向文亮最初投向自己的那一瞥，温情脉脉。那天早晨，雨停了，沿着湿漉漉的人行道，回到家里，女儿朱小丽已经做好了早餐，早餐是煎蛋、面包和牛奶。苟玲坐在饭桌前，没有食欲，心里想着此时正赶往高铁站的异乡人。

朱小丽嘴巴里嚼着面包，冷冷地看着她，昨天晚上，你去哪了？

苟玲没有回答女儿，端起杯子，抿了口牛奶。她不能也不敢和女儿说夜里发生的事情，如果女儿知道她和一个陌生男人整个晚上在一起，女儿会疯掉。十六岁的女儿还在休学阶段，因为抑郁症，现在有所好转，不能前功尽弃。她朝女儿笑了笑，今天去看看你姥姥吧，她想你了。

朱小丽瞪着她，你笑得好假，你一夜没回家，是不是干了见不得人的事情？

苟玲叹了口气，你怎么能这样和妈妈说话。

朱小丽将手上吃了一半的面包重重地砸在饭桌上，你要我怎么说！你知道我多么担心你吗，担心你喝酒喝多了死在街上。我听了一夜的雨声，等待着你进门的声音，可是，可是——

苟玲轻声说，小丽，妈妈错了，不应该在外面过夜，原谅妈妈这一次，好吗？

朱小丽气呼呼地站起来，走进她的小房间，重重地关上门。苟玲站在小房间门口，想打开门，可是门被反锁了。她说，小丽，开门吧，有什么话好好说。小房间里没有回应，她不晓得女儿在干什么。每次朱小丽将自己反锁在房间里，苟玲都会异常恐惧，仿佛有什么不祥的事情要发生。苟玲哀求，小丽，开开门，求你了，让妈妈看你一眼，我就去上班了，否则我一天都不会安心的。房间里传来朱小丽不耐烦的声音，走吧走吧，我不要你管，我死不了。

听到那个"死"字，苟玲心里顿时被击中，这是她最不愿意听到的字眼。

苟玲声音颤抖，小丽，你千万不要胡思乱想，妈妈上班去了。

朱小丽猛地打开门，喊叫，滚，滚，我不要你管。

看着女儿扭曲的脸，仿佛见到恶魔，她唯唯诺诺，心惊胆战地拿起包，离开了家，她心里很清楚，要继续待在家里，女儿就会爆发，不知道会发生什么事情。这些年来，朱小丽从来没有消停过，她一直活在恐惧和不安之中，除了顺从女儿，什么办法都用过了，无济于事。

整个上午，她都无心工作，老板交代的一篇文案，只字未动，心里就想着两个人，女儿和那个乘坐高铁离去的向文亮。向文亮是虚幻的，不确切的，那一夜就像梦境，而女儿是真实的，有切肤之痛。想到女儿，眼前就会浮现出那让人绝望的情景：女儿将自己反锁在房间里，不管苟玲怎么嘶叫或哀求，还是哭喊，女儿就是不开门。女儿在房间里，无声无息。最后，苟玲拿起菜刀，一刀一刀地劈开了房门，她看到女儿躺在床上，柔弱的手腕流着血，血水将床单浸透，苟玲撕心裂肺地喊叫着扑向女儿……想到这个情景，心惊肉跳，想逃回家，守着可怜的女儿。

那年女儿十四岁，突然有天，就死活不肯去上学了。苟玲那时正和前夫朱可凡闹离婚，离婚原因很平常，朱可凡在外面有了女人，被苟玲发现。朱可凡起初牙咬得很紧，不承认有外遇，就是在铁证面前，他也绝不松口。他以为这样挺段时间后，苟玲就会放过他，不提离婚的事情，继续将小日子过下去。苟玲那时心高气傲，受不了朱可凡的背叛，坚决要离婚。朱可凡见她铁了心，终于松了口，承认了外遇之事，并求饶，表示不再犯这样的错误。苟玲没有给他机会，坚持离婚，她看到他那张脸，就受不了，想吐。吵吵闹闹的日子有半年之久，等他们正准备去办离婚手续，发现女儿出问题了，他们忽略了女儿。

苟玲不清楚女儿不肯上学是不是和他们离婚有关系，她只知道和朱可凡办完离婚手续，他和女儿关着门谈了一个下午，当天晚上就离开了家，再也没有回来。她不知道朱可凡和女儿谈了些什么，在他走后，女儿总是用怨恨的目光瞅她，仿佛她是罪魁祸首。

苟玲以为解决了离婚的问题，一切事情都会迎刃而解。她完全错了，最棘手的却是女儿的问题，这让她深陷泥沼之中。苟玲根本就没有办法让女儿回到学校里去，问她为什么不愿意去上学了，她就是不开口说话，甚至什么话都不愿意对苟玲说。苟玲会想起来从前那个温暖的家，女儿放学回家，总有说不完的话，一家人其乐陶陶。女儿有时还会撒娇，要和苟玲一起睡觉，将朱可凡赶到客厅里睡沙发，那时，苟玲和女儿的亲密可想而知。如今，无论苟玲苦口婆心，还是威逼利诱，都改变不了女儿不上学的决心。就是将她爷爷奶奶姥姥姥爷都叫来劝她，也没有一点效果。苟玲找到了学校，女儿的班主任是个看上去和善的中年妇女，她说朱小丽一直表现不错，可是最近每节课都无精打采，有时还在上课时趴在课桌上睡觉，叫都叫不醒，学习成绩也下滑得厉害。班主任建议苟玲，这样下去对学校和朱小丽都不好，最好是休学，带她去看看医生，是不是有什么病，如果有病，治好了再来上学。也许班主任的提议是最好的办法，无奈的苟玲只好让女儿休了学。

苟玲要带女儿去看病，女儿完全不配合，说她没有病，讨厌上医院。突然有一天，她将自己反锁在房间里，起初，苟玲听到她在里面的哭声，后来，就无声无息了，苟玲最后用菜刀劈开了门，发现她躺在被血浸透的床单上，她割破了自己的手腕……

2

她昨天晚上去了哪里？到底干了些什么？为什么整个晚上都不回来？朱小丽又开始胡思乱想。在朱小丽眼里，苟玲是妈妈，也是敌人，这些年，她和苟玲相依为命，又相互伤害，她们之间的战争漫长而又残忍。

她常会陷入关于妈妈的问题中不能自拔，那种情境痛苦极了，有条毒蛇在吞噬她的心脏。她打开电脑，又觉得没有意思，什么游戏，什么美剧，都索然无味，想得脑袋要爆炸，也无法得知妈妈昨夜的真相。她简直恨透妈妈了。她拿起一个布娃娃，打开抽屉，取出根针，扎进布娃娃的眼睛，边扎边冷笑。扎了会，又觉得无聊，将布娃娃扔回床上，痴呆地望着窗外，天空中有鸽子在飞翔，她想象着自己长出了翅膀，和鸽子一起飞翔。

朱小丽习惯了长期的独处，有时她会将自己想象成一只老鼠，活在阴暗之中。这个时候，她把窗帘拉上，让自己沉浸在黑暗中，学着老鼠吱吱的叫声，心里顿时产生一种凄凉的快感。

她曾经养过一只小仓鼠。想起那只小仓鼠，朱小丽心里有点忧伤。那是爸爸给她买的小仓鼠，她给它起了个怪怪的名字：大头。其实小仓鼠的头是那么小，每当听到朱小丽嗲嗲地叫大头，那时还算融洽的朱可凡和苟玲觉得十分好笑。小仓鼠养了一年多，朱可凡外遇的事情败露，他和苟玲进入紧急状态，两个人的战争不断升级，最终小仓鼠也成了牺牲品。可怜的小仓鼠在他们的一次战斗中，被苟玲一脚踩死。朱小丽眼泪汪汪地爬过去，捧起心爱的小仓鼠的尸体，回到了自己的小房间，他们的战斗还在继续，根本没有顾及小仓鼠的死和朱小丽的忧伤。

小仓鼠的尸体被装进一个小木盒里，那是朱小丽收藏的装茶叶的木盒，它成了小仓鼠的棺材。朱小丽抱着小木盒，来到小区的一棵香樟树下，用妈妈在阳台上种花的小铁锹，挖了个坑，然后埋葬了小仓鼠。那是个春夜，风吹得树叶飒飒作响，天空中乌云密布。朱小丽没有离开，坐在树下，喃喃地说着什么，她说的话没有人听得清，或许只有小仓鼠能够听得清，可是小仓鼠已经长眠地下。朱小丽的泪水一直在流，不一会，雨水落下来，淋湿了她的头发和衣服，雨水顺着头发流到眼睛里，又流到脸上，雨水和泪水混合在一起，继续往下流淌。

朱可凡和苟玲吵完架后，才发现朱小丽不见了，披头散发的苟玲对脸上抓痕遍布的朱可凡喊叫，要是小丽找不回来了，就和他拼命。朱可凡在那棵香樟树下找到浑身湿透，还在瑟瑟发抖的朱小丽。朱可凡抱起她，回家。朱小丽还在哭泣,为她的小仓鼠哭泣,朱可凡不知道怎么安慰她,什么话也没说。那是爸爸最后一次抱她,她最后一次感受到爸爸的体温。从那以后,朱小丽沉默寡言了,每次看爸爸妈妈吵架,她就默默地在小房间里流泪,仿佛世界末日来临。

朱可凡离开家后,她很少见到他。

有次,在地铁站出口碰见了朱可凡。朱小丽站在那里,目光复杂地注视他。他和一个年轻女人手挽手,他也发现了朱小丽。朱可凡独自朝她走过来,年轻女人看着他们。在离朱小丽一米远的地方,朱可凡停住了脚步,讷讷地说,小丽,你长高了。朱小丽淡淡地说,我以为你不认识我了。朱可凡说,怎么会。朱小丽说,怎么不会,你早已经忘了我。朱可凡正要说什么,年轻女人说了声,快走,来不及了。朱可凡企图过去拥抱她,但还是转身走了。朱小丽感觉到了他的无奈和无情,眼睛滚烫滚烫的,有泪水流出。

回家后,她将保存的爸爸和她合影的照片都找了出来,用剪刀剪去了爸爸的那部分,扔进了垃圾桶。朱小丽就是仇恨爸爸,朱可凡也感觉不到,她将对爸爸的仇恨转嫁到了妈妈身上,变本加厉地折磨妈妈。

她会在妈妈的搽脸油里注入胶水,然后装着若无其事的样子,看她化妆完后,脸上的胶水裂开,一搓脸就脱落一层皮。朱小丽见妈妈气急败坏的样子,就悄悄地回到房间玩游戏。苟玲知道是她干的,也不好说什么,怕说重了她会犯病,就算了,但每次用搽脸油涂脸,都小心翼翼。

她还会将妈妈连衣裙后面的拉链故意弄坏，看着妈妈穿上后怎么也拉不上，气得跳脚。也会在妈妈高跟鞋里倒进万能胶，鞋子怎么也脱不下来……这些其实都不算什么，妈妈都能够忍受，但有些让妈妈无法忍受的事情，经常会使她陷入生不如死的境地。

3

就要进楼门口时，苟玲接到了向文亮的电话，他说到家了，一路上都很想念她。她笑着和他说了会话，说话时，抬头看了看三楼，果然看到了女儿，朱小丽站在阳台上俯视着她，目光像刀子，割痛了她的心脏。她赶紧压低了声音，匆匆和向文亮说完话，提心吊胆地上了楼。电梯门一开，苟玲吓了一跳，朱小丽站在电梯门口，冷冷地说，不要回家，我们到外面吃晚饭。苟玲说，为什么？朱小丽翻了翻白眼，我就想到外面吃。苟玲说，我很累，不想动了。朱小丽冷笑道，出去鬼混整个晚上不累，陪我去吃个晚饭就累了，你不是说爱我吗，这是爱吗？

苟玲叹了口气，只好跟她下楼。

朱小丽走进一家粤菜馆，苟玲硬着头皮走进去，就像走进屠宰场，挨宰的是她，离婚后，她极少进入高档酒楼，除非别人请客。忐忑不安坐下来，苟玲轻声对坐在对面的女儿说，小丽，随便点点菜，我没有胃口，点一两个你喜欢吃的菜就可以了。朱小丽没有理她，拿过菜单，一口气点了好几道菜：佛跳墙、清蒸老虎斑、油泡响螺片、蒜蓉小青龙……苟玲心里暗暗叫苦，说，小丽，我们吃不了那么多的，点两道菜就行了。朱小丽将菜单还给服务员，说，就这些吧，吃不完的打包，我明天继续吃。

苟玲脸色发青，这些菜至少两千块钱，小半个月工资，这是在吃自己的血汗呀。想到女儿好不容易出来吃顿饭，而且明显是要给自己难堪，只好咬着牙忍了。菜很快就上来了，朱小丽自顾自地大快朵颐。吃了一会，她停下来，喝了口橙汁，擦了擦油乎乎的嘴巴，笑了笑说，真爽，你怎么不吃，快吃呀，不然我全部吃光了。苟玲心里冒火，脸上还要表现出淡定的样子，我不饿，你吃吧，最好全部吃光。朱小丽拿起筷子，夹了块螺片，说，放心，我就全部吃光，也撑不死的，我早就不想死了，死多没劲，活着多美好哇。苟玲心里发冷，猜不出她到底要干什么。

吃得差不多了，朱小丽盯着苟玲，你告诉我，你昨天晚上到底干什么去了？苟玲无语。朱小丽笑了笑说，你告诉我，是不是找男人去了？苟玲突然提高了声音，小丽，你太不像话了，怎么能这样和妈妈说话。很多人朝她们张望，朱小丽说，别那么激动，吵着人家了，知道吗，你不要脸，我还要脸呢。苟玲大口喘气，低下头，努力让自己平静下来。

朱小丽继续说，你告诉我，我已经长大了，不要紧的，是和哪个男人好上了，我会成全你的。苟玲哀求道，小丽，别问了，好吗，我答应你，晚上再不出去了，给妈妈一点脸面。朱小丽不再问她了，沉默了一会，对服务员招了招手，买单。苟玲掏出钱包，朱小丽说，不用你买，我有钱，就算我请你吧。

苟玲惊讶极了，你哪来的钱。

朱小丽说，你不是有个LV包吗，我看你放在柜子里也不用，就给你放在微店里卖掉了。

苟玲说，卖了多少钱？我可一次都没有用过。

朱小丽说，没有用过也是旧货了，卖不出原价了，但我还是卖了一万多块钱，已经相当不错了，别人卖这种款式的包包，最多卖几千块，而且还要全新的。

苟玲的喉咙被什么东西堵住了，什么话也说不出来，脑袋里嗡嗡作响。

服务员走过来，朱小丽说，可以微信付钱吗？服务员笑着说，当然可以。付完钱，朱小丽微笑地对母亲说，晚上要不要去酒吧，我请你喝几杯，想喝什么酒，随便你点。苟玲冷冷地说，回家吧。

回到家，朱小丽一头扎进自己房间，关上了门。

苟玲开始翻箱倒柜。她发现以前藏的不少东西都不见了，什么包包、旗袍、首饰……要不是晚餐时女儿说出来，苟玲根本就不知道这些东西已经在家里消失。她脸色煞白，颓然瘫坐在地上，大口喘着气，头痛欲裂。她一直以为女儿待在家里什么也不知道，是个受过刺激的傻姑娘，没有想到会变成这样。是不是有天自己被她卖了也不知道，苟玲顿时毛骨悚然，这孩子心机太重了，不知是福还是祸。

那个LV包，她真的一次都没有用过，当时，想还给刘汀的，和他分手后，一直找不到机会，后来他出国定居了，就打消了还给他的念头，放在家里当个留念，刘汀毕竟在她最艰难的时候，给过她温暖，尽管十分短暂。和刘汀分手，也是因为朱小丽。

朱小丽割腕自杀那段时间，刘汀一直照顾她们母女，这让苟玲感动。刘汀是苟玲高中同学，一直未婚，也和苟玲常有联系，听说苟玲离婚后，就和她走近了。那天晚上，朱小丽被送进急救室后，苟玲一直握着刘汀温暖的大手，不停地说，小丽要是死了，我可怎么办，她是我的命。刘汀也紧紧地握住她的手，不停地安慰她。如果没有刘汀，苟玲不知道怎么度过那个惊恐而又漫长的夜晚，她给朱可凡打过电话，他却没有来。

朱小丽清醒过来，看到的是苟玲和刘汀。她说，为什么要救我。苟玲流着泪说，小丽，活着就好。朱小丽的嘴唇发白，闭上了眼睛，像是喃喃自语，活着有什么好的，天天看到讨厌的人，喜欢的人又看不到。苟玲说，小丽，你喜欢谁，我叫他来看你。朱小丽淡淡地说，你们出去吧，我想睡觉，不想说话。刘汀笑着说，苟玲，我们走吧，让小丽好好休息，她是需要好好休息。苟玲站起来，和刘汀走出了病房，刘汀回头看了看，发现朱小丽大大的眼睛盯着自己。他们坐在病房外的长椅上。苟玲轻声说，刘汀，你回去吧，时间也不早了，折腾了你大半夜，真是对不住。刘汀笑笑，别说客气话，不是外人，小丽现在是没事了，问题是以后应该怎么办。苟玲叹了口气，我也不知道该怎么办，她小时候可听话了，没想到会变成这样，要是像我就好了，不用大人操心，从小学到大学，都靠自己努力。刘汀说，也不能这样讲，人是不一样的，现在主要问题是让小丽快乐起来。

朱小丽被确诊抑郁症后，不愿意吃药，说自己没有病。苟玲心力交瘁，为了让她吃药，想尽了办法，甚至将药片碾成粉末拌在米饭里给她吃。有天晚上，朱小丽发现饭里有药之后，尖叫着将饭碗砸在地上，苟玲愣愣地看着她。良久，朱小丽气呼呼地瞪着她。苟玲眼中淌下了泪水，小丽，你再这样下去，妈妈也没有办法了，只好将你送到医院，强制治疗了。朱小丽嘶叫，我没有病，为什么要去医院。苟玲抹了把泪说，你真的有病，不吃药会死的，你已经死过一次了，还想死第二次吗。朱小丽说，就是死也比吃药强，你以为我想活吗。

说什么，她也不会听。

苟玲突然扑通一声跪在地上，朝女儿不停地磕头，磕得额头上鲜血淋漓。她抬起头，可怜巴巴地说，小丽，妈妈多么爱你，你知道吗？妈妈求你了，吃药好吗？

朱小丽看着妈妈，抽泣起来，我不要你的爱，我只要你们尊重我，你们从来都不知道尊重我。

苟玲突然昏倒在地，束手无策的朱小丽赶紧给刘汀打电话。刘汀立马开车过来，将苟玲送去了医院。苟玲在急救室抢救时，刘汀和朱小丽坐在抢救室外面走廊的长椅上，相隔着一个座位的距离，都不说话。是刘汀先打破了沉默，小丽,你妈妈要死了,你就无依无靠了。朱小丽还是不说话。刘汀又说,我知道我说的话你不爱听,我还是要多说一句,你妈妈为了你,牺牲了很多,你应该听她的话。

朱小丽还是沉默。

刘汀也不再说话了。

苟玲出院后,朱小丽答应了吃药,她对妈妈说,你们口口声声说为了我如何如何,我吃药是为了你,而不是为了我自己,希望你以后好好活着,不要让我背上谋杀亲妈的罪名。

4

在那些深沉的黑夜里,噩梦缠绕。朱小丽有时会梦见自己变成了一只小仓鼠,在厨房找食物时,被凶神恶煞的妈妈捉住,妈妈提着小仓鼠的尾巴,放在嘴边,仿佛要将小仓鼠吃掉。面对母亲张开的血盆大口,对了,她的门牙上还粘着小片青菜叶子,朱小丽大声喊叫,妈妈,你不是说爱我吗,为什么要吃掉我。无论她怎么喊叫,怎么挣扎,妈妈都听不见,也没有点悲悯之心,还是将小仓鼠放进嘴巴里,狠狠地咬了下去……朱小丽感觉到了疼痛,醒过来,浑身冷汗。

那个晚上噩梦醒来,她听到了妈妈叫唤声,很痛苦的样子。

她悚然心惊,妈妈是不是心绞痛又犯了?

她来到妈妈的房间门口,还听到了另外一个人的粗壮的喘息。朱小丽顿时明白了。她突然在客厅里大声喊叫，有鬼，有鬼——

妈妈的房间里沉寂下来。

朱小丽还在大声喊叫，有鬼，有鬼——

不一会，苟玲走了出来，出来时有意识地带上了房间门。苟玲额前的头发还是湿漉漉的，身上散发出一股热烘烘的气息。苟玲焦虑地说，小丽，你怎么了？朱小丽惊慌失措的样子，有鬼，我看到鬼了。

苟玲说，鬼在哪里，你是不是做噩梦了？

不是，我真的看到鬼了。

在哪里？我怎么看不见。

在你背后，在你背后——

苟玲转过身，还是什么也没有看见。朱小丽又说，看，看，跑进你房间了。她快速移动脚步，推开了母亲的房间门。已经穿好衣服的刘汀无处可藏，站在那里，十分尴尬。朱小丽默默地转过身，回到自己房间，重重地关上了房门，呜呜地哭起来。刘汀逃也似的走了。苟玲坐在客厅沙发上，狠狠地抓着自己的头发，不知如何是好。

有些夜晚，朱小丽会睡不着觉。她躺着床上，竖起耳朵，听妈妈房间的动静。自从那天晚上假装闹鬼破坏他们的好事之后，刘汀就没有再到家里来。但是，有些晚上，妈妈会悄悄溜出去，朱小丽知道，妈妈是去和刘汀幽会。有个夜晚，估摸十二点左右，苟玲蹑手蹑脚来到小房间门口，轻声说，小丽，小丽——

朱小丽明白母亲是在试探自己有没有睡着，她故意不作声，造成了睡熟的假象。苟玲就悄悄出了门。朱小丽随后出了门，跟在了妈妈后面，她心里顿时萌生了个恶毒的念头。苟玲没有想到朱小丽会跟踪自己，急匆匆地走向小区附近的一家快捷酒店。进入酒店后，苟玲乘电梯上了五楼。朱小丽也上了五楼。站在五楼的走廊上，朱小丽不知道妈妈进了哪个房间，心里有些懊恼。走廊的灯光昏暗，充满了暧昧的味道。朱小丽想了个办法，将耳朵挨个贴在房门上听，只有一个房间里面有女人的叫唤声，那是她熟悉的妈妈的声音，肉麻极了。她记下房间号，然后下了楼，走出了酒店。穿过酒店大堂时，前台的一个女服务员用怪异的目光审视她。

在酒店旁边的公共电话亭里，朱小丽拨通了110的电话，她告诉警察，有人在某某酒店的508房间卖淫嫖娼。报完警，她就回家去了。朱小丽躺在床上，一直等待母亲回家，其实她又十分担心，母亲会不会被抓去坐牢，那样事情就搞大了。她并不想送母亲去坐牢，只是想给她个教训，不要和男人乱搞。她受不了母亲和别的男人在一起，每次想到母亲和别的男人在一起，她就会想到父亲，想到曾经温暖的家。

在她的提心吊胆中，妈妈在凌晨五点的时候，回到了家，从窗户上看出去，是刘汀送妈妈回来的，他们站在楼下说了会话，然后两个人紧紧地抱了会，就分开了。朱小丽不知道那个夜晚妈妈和刘汀经历了什么，也不知道最后他们说了些什么，反正，后来妈妈和刘汀就没有在一起了，她也没有再见到刘汀。朱小丽还是不喜欢黑夜，妈妈有时还会悄悄出去，她也还会被噩梦缠绕。

5

苟玲以前并不喜欢泡吧，就是和前夫恋爱时，也极少去酒吧。这个秋天刚刚来临之际，女儿还是上不了学，原来那个中学也因为她休学时间太长，不太愿意收她，况且，女儿一听说要回原来的中学读书，也极不情愿，仿佛触动了她某根敏感神经。要到别的中学读书，那就难上加难了。一个闺蜜，说她有个朋友教育系统有关系，就约了个晚上，去离苟玲家不远的咪咕酒吧见面，闺蜜还让她带上三千块钱的红包，让人办事，总归要有个表示。

那个晚上，苟玲如约而至。

闺蜜打扮得十分性感，和她的朋友早已经在酒吧等候了。闺蜜的朋友是个瘦高个中年男人，西装革履，戴着副深度眼镜，小眼睛从漩涡般眼镜片后面审视苟玲时，散发出莫测的光亮。苟玲和他对视第一眼时，就有种莫名其妙的排斥感。闺蜜将他介绍给她，这是我朋友，张大师，专门给人看风水的，人脉很广。苟玲很有礼貌地说，张大师好，我叫苟玲，一丝不苟的苟，玲是玲珑的玲。张大师笑了笑，好听的名字。闺蜜说，张大师从名字中就可以看出你的命运好不好，要不要让他给你分析分析。苟玲脸红了，我的命不好，看不看都一样，今天我们还是谈正事吧。

闺蜜推托有事情,先走了,目的是让他们能够更好地谈朱小丽上学的事情。结果闺蜜走后,张大师只口不谈学校的事情,每次苟玲提到女儿上学的事情,他就将话题岔开,说他自己如何厉害,比如,日本人在浦东建大楼破坏上海的风水,他如何和日本人进行风水战,让上海转危为安;他曾经给某领导家看风水,发现领导家客厅有问题,会影响升迁,他只是在那位领导家客厅靠南的角落放了个风水轮,那领导不久就升迁了……对他的夸夸其谈,苟玲不以为然,根本就没有兴趣,她关心的是女儿上学的事情。

　　谈完风水,张大师的目光透过复杂的眼镜片,粘在了苟玲风韵犹存的脸上,苟玲,你其实长得很漂亮的,你看你的眼睛,丹凤眼,鼻梁挺拔小巧,嘴巴的形状好,下巴也圆润,堪称完美,但是,你的气色不好,黯淡,影响了你的形象和运气……

　　苟玲打断了他的话,张大师,别说了,我怎么样自己清楚,我只想问你,有没有办法帮我女儿上学,如果有办法,就拜托你了,没有办法,那就算了,我女儿还在家里等着我。说完,她从包里拿出装着三千块钱的信封,放在了他面前,这是一点心意,事情如果办成了,再酬谢你。

　　张大师趁机抓住了她的手,另外一只手伸过来抚摸,你的手好柔软,我就喜欢这样柔软的手,摸上去心里就特别有感觉。苟玲一阵恶心,猛地抽回手,另外一只手拿回那装钱的信封,塞回包里,站起身,扭头就走出了酒吧的门。张大师在后面喊,你还没有买单呢,哪有这样办事的。

回到家后,她收到张大师发来的消息:苟玲,我真的喜欢你,一眼就喜欢上你了,你只要和我去开房,一切都好说,你女儿的事情包在我身上。苟玲后悔给他留了手机号码,她回了句脏话,然后就屏蔽了他的手机号码。女儿走出房间,看着满脸怒色的她,一言不发。苟玲没有理会她,走进自己的房间,扑倒在床上,抽泣。

苟玲感觉到了无助,如果当初不要顾及女儿的感受,和真心爱的刘汀好下去,或者结婚,自己也许不会落到这样的地步。平日里的凄凉无人理解,连亲生女儿也对自己敌视,辛辛苦苦上班,回家还要照顾她的情绪,碰也碰不得,说也说不得,最大的问题是,没有情感的交流,甚至连起码的聊天也没有,女儿就像是一块无法融化的冰,还要替她的生活和前途担忧。

她是个女人,也有欲望,特别是在夜深人静之际,也希望有个男人相拥而眠,马上就四十岁了,她渴望有个男人一起度过下半生,等到真正人老珠黄,那就无可救药了,女儿终究要离开,没有人陪伴的孤独晚年将会多么凄苦。这个时候,她就特别想念刘汀,可他远在天边,听说他也在异国他乡找到了相爱的人。深夜里冰凉的泪水,绝望而又愤怒。那个时候,她会产生这样的念头,放弃女儿,过自己想过的生活。她会打电话给前夫朱可凡,怒气冲冲地说,你把小丽带走,我不要她了。朱可凡慢悠悠地说,你自己拉的屎能吃回去吗,当初不是你死活要小丽跟你,会有今天吗。苟玲说,她还是不是你女儿,你什么也不管,连生活费也可以拖欠几个月,你算什么东西。朱可凡再不愿意听她说话,决绝地挂掉了电话,苟玲再拨过去,他的手机已经关机了。

苟玲有窒息感,于是想到了酒吧,她就开始隔三岔五进入酒吧,边喝啤酒,边听音乐,边看着酒吧里的男男女女,心里有了暂时的解脱。有人会过来搭讪,她不是情窦初开的女孩,而是饱经风霜的中年妇女,对于搭讪者,她从眼神中就可以看出他到底想干什么。不少搭讪者被她击退,离开后只是偶尔瞟她一眼,心里在想什么,天知道。有个别的可以陪她说上一会话,最终也离开,什么结果都没有。酒吧是个鱼龙混杂的地方,各色各样的人都有,她享受着酒吧里的时光。碰到向文亮仿佛是天意,苟玲和他都坐在某个角落里,他们都在看着别人喝酒。他们的目光相碰在一起,电光石火之间又瞬间躲开。苟玲很长时间没有见到目光如此纯净的男人了,心里萌发了某种冲动,她想过去和他坐在一起,和他交谈,哪怕是说些莫名其妙的话语,但她还是显得矜持。最后还是男人主动,端着酒杯坐在了她面前。那一刹那间,苟玲觉得自己呼吸困难。她闻到了他身上的味道,和当地男人不一样的味道,而他脸部的轮廓看上去也是那么粗犷和富有男性的气质,苟玲根本就把持不住自己了,很多征服其实都是瞬间的事情……

6

朱小丽站在客厅里,凝视着墙上的一幅画。那是一张国画，画的是大朵大朵的牡丹。她很不喜欢这样的画，看上去十分浮夸和虚伪。她一直没有好好注意过它，认为只不过是个装饰画。那是爸爸妈妈结婚时，区文化宫的一个画家送给爸爸的，他离开这个家前，和朱小丽说过。朱小丽当然还记得爸爸的话，尽管他在她脑海中已经面目模糊。

妈妈上班后，朱小丽上网和网友聊天，网友吕美美和她一样，开了微店，也经常把家里的东西拿到网上卖，她们还去一些古董市场淘些有特色的小件，然后放在微店里卖，赚些差价。这天，吕美美在微店里挂出了一幅油画，很快就被人买走了，赚了一千多元。

美美姐姐，你哪来的画呀？

咯咯，前几天认识一个美术学院的小哥，他学油画的，我让他挑了幅小画给我卖一卖，昨天真的给我了，没想到还真有人要，我要他长期给我提供画作，我就一直给他卖。

姐姐真牛，可以认识那么多人。

我比你大呀，你要到我这个年龄，认识的人肯定比我多，况且你长得那么漂亮，男人们会像蜜蜂一样围着你转的。有空我带你去美术学院玩，把那些小哥介绍给你认识，他们保证会很喜欢你这个小妹妹的。

姐姐才大我三岁而已，我恐怕不行，看到男人就抵触。好啦，好啦，不谈男人了，我想起来了，家里有幅画，我拍下来，你给你的画画小哥看看，值不值钱。

好的，好的。

于是，朱小丽拍下了那幅画，发给了吕美美。然后，她就在等待吕美美的消息。她心里忐忑不安，不晓得这画值不值钱。窗外又下起了雨，雨天让她不舒服，她会想起一个人，那个人伤害过她，可她还是会在雨天里想起他来。等待消息的过程中，那个人的脸老是出现在眼前，朱小丽觉得自己特别讨厌，讨厌到想死。那种想死的念头持续十多分钟后，朱小丽突然破口大骂，人渣，我为什么要想你，为什么要为了你去死。骂完后，仿佛出了一口恶气。

然后，她坐在窗前，看着窗外的雨发呆。

又过了一个多小时，吕美美回了消息，这个消息对朱小丽而言，简直是太美好了。吕美美告诉她，画画小哥说，这幅画是他们学院一个教授早期的作品，那个教授现在是中国画的名家了，画可值钱了，就拿这幅牡丹来说吧，最少值十万块钱。朱小丽听得张大了嘴巴，心想，要是能够卖十万块钱，她的愿望就可以实现了。

朱小丽突然又觉得伤感，走出小房间，来到妈妈的房间，静静地躺在妈妈的床上，抱着一个枕头，流下了泪水。她喃喃地说，我终于可以离开你了，妈妈，可是，可是留下你一个人，你会不会更孤独呢？她想起小时候一到雷雨天，窗外天空雷劈电闪，她吓得直往妈妈的怀里钻，妈妈紧紧地搂抱着她，轻声地说，小丽，不怕，只要有妈妈在，什么也不要怕。

朱小丽心里难过极了。

这些年来，都没有让母亲开心过，直到今天。

很多时候，她也心疼妈妈，可是，和妈妈面对面的时候，她就会变成另外一个人。

朱小丽想好好和妈妈说说话，就在今夜。

7

苟玲魂不守舍，上班也无精打采。刚刚交给老板一份文案，被驳回重写，还被老板凶了一顿。老板说得没错，不想好好干就滚蛋，我们公司不养闲人。她不能没有工作，失业的话，她和女儿就要喝西北风，可是她真的提不起精神工作。从老板办公室回到自己的位置，心情糟糕到了极点。

苟玲觉得自己也要去精神卫生中心看医生了，她怀疑自己得了好几种精神疾病，什么抑郁症、恐惧症、幻想症……是的，比如此时，她就充满了恐惧感，担心女儿在家里会出什么事情。心惊胆战一阵后，她又幻想带着女儿在马尔代夫度假，在洁白的沙滩上，面对蔚蓝平静的大海，给女儿讲海的女儿的故事。这是多年前的事情了，还是女儿四岁那年，他们一家人的确到马尔代夫度过假，那也是唯一的一次出国度假。当时，朱可凡信誓旦旦地对她们母女说，以后每年都要出国游一次，要走遍世界。想想朱可凡真是个骗子，不知他会不会对现在的妻子如此许愿。苟玲又觉得自己是个怨妇了，面对着电脑屏幕，满脸哀愁。

苟玲没有想到这个时候向文亮会发来消息，这些天，他们正处于热恋状态，每天晚上发消息手指头都要发麻，苟玲不敢和他在家里通电话，生怕被那个小恶魔听到，平白生出事端。看到向文亮的消息，她以为自己看错了，使劲揉了揉眼睛，再定睛看了看，才发现他真的是那么说的，他说明天一早就会到达。她问，真的？向文亮回答，真的。

苟玲是个矛盾体，既希望他来，也担心出什么问题。

她又兴奋，又忐忑不安。

纵使每天晚上，都和他卿卿我我，在微信中爱得死去活来，苟玲还是觉得那是梦幻一场，这个世界上每天都会发生许多一夜情，能够长久的又有多少，向文亮走后，她就觉得和他已经结束了，不可能再发生什么了。向文亮说要来，而且是专程为她而来，这难道不是真的爱情吗。

苟玲提心吊胆，是怕女儿又将好事搅黄了，女儿是她的宿命。无论如何，不能拒绝向文亮，这对年近四十岁的苟玲来说，是一次重要的机会，或许会改变她下半生的命运。向文亮是个根雕艺术家，他表示可以来这个城市生活，和她一起相亲相爱。其实，她对向文亮根本就不了解，只知道他的名字和工作，关于他的过去，她从来没有问过，他也没有主动提过。苟玲就是莫名地信任他，认为他是理想中的爱人，准备迎接他的到来，并且决定和女儿摊牌，为自己活一次。

下班后，苟玲匆匆回家，来到家门口时，她停住了脚步，站在门口，迟迟没有开门。女儿会用什么脸色来迎接她，苟玲心里一点底都没有，在公司想好的那些话，该不该开口。就在这时，门开了，她看到了女儿桃花灿烂的笑脸，苟玲惊恐地往后退了一步，以为走错家门了。

妈妈，进来呀，还站在那里干什么。

没错，这是女儿，也不是别人的家，可是，有多长时间没有见到过女儿如此欢欣的笑脸，女儿又有多长时间没有叫自己妈妈了，苟玲一下子无法接受这样的现实。这难道是梦境，梦境和现实有什么区别？

苟玲迟疑地走进家里。

苟玲的眼睛一亮，发现家里收拾得干干净净，像是个新家，客厅墙上那幅画也不见了，对那画，她也没有什么感觉，不见了反而更加简洁大方了，客厅的空间显得大了许多。

朱小丽今天打扮得很时尚，染了个红绿相间的头发，穿着宽松的白色卫衣和粉红色的破洞牛仔裤，活力四射，这让苟玲耳目一新。苟玲端详着女儿，十四岁之前的女儿就是这样活泼可爱的样子，难道那时候的女儿又回来了。苟玲心里一阵酸涩。

朱小丽笑着说，妈妈，吃饭吧，你看我给你做了什么好吃的。

苟玲被女儿拉到饭桌旁边，看到了三菜一汤，都是她喜欢吃的菜：干煎小黄鱼、红烧鳝段、香菇小白菜、紫菜蛋汤。

（瞬间回忆：朱可凡做好了菜，同样的三菜一汤，小丽跑进房间，对正在加班的苟玲说，妈妈，吃饭饭了。苟玲拉着女儿的小手，走出来，朱可凡已经盛好饭，微笑而又温存地说，吃饭吧。）

苟玲坐下来，拿起筷子，颤抖着不知如何下手。

朱小丽笑了笑，妈妈，吃呀，快尝尝，看我的厨艺怎么样，不用害怕，菜里没有毒。

（瞬间回忆：朱小丽端了杯水给苟玲，笑着说，妈妈，我在水里放了毒，你敢喝吗。苟玲接过杯子，一饮而尽，然后说，我就不相信我的乖女儿会给妈妈下毒。母女俩都咯咯笑起来。）

苟玲夹了块香菇，放进嘴巴里嚼了嚼，连声说，好吃，好吃，看来我女儿是个当厨师的料。

妈妈，你说好吃，我就开心，希望以后能够经常做菜给你吃。

（瞬间回忆：一次苟玲生病，朱小丽拿着玩具听筒给她看病，然后说，妈妈，我长大了要当医生，你有病就不要上医院了，我给你治疗。）

苟玲笑着对女儿说，小丽，你自己也吃。

朱小丽说，嗯，嗯，我也吃。

（瞬间回忆：一个晚上，苟玲加班晚了些回家，发现朱可凡和朱小丽在等着她，桌子上放着几块西瓜。朱小丽见她回家，扑过来，说，妈妈，妈妈，快去吃西瓜，好甜好甜，好吃的东西要和妈妈一起分享。）

……

仿佛回到了从前，这顿饭吃得苟玲热泪横流。朱小丽走到她身边，用纸巾给她擦拭泪水。苟玲受不了，赶紧站起来，说，让我进房静一静。苟玲进房间后，朱小丽站在房间门口,若有所思。过了好大一会,苟玲才走出房门,这时,朱小丽已经收拾好饭桌和厨房,碗筷也洗好了。她泡好了一杯茶,等苟玲出来喝,那是苟玲最喜欢的茉莉花茶。苟玲出来时,茉莉花茶冒着袅袅的热气,透着惬意的香息。

妈妈,喝茶吧。朱小丽坐在她对面,柔声说。

苟玲让她坐在自己身边的沙发上,朱小丽没有挪动屁股,也许刚刚和好,对于母女间的亲热还显得不太自然,很多弥合其实需要时间。苟玲没有强求她,对女儿,她早放弃强求了,一直在试着学习尊重女儿。既然女儿今天态度这么好,苟玲觉得有信心和她挑明自己和向文亮的事情。苟玲端起茶杯,呷了口茶,看了看女儿,欲言又止的样子。

妈妈,你有什么话要和我说,就说吧,以前我不懂事,伤了你的心,以后再不会了,这些日子我都在想,我那样对你是不公平的,你应该有你自己的生活,我不应该拖累你。

小丽,你能够这样说,我真的很感动,我以为我们一生都不会好好说话了。

怎么会,你是我妈呀。

我是有事情要对你讲,想了很久了,我觉得要说出来,不然我会闷死的。我向你坦白,那天晚上一夜未归,我是和一个男人在一起,我们相爱了,我们准备在一起生活,他明天就会来。

苟玲想好了一大通话要对女儿说,结果说出来的就是这几句。

朱小丽笑了笑。苟玲看得出来，女儿的情绪有些许的变化，于是说，小丽，你要反对，我就算了，明天你向叔叔来了后，我就让他回去，再也不要来了，我不会让你为难的，无论什么时候，无论什么事情，我主要考虑的就是你。朱小丽说，妈妈，我没有资格也没有权利反对你做任何事情，你自己决定吧，你决定了，我就无条件支持你。苟玲激动地站起来，走到她面前，要搂抱她。朱小丽躲开了，走进小房间，关门时，说了句，妈妈，你早点睡吧，我估计你明天一大早要去接人。苟玲有些失落，又有些喜悦，也许时间会抚平一切，让一切都走向正轨。

8

一大早，苟玲就起床了。洗漱，梳妆打扮，花了二十多分钟。朱小丽打开一条门缝，看着苟玲涂脂抹粉，扔过去一句话，看来这次动真情了，从来没有见过你这样化妆的。苟玲听了此话，心里一惊，脱口而出，你没有在我化妆盒里挤胶水吧。朱小丽叽叽笑了声，怎么会。化妆完毕，苟玲匆匆走了。

她来到地下车库，车库里充满了浓郁的污浊的怪味，她极少用自己的车，那是朱可凡留给她的车子，很旧了，但是还能用。车上蒙着厚厚的灰尘，顾不了许多了，坐上车，清洗了车子的挡风玻璃，然后就开出了车库。时候尚早，路上车辆稀少，平常从她家到高铁站要四十多分钟，现在只花了二十分钟。苟玲看了看手机，早来了半个多小时。

停好车，苟玲给女儿打了个电话，让她准备点早餐。朱小丽很乖的样子，告诉她已经在准备了。苟玲脸上露出了舒心的笑容，仿佛美好生活从此开始，过去的艰难困苦都将一笔勾销。走出停车场，阳光照耀在她脸上，有些刺眼，却感觉到了暖意。

半个小时虽然短暂，却显得那么漫长，不过这是幸福的等待，尤为珍贵。当苟玲看到向文亮迈着坚实的步子走出来时，她的呼吸停止了几秒钟，不一会，她的身体就被他有力的大手紧紧搂住，她的脸靠在男人的胸膛上，闻到了烟草和什么东西混杂的味道，她迷恋这种味道，深深地呼吸，似乎给行将枯萎的生命中注入鲜活的水流，一朵花儿在她心里开放，也在她憔悴的脸上开放。向文亮俯下头，用嘴巴寻找嘴巴，然后他们热烈地亲吻。苟玲已经喘不过气来了，脸也涨得通红，她从来没有在大庭广众之下和一个男人激情热吻，还是推开了他，羞涩地说，你太心急了。向文亮憨厚地笑笑，这不都是想你想的吗。

回到家，向文亮看到朱小丽，眼神有些疑惑。苟玲赶紧介绍，这是我女儿朱小丽。苟玲又将他介绍给女儿。朱小丽有些不自然，觉得有股巨大的压力，但还是微笑着说，向叔叔好。向文亮点点头，好，小丽好。苟玲对向文亮说，饿了吧。向文亮不像在车站那样充满激情，笑了笑说，饿了。朱小丽准备的早餐可能不合向文亮的胃口，看他强行咽下面包和煎鸡蛋的样子，朱小丽皱了皱眉头。苟玲看了她一眼，她眨了眨眼。

吃完饭，苟玲交代向文亮，文亮，我得去上班了，上午有个很重要的会要开，你在家好好休息，我开完会就请个假回来。向文亮勉强地说，好吧。苟玲把朱小丽拉到一边，轻声说，小丽，对向叔叔客气点。朱小丽笑了笑，知道了，会帮你照顾好这个高大威猛的大胡子男人的。

苟玲刚刚离开，向文亮就走进盥洗室，关上门，洗澡。朱小丽在小房间里，听着盥洗室哗哗水声，心里极不舒服。向文亮洗了很久的澡，足足有半小时。朱小丽想，这多费水和天然气呀，好像水和天然气不要钱似的。向文亮洗完澡，穿了个大裤衩子和背心，光着脚，走到客厅里，坐在沙发上，打开电视机，不停地换台，最后选择了部抗日神剧，有滋有味地看起来，电视剧的声音还开得山响。朱小丽听得头都要炸了。

朱小丽走进盥洗室，关上了门，盥洗室里有股浓郁的怪味，她赶紧捏住了鼻子，实在无法忍受。更加让她不能忍受的是，向文亮拉了尿居然不冲马桶，还用她的浴巾擦身体，擦完也不挂起来，直接扔进了浴缸里，洁白的浴巾泡在他洗过澡的脏水里，简直让朱小丽不能容忍。朱小丽冲完马桶，突然呕吐起来。吐完后，冲出了盥洗室，看到向文亮边抽烟边用粗大的手指抠脚趾头，抠下的脚皮直接就扔在沙发上。

朱小丽拉下了脸，她不明白平常还算高雅的妈妈怎么找了个这样粗俗不堪的人。她冷冷地说，我们家不让抽烟的，臭死了。向文亮笑了笑，规矩还挺多的。朱小丽提高了声音，我们家不让抽烟的，你听到没有。向文亮说，好，好，我不抽了。说完就将烟头摁在茶几上的搪瓷水果盘上。朱小丽又说，建议你把衣服穿好，家里不止你一个人，尊重点别人好不好。向文亮的脸挂不住了，连声说，好，好。他赶紧穿上了衣服。朱小丽进入小房间，重重地关上门，咔嚓一声反锁上。

向文亮嘟哝了声，小丫头片子，小心我以后收拾你。

他根本就不知道，朱小丽是个什么人。

朱小丽在和吕美美聊天。她将向文亮的事情告诉给了吕美美，吕美美说，你要阻拦这件事，否则你和你妈以后都要吃大亏的，这样的人我见得多了。就在她们在微信上聊天时，向文亮好像在给谁打电话，用的是朱小丽家的座机，她房间里有个分机，她轻轻地拿起电话，偷听。

哇哇，不得了了，这人居然在跟一个女人通话，还一口一个老婆什么的，那女人当然不是苟玲。朱小丽在他打完电话后，才轻轻将电话放回原处。她赶紧把这事情告诉了吕美美，吕美美也很吃惊，让她赶快告诉苟玲。朱小丽说她妈妈可能会不相信，因为以前破坏过她的好事。吕美美说，那怎么办？朱小丽说，等着瞧吧，我会有办法的。

9

朱小丽一直没有出门，向文亮还从冰箱里找出两瓶不知道放了多久的啤酒，有滋有味地喝着。朱小丽估计妈妈快要回来了，就走出了房间。向文亮瞥了她一眼，没有说话，拿起啤酒瓶，咕噜咕噜喝下去半瓶啤酒。喝完，用手背抹了抹嘴巴，还打了个嗝。

朱小丽走过去，站在他对面，和他之间隔着一张茶几。

向文亮说，不要挡着我看电视，有没有礼貌。

朱小丽伸出手，拿过遥控器，啪地关掉了电视机，冷若冰霜地说，你有没有搞错，是谁没有礼貌，你来到我家里，拉尿不冲厕所，用我的浴巾，随便抽烟，电视声音开那么大，到底是谁没有礼貌，这是我的家，不是你的，你搞清楚了吗？

向文亮被她说得脸红耳赤，不知道说什么好。

朱小丽根本就不给他留任何余地，继续说，你分明有老婆，为什么要欺骗我妈妈，你是不是认为她很幼稚就好欺负，我告诉你，只要我朱小丽在，你的阴谋就得逞不了。我现在警告你，在我妈妈回家之前，滚出我的家，否则我就报警。

向文亮脸色十分难看，终于憋出了一句话，我和你妈妈是自由恋爱。

朱小丽说，什么自由恋爱，你就是个骗子。都怪我妈妈太单纯了，受你欺骗。我还是那句话，给我赶紧滚，否则你会很难看的。

向文亮气得发抖，眼珠子瞪得溜圆，像是要吃人。

朱小丽也瞪着他，毫不示弱。

向文亮咬着牙说，我不和你这个小丫头片子计较，等你妈妈回来再说，她要让我走，我马上就走，她要不让我走，那就由不得你了，你懂吗，我爱你妈妈，你根本就不懂什么是爱。

朱小丽说，你就是个无赖，也配说爱。

朱小丽竖起了耳朵，她听到了家门口电梯门开的声音，刹那间，她抓起茶几上的空啤酒瓶，使劲地砸在自己头上，然后越过茶几，扑在了向文亮身上，大声喊叫，救命呀，救命呀——

向文亮惊呆了，岂料到她会来这一手。门开了，苟玲进门就看到女儿和男人撕扯在一起，女儿撕心裂肺地喊叫，她的头上脸上全是血。向文亮呆呆地望着苟玲，嘴唇翕动着，什么也说不出来。朱小丽看到苟玲，喊叫道，妈妈，妈妈，救我，救我——

苟玲兴冲冲回家，看到的是这一幕，那颗对生活，对未来充满希望的心顿时沉入冰窟，继而是愤怒冲昏了头脑，声嘶力竭地叫喊，畜生，放开我女儿——

向文亮木然地松开了手，朱小丽跑到苟玲面前，惊恐万状的模样，苟玲抱住了她，小丽，他对你做了些什么。朱小丽哽咽地说，他，他是流氓，他欺负我，还用啤酒瓶砸我的脑袋。苟玲愤怒地说，向文亮，你怎么能做这样的事情，小丽是我女儿呀，我瞎了眼，还把你当人，你给我滚，滚——

向文亮讷讷地说，苟玲，你听我说——

苟玲怒吼着，我不要听你说，快滚，滚——

向文亮还是站在那里一动不动，企图说服苟玲听他解释。苟玲让女儿进房间里去。朱小丽可怜楚楚的样子，哭着说，我怕，我怕。苟玲说，小丽，不怕，有妈妈在，谁也不能欺负你。朱小丽进房去了。苟玲跑进厨房，拎着把菜刀，走到向文亮面前，恶狠狠地说，你给我马上滚，否则我就杀了你。这不是那个和他有过一夜之欢而后又情深意切的苟玲，她的眼睛血红，像条极具攻击性的母狼，向文亮只好离开了她们的家，一切都像场梦幻。

向文亮走后，苟玲关上了沉重的家门，背靠在门上，大口喘息，脸色煞白，手中的菜刀咣当一声掉在地上。此时，朱小丽走出来，扑在妈妈身上，哭着说，妈妈，我对不起你，妈妈——

苟玲紧紧地抱住女儿，沙哑着嗓子说，小丽，是我对不起你，我不该鬼迷心窍呀。

母女俩紧紧地抱在一起，号啕大哭。

……

夜深了，苟玲坐在女儿的床边，看着熟睡了女儿，心里一阵阵疼痛。女儿的头上包着纱布，脸色苍白。她十分担心，要是女儿的抑郁症复发，有个三长两短，她也不会再活在人世。苟玲觉得一切都是自己引起的，如果不招惹向文亮，她和女儿将会有个美好的开始，现在什么都搞砸了。她长长地叹了口气，站起身，回到自己的房间里，躺在床上，目光空洞地看着洁白的天花板，心中一片空茫，那是一片冰冷的，白茫茫的雪地。

突然，她听到了女儿的尖叫。她想爬起来，可是浑身无法动弹，脑袋却异常清醒，她张大嘴巴，想说什么却说不出来。苟玲在极度的焦虑和恐惧中，听到朱小丽跑过来的脚步声。朱小丽跑进她的房间，扑在她身上，浑身颤抖。苟玲终于缓过劲来，搂着女儿，轻声说，小丽，是不是又做噩梦了。朱小丽说，妈妈，我真的又做噩梦了，梦见一个男人，把你绑起来，强行将你装进一辆车的后备箱，然后开走了，我一直在后面追，可是怎么也追不上那辆车……

苟玲说，小丽，我不会再找男人了，妈妈只有你就好了。

朱小丽像只小乖猫，让苟玲搂着，她轻声说，妈妈，今晚我要和你睡，像小时候那样，和妈妈睡，和妈妈睡不会做噩梦……

10

第二天，苟玲醒来后，朱小丽还在沉睡。苟玲没有惊动她，让她睡个好觉，自己随便吃了点东西，就去上班了。苟玲一天工作都很卖力，状态很好，仿佛变了个人，想了一夜，都想通了，就心无旁骛了。苟玲下班后，就匆匆回家，女儿一定在家等着自己，也许做好了一桌菜等她回去吃，想想，心里有点甜。

打开家门，苟玲叫了声，小丽——

没有人应答。

小房间的门开着,她走进去,没有看到女儿。小房间里变得空空荡荡,女儿的衣服、桌子上的手提电脑等都不见了。小床没有变化,床单和被子铺得好好的,上面还放着那个布娃娃。苟玲心里一惊,女儿到哪里去了。她赶紧拨打女儿的手机,女儿手机处于关机状态。她到底去了哪里?苟玲一下子蒙了。

小丽,小丽——

苟玲喃喃地说。

六神无主。

她突然看到女儿的书桌上放着一沓纸,被一块小石子压着,那是一块雨花石。苟玲拿开雨花石,颤抖的手拿起了那沓纸。这是朱小丽留给她的一封长信,字迹工工整整,她不知道女儿写下这么多字花了多长时间。女儿为什么不用电脑打字,还用手写,写这封信时,她的表情是什么样的?又怎么忍心不辞而别?苟玲一字一句地读着女儿的信,突然发现,女儿真的长大了,每个人的成长都有他自身的轨迹,并不需要刻意为之,而成长的代价都不尽相同。

妈妈,我走了。

别来找我,你也不用担心。

我报了个烹饪学校,去学厨师,你不是说我有当厨师的天赋吗,赞同你的说法,所以也去当当厨师,也许我会成为最好的美女厨师。

这是我的选择。

我早就知道,命运掌握在自己手上。在我最痛苦的时候,你和爸爸打打闹闹,那时的我在你们眼里什么都不是,是多余的。你们根本就没有探究我到底发生了什么,为什么讨厌学校,为什么会得抑郁症。

现在都过去了,我想告诉妈妈,心中的秘密。

其实一直想对你说,只是没找到机会,每天看你愁眉苦脸,不想给你增加麻烦。

那年,我谈男朋友了。

你还记得那只小仓鼠吗,为什么会叫大头。

因为他的小名叫大头。

他还是有个好听的名字的,陶杰杰。他经常吹牛说,他是最杰出的人类,其实他是外星人。他比我高一年级,是我们学校最帅气的男孩子。

他好淘气,满肚子坏水,但是和他在一起很开心。我们恋爱的事情是保密的,谁也不知道,甚至连我自己也不知道,只是傻傻地想他,和他去玩,去麦当劳吃鸡翅,他一口气可以吃十几个鸡翅,我要像他那样吃,会胖死的,肯定会变成胡斐然,胡斐然是我们班最胖的女同学。大头最惹我讨厌的是喜欢刮我的鼻子,他说刮我鼻子的时候,我特别可怜,看我可怜兮兮的样子,他就想保护我。

有次,他为了我和一个男同学打架,眼睛都肿了,不过很可爱，像大熊猫。

那天，他吻了我。我没有拒绝。和他亲吻感觉并不是很好，他总是把舌头往我嘴巴里伸，弄得我看到牛舌猪舌什么的，都不敢吃。不过，我是自愿让他亲我的。

他说以后会娶我，要租条游船，带我去南极办婚礼。

我知道他吹牛。

他要赚那么多钱，会累死的。我开个微店，卖点东西赚去烹饪学校的学费都累得半死。在这里，我要向妈妈赔罪，我把家里值钱的东西都卖了，以后我赚钱一定会还你。我说到做到，是讲信用的人，不像大头是个骗子。

大头让我做什么，我都会愿意的，可是，他走了，不再刮我的鼻子，也不再亲吻我了。

他就像个人渣那样莫名其妙地走了。

看不到他，我要疯了。

也没有他的任何消息。

他就像一阵风一样，吹走了，无影无踪。我难过死了，没有大头的日子，多么无聊。读书有什么意思，希望像个吹得很大的泡泡，突然破灭了。我的南极婚礼呀，可能永远都实现不了，就不能让我一直幻想下去吗。

大头就这样像人渣那样走了。

妈妈，其实我不想上学并不完全是因为大头。不过，大头有点说得很对，他说我长得漂亮是个错误。的确，不然体育老师就不会总是借机摸我，我恨死他了。我和班主任说过。她很惊讶，去找了体育老师，体育老师否认，说根本就没有这事,还要我在全班同学面前对质。班主任相信了他的话。老师肯定不会告诉你这些,他们会说,我学习成绩不好了,跟不上大家了,是个没用的学生,给班级丢脸。

我还是离开吧,这破学也不上了,反正大头也不要我了,爸爸妈妈也天天吵吵闹闹,根本顾不上我了,我也不是爸爸妈妈的宝宝了。

我好难过呀,好伤心呀,好绝望呀。

我天天失眠,天天想着大头,脑海里都是你们吵架的声音,噩梦里,体育老师肮脏的手总是朝我伸过来。

活着好没有意思呀。

你和爸爸那么好,最终也会离婚,他会找别的女人,你也会找别的男人。我和大头那么好,他也会离开,他当时说得多好听,可是转眼就忘了。爱情是什么鬼,我真不知道。于是,我就想去死一死了,也许死亡就像沉睡一样,或者比沉睡要美妙得多,至少不会再有噩梦。

妈妈,谢谢你救了我。

你知道吗,你劈开门进来时,我觉得自己贴在天花板上看着你。你的痛苦是真实的,我也心痛了,不该让你如此痛苦。我就想到了你所有的好,就觉得要回来和你相依为命。妈妈,我没有权利指责爸爸,但他真的不如你疼爱我,现在我都记不起他的模样了。

不过,他要比那个向什么亮好一万倍了,他那么儒雅,尽管虚伪。

我是真心觉得妈妈和向什么亮不配,不是你配不上他,而是他配不上你。

他好粗俗,还什么艺术家,连我们小区的保安叔叔都不如,我没有贬低保安叔叔的意思,对不起。一个拉尿不冲马桶、乱用小女生浴巾、穿着背心短裤在别人家里抽烟抠脚喝酒的男人,是没有教养的。妈妈,你那么优雅,不应该和没有教养的男人在一起。

我要再说声对不起。妈妈,向什么亮还没有那么肮脏,他没有碰我,也没有用啤酒瓶砸我。我要和你说明,那是我的阴谋,我知道不这样做,你是不会下决心赶他走的。对不起,亲爱的妈妈,他真的配不上你。如果你知道真相后,同情他,还是觉得他好,那你就去找他回来吧,反正我已经离开家了,不过,我还要告诉你一件事情,他是有老婆的,他是个骗子。

我真的不会反对你再找个男人。

你必须拥有幸福的生活。我后悔当初把刘汀叔叔赶走了,除了爸爸,他是和你最相配的人。妈妈,如果可能,你去找他吧。我那时候有病,是个小魔鬼,你让他也原谅我,我也应该对他说一声,对不起。

如果有更好的男人,放心去追求吧,我不是你的唯一,你也不是谁的唯一,你必须有自己的生活,我也一样,要有自己的世界。这不影响我爱你,妈妈,也不会影响你爱我,我永远是你的宝宝。

你要是找到你真正的幸福,请告诉我,我会回来烧顿好菜表示庆祝，把姥姥姥爷都一起叫来。

如果还是继续找向什么亮，那就不要告诉我了，你们觉得快乐就好。

妈妈，谢谢你养育我，也谢谢你给了我第二次生命。你放心，我不会自杀了，我会选择自己的道路。我有个姐姐，她叫吕美美，是她让我明白了很多道理。我们是在一个抑郁症群里认识的，她自杀过多次，现在活得很好。她很厉害的，特别会鼓励人，每当我想不开时，都会和她讲，她都会耐心地开导我。

我会永远记得她常说的那句话，一切都会过去的，就是在最冷的寒冬里，都有暖阳。

妈妈，还要告诉你一件事情，我打听到了大头的消息，他和他爸爸去英国了。等我学好了厨艺，赚钱后，就去英国开饭馆，开在他家门口，或者对面。我还想呀，也许他没有忘记我，只是不知道怎么分开，因为分离是痛苦的，所以选择不告而别。总而言之，他是个傻瓜，像人渣一样的傻瓜。

2017 年 10 月 25 日完稿于福建长汀龙华山庄
（发表于《西部》2018 年第 1 期）

我离死亡那么近

1

我们部门的头头黄鼠狼自从上任后就对我不好,在他眼里,我就是一只小蚂蚁,随时可以被捏死,他不急于将我立刻捏死,而是要慢慢地玩死我。我很清楚他为什么要这样对我,我是他前任的得力干将,而他前任又是他在公司里的死对头,以前我做的任何事情,都被认为是针对他的,他早已对我恨之入骨。

这段时间,我得了一种古怪的病,总是产生幻觉,根本无法工作。我找黄鼠狼请假,希望能够在家休息一段时间。

我站在黄鼠狼办公桌前面,说出了我的想法。黄鼠狼的脸一直对着电脑屏幕,仿佛我根本就不存在。我又说了一遍。黄鼠狼还是保持那个姿势,懒得看我一眼。这是对我的羞辱,他用沉默回应我的请求。

我这个人不会拍马屁。朱鱼提醒过我,让我请他吃个饭什么的。我没有听朱鱼的话,觉得请黄鼠狼吃饭是浪费钱财,况且,我也讨厌他,看到他那张白生生的脸就恶心。

如果当初听了朱鱼的话，请黄鼠狼吃饭，像某些同事那样谄媚他，或许他会对我好些？

我又说了一遍，语调提高了些。黄鼠狼终于感觉到了我的存在，他猛地站起来，食指锋利地指着我，咆哮道："你没看我在忙吗？你没有长眼睛吗？现在大家都忙得要命，你还来捣乱。滚出去——"

口水雨点般喷在我脸上。

我呆呆地站在那里，眼前出现了幻觉：黄鼠狼变成了一只巨大的灰狼，愤怒地张开大嘴，露出尖利的牙齿，朝我扑过来。我惨叫了一声，转身夺门而出。我走出黄鼠狼办公室，同事们都用怪异的目光审视我，他们一定听到了黄鼠狼的吼叫。回到办公桌前，我颓然坐下，浑身颤抖。我又一次在这里感受到了压力，巨大的压力。

我闻到了一股香气。

我知道朱鱼走过来了。朱鱼站在我旁边，递给我一杯咖啡，笑着说："你怎么又惹他了？"我接过咖啡杯，放在桌子上，轻声说："我没有惹他，是他太不讲理了，我只是想请个假。"朱鱼狐媚的脸上还是充满笑意："好了，别和他过不去，保护好自己。"我来不及再说什么，朱鱼就离开了。那甜蜜的香气也被带走了，我重新陷入焦虑和紧张的情绪之中。朱鱼是个捉摸不透的女人，可是看到她的笑脸，我内心就会有种温暖。我曾以为我们会有什么故事发生，在我开口对她示爱之后，故事就结束了，她婉拒了我，说我不适合她，我们只是比较要好的同事。

朱鱼的那杯咖啡无法挽救我，直到我离开公司，一口没喝。我在焦虑和恐惧中写完了辞职信。我没有胆量亲手交给黄鼠狼，看着黄鼠狼办公室紧闭的门，我心惊肉跳，害怕门突然洞开，一匹巨大的灰狼冲出来，扑向我……我不敢多想，只好将辞职信用邮件发给了黄鼠狼。然后，我简单收拾了一下私人物品，匆匆逃离。

2

走出办公大楼后，我并没有觉得自由，也没有摆脱黄鼠狼的快感，而是陷入了更深的忧虑，我该如何面对未来的生活？我甚至后悔给黄鼠狼发了辞职信，感觉那是我人生中一个重大的错误。

我在街上漫无目的地走着。没有人在乎我是谁，也没有人知道我是谁，我是空气中微不足道的尘埃。偶尔，我会想起朱鱼，她那漂亮的脸模糊不清，只是她身上的香气是那么清晰，不过转瞬即逝。我抓不住她，就像抓不住一粒沙。

我觉得自己是个隐形人，谁也看不见我，而且可以穿过一切障碍，结果我的头撞在路边的法国梧桐上，眼前一阵金星闪烁，额头顿时火烧火燎，摸了摸，鼓起了一个大包。蹲下来，沉重呼吸，我喊不出来，心里却想大声呼叫，太憋屈了，要窒息。

我要回家。

那个属于我的小窝是我最后的避风港。我以前每天努力工作，为了回到家后能够拥有哪怕片刻的快乐，现在也是。

钥匙插入锁孔，逆时针旋转了一下，锁开了，我推开门正准备踏进去，刺耳的冲击钻的声音从邻居家里传出来。

以前，我对冲击钻发出的声音并没有什么感觉，像日常生活中碰到的任何事情一样，觉得是正常的。现在，这种声音让我痛苦不堪。我关上门后，冲击钻的声音还是没有丝毫减弱，肆无忌惮地冲击着我的耳鼓。我家的任何一个地方，都充满了冲击钻野蛮的声音。

我的家被这种残暴的噪声侵略了。

冲击钻不是在钻击地面或墙壁，而是在钻击我的头颅。我的头皮一阵阵发麻，似乎大难临头。邻居什么时候开始装修的，我一无所知，我不关心别人的事情，正如别人也不会关心我，也不会在乎此时我对冲击钻的感受，人心越来越隔膜，每个家庭，或者每个人都是一座孤岛。

冲击钻的声音持续着，装修工人仿佛要把这幢楼拆掉。

我就是一只关在玻璃箱子里的小白鼠，科研人员在给我释放可怕的噪声，我在玻璃箱子里乱窜，他们隔着玻璃，脸上毫无表情地做着数据的记录。不，我不是实验室里的小白鼠，我还可以逃。我看了看手表，时间尚早，离去幼儿园接小精灵还有两个多小时。我决定到楼下小区里走走，然后去隔一条马路的菜市场买点菜，之后再去接小精灵。

我走出家门，邻居的门也开了，一个人在滚滚的浓尘中走出来，我赶紧关上门，否则尘土就灌进我家了。那是个装修工人，看上去二十来岁，身高一米七左右，结实干练，穿着黑色的T恤和牛仔裤，衣裤上沾满了尘土，他的头发和脸上也沾满了尘土。他和我一起进入了电梯。我本能地和他保持一定的距离，他瞟了我一眼，目光中流露出不友好。我没有和他对视，把脸偏向一边。从电梯轿厢的玻璃上，我看到他从口袋里掏出一包烟，捏出一支，叼在嘴上，点燃，猛吸一口，吐出一口浓烟，很嘚瑟的样子。我从小就反感烟草味，我那烟鬼父亲总是用烟熏我，我对他恨之入骨。

我偏过头，对他说："电梯里不能抽烟的。"

他没有搭理我，仰起头。

我也没有再说什么，我拿他毫无办法。

很快，电梯到了一楼，电梯门一开，我就迫不及待地冲了出去。来到楼门口的一棵香樟树下，我大口呼吸。呼吸了几口，我才发现不对，今天的雾霾很重，空气质量显示重度污染，我赶紧闭上了嘴。抬头望了望天，阴沉沉的，老天爷也不高兴。这天气根本没有办法在户外活动，想起小区大门的斜对面有家咖啡馆，就到那里去消磨时间吧。

这个时间咖啡馆里空空荡荡的，没有什么人，除了我，还有一个姑娘坐在角落里，面带微笑，手中在玩着手机，也许是在和恋人聊天，那表情，就像是恋爱的样子，甜蜜而喜悦。想想，我和沈冰露也有过这样甜蜜的时光，可是很短暂。我经常怀念那短暂的时光，想得多了，就觉得不真实,梦幻一样,也许根本就没有发生过。我要了杯美式咖啡,没有加糖,一点一点啜着。咖啡很苦,就像太太离世后我的生活。我脑海里,还有冲击钻的声音回响,苦咖啡一点一点地消除那残忍的声音。

我分明看到在电梯上碰见的那个年轻装修工野蛮地冲进咖啡馆,没有人可以阻止他。他手中提着冲击钻,气势汹汹,我以为他是冲着我来的,其实不是,他冲到了角落里那个如花似玉的姑娘面前。血腥的一幕出现了:年轻装修工和那姑娘仿佛有深仇大恨,他用冲击钻对准姑娘的脑门,一阵刺耳的声音,姑娘的脑袋血肉横飞。

我吓坏了,惨叫一声,猛地站起来,颤抖的手碰倒咖啡杯子,咖啡杯子掉落,砸在地板上,碎了。

"先生,你怎么了?"

头上扎着印花头巾的女服务员走过来,对我说。

我不敢往那个角落张望,冲击钻的声音还在响着,我喃喃地说:"杀,杀人了。"

女服务员惊愕地说:"哪里杀人了?"

我用手指了指姑娘那个角落。女服务员说:"没有呀,哪里有杀人,你到底怎么了?"

角落里的姑娘站起来,提着包走到吧台,买了单,朝门外走去。她经过我的时候,瞥了我一眼,嘴巴里爽脆地吐出三个字:"神经病!"我浑身电击般颤抖,回到了现实中,咖啡馆里只剩下我一位顾客,那个年轻装修工根本就没有进来。我知道,病又犯了。

3

小精灵坐在红色的塑料小凳子上,和一个漂亮的幼儿园老师说着话,老师面带笑容,慈爱的样子,小精灵却嘟着小嘴巴,不开心的样子。我知道那老师的名字,她叫向珊珊,因为我老是因工作的事情迟到接孩子,都是她陪小精灵等我到来,而且从来没有责备过我,在她面前,我常怀愧疚之心。我站在教室门口,叫了声:"小精灵——"

小精灵扭头看到了我,站起来,朝我跑过来。我蹲下身,张开双臂,她扑过来,我将她搂在怀里。这一幕在向珊珊眼里,或者有些感人,可我心里十分凄凉,我一直想,小精灵来到人间,是个错误,因此,我对她特别疼爱,又害怕哪天她会像失去妈妈一样失去我,孤苦地生活在人世。我抱起小精灵,站起来。向珊珊笑着说:"小卉爸爸,今天来得早。"我也笑着说:"今天下班早,所以来得早,谢谢向老师。"向珊珊说:"真好。"我对小精灵说:"和向老师说再见。"小精灵朝她挥了挥小手,奶声奶气地说:"向老师再见。"向珊珊也挥了挥手,给了我们甜美的笑容:"小卉再见,小卉爸爸再见。"我突然想,向珊珊要是小精灵的妈妈该有多好。这也是一种不切实际的幻想。

走出幼儿园的大门,我给小精灵戴上了防雾霾的口罩。小精灵摸了摸我额头上那个乌青的大包,轻轻地说:"爸爸,你怎么受伤了?"我苦笑道:"爸爸不小心撞在树上了。"小精灵说:"爸爸不乖,你总是让我要小心,自己反而不小心。"我内心酸楚,说:"爸爸不乖,爸爸错了,小精灵原谅爸爸,好吗?"小精灵凑过小嘴,在我的脸上亲了一下,说:"小精灵不会怪罪爸爸的,爸爸,你痛吗?"虽然隔着口罩,我还是感受到了女儿嘴唇的温度,眼眶里有股热流在涌动,强忍住不让泪水流下来:"不痛,不痛。"小精灵说:"爸爸,我自己走吧,你太累了。"我将小精灵放在地上,拉起她暖烘烘的小手,心里有温暖的安慰。如果没有小精灵,我又会怎么样?

突然想到没有买菜,怎么把这么重要的事情给忘记了,我还忘了骑自行车去接小精灵,尽管幼儿园离家也只有十多分钟的路程,我还是骑车接送小精灵。我的脑子一定是出了问题,医生对我说没有问题是谎言。冲击钻的声音又骤然响起,这个时候回家,小精灵也会听到那残忍的声音。我改变了主意,现在不去买菜了,也不带小精灵回家了。

我牵着小精灵的手,走进了麒麟酒家。那个身材高挑的迎宾还认识我,满脸堆笑:"宋先生,您来了,里面请。"我有一段时间没有来麒麟酒家吃饭了,记得我的妻子在世时,经常来这里吃饭,简直把麒麟酒家当食堂了,这里的菜的确烧得不错,而且离我们家也很近。在酒店大堂,我们找了个小桌坐下来。其实我没有什么食欲,我只是想躲避冲击钻的声音,也懒得做饭。我给小精灵点了她喜欢的贵妃鸡和奶黄包,另加一份鲜虾云吞就好了。贵妃鸡也是沈冰露爱吃的菜,以前,看她们有说有笑地抢着贵妃鸡吃,我心里的幸福满满的,要溢出来,就像从小精灵嘴角流出的鸡汁。

小精灵毕竟还是个孩子，有好吃的，就会很开心的，啃鸡腿的样子十分可爱。她吃得开心，我也少了点负罪感，我总是觉得对她还不够好。我狼吞虎咽地吃完那碗鲜虾云吞，没有吃出什么味道，吃饭对我来说只是例行公事。我看着窗外的天渐渐地黑下来，城市的灯亮起来，灯光也是很无力的，不能和黑夜的黑抗衡，就像我无力抵抗命运的安排。

这时，朱鱼打来了电话。

"明亮，你好吗？"

"还好。"

"为什么要辞职呀，你真傻，公司里都传开了，同事们都说你不值，为什么要让黄鼠狼的诡计得逞，他就是想赶你走呀。"

"算了，离开也好，我真的不想待下去了。"

"明亮，你再好好考虑一下，还来得及挽回，我打听了，黄鼠狼还没有将你的辞职信交到人事那里去。"

"谢谢你，朱鱼，你是最好的人。我现在和小精灵在吃饭，回头我再打给你吧。"

"好的好的，说实话，我特别担心你，你得空了电话我，我陪你说说话，千万不要把不好的东西闷在肚子里。那我挂了，你多保重。"

我和朱鱼说话时，小精灵边吃边看着我，警惕的样子。我不明白，一个五岁的孩子，怎么会有如此警惕的眼神，和小区里偶尔碰到的野猫那样。我有必要和她解释："小精灵，别这样看着爸爸，刚才打电话来的是爸爸的同事，你朱鱼阿姨，你见过的，去年你过生日，她还送给你洋娃娃的。"小精灵慢吞吞地说："我不喜欢洋娃娃，我喜欢小白兔，小白兔是妈妈给我买的。"

失眠是十分糟糕的事情。哪怕是一个正常的人，也会被失眠拖进万劫不复的黑洞。失眠是从妻子去世后开始的，她走后，我的魂像是被带走了，我知晓了什么叫失魂落魄。这种折磨就是将一个人扔在了无人的旷野，任凭你如何号叫，也不会有人听见，你血染黄沙，也不会有人看见，没有人会同情你，没有人会拯救你。

没有尽头的苦难和折磨。

小精灵睡熟了，紧紧地抱着毛绒小白兔，小白兔睁着永远不会闭上的眼睛，显得有些无辜，在我看来，小精灵那红扑扑的脸蛋才真的无辜。我默默地关掉了小房间的灯，放轻脚步，走了出去，轻轻地关上了门。有小白兔陪伴的小精灵应该不会是寂寞的，现在，寂寞的是我，我该如何度过这漫漫长夜。

4

天快亮的时候，我有了睡意，不要去上班了，我也不着急将小精灵早早叫醒，提前送她去幼儿园了，她也可以多睡一会，我调好闹钟，也让自己放空一下，进入短暂的睡眠。

躺在床上，好舒坦呀，我就像是浮在平静而又柔软的水面上，浑身轻飘飘的，我闭上眼睛，沉沉睡去。这种美好的状态没有持续多久，我就被冲击钻的声音吵醒，那无孔不入的野蛮得让人发指的声音撕裂了我的睡眠。我头痛欲裂，苦不堪言地爬起来。

看了看表，才七点过一点。

我十分生气。我是个讲规则的人，按上海市关于装修时间的规定，上午八点之前是禁止装修的，邻居这样搞，明显是违规的，我必须去和他们理论。我性格再懦弱，也不能让他们如此为所欲为。真要去找他们，我有点心虚。我听到小精灵在小房间里喊："爸爸，爸爸——"

我在冲击钻的声音中，走进了小房间。我焦虑地说："小精灵，你怎么了。"小精灵睡眼惺忪地说："爸爸，太吵了，可是我还没有睡饱，还想睡。"我安慰她："小精灵继续睡，爸爸去让他们停止装修。"小精灵点了点头，两只手捂住了耳朵，闭上了眼睛。

作为父亲，在女儿受到危害的时候，我不能软弱，这是个大问题。

我鼓足勇气来到邻居家门前。我迟疑了一下，使劲地敲起了门。门开了，我看到一个短发的中年妇女探出头，她的脸十分粗糙，嘴唇厚而又寡淡，没有血色。她说："什么事情？"看她的穿着，也是装修工。我说："你们太不像话了，才几点，就开始装修。"中年妇女说："没有办法，我们要赶工期。"

我十分生气："你们赶工期，也不能不按规定办事呀，孩子都还在睡觉，就被你们吵醒了，你们家难道没有孩子？"

中年妇女笑了笑说："我都生过两个娃了，在我们乡下，娃们早就起床了。"

我大声说："这不是你们乡下，况且，你们已经影响到我们的生活了。"

这时，一个粗壮的中年男子走出来，赔笑道："先生，对不起，对不起，我们今天来早了，我们马上停下来，马上停下来。"

估计这个中年男子是装修队的头，说完，他就关上了门，里面静了下来。我没有马上回家，在邻居门口站了会，我听到里面一个年轻的声音愤愤骂道："不就是提前一个小时吗，就过来说，他们城里人就是娇气。"我猜，这个骂街的人就是昨天在电梯上抽烟的年轻人，他仿佛对我很敌视，对城里人很敌视。我害怕他会出来和我吵架，赶紧回到家里，只要没有噪声，他在那里怎么骂，和我都没有关系。

送小精灵出门，去幼儿园，看到那个年轻装修工蹲在电梯旁边抽烟。我发现他很凶的样子，瞪着我们。我们进入电梯轿厢后，小精灵拉紧我的手，弱弱地说："爸爸，我怕。"我说："你怕什么呢？"小精灵的眼神中流露出恐惧："那个抽烟的叔叔瞪我，他是个坏人吗？他会不会趁爸爸不注意，把我抓走，妈妈以前说过，有很多坏人的。"我心里也有些恐惧，但我还是安慰她："小精灵，你放心，那个叔叔不是坏人,他是装修工人,不会把你抓走的。"小精灵眨了眨眼睛说:"那他为什么瞪我呢?"我摸了摸她的头说:"也许他的眼睛就长得那样的,其实他不是在瞪你。"

小精灵不说话了。

小精灵的话触动了我的某根敏感的神经,如果那年轻装修工要加害我们,那可怎么办。我从小就胆小如鼠,不知道根源在哪里,只知道父亲特别讨厌我这一点,认为胆小的孩子是没有出息的,所以他从来都不看好我。我不像我哥那么胆大包天,什么事情都敢做,哥哥一直得到父亲的青睐,就是他因为走私进监狱,父亲也没有怪罪他,反而以他为荣。父亲基本上不管我的事情,就是我考上大学,他也不以为然,所以,我太太离世的消息传到他那里后,他没有一点惊讶,觉得这是很正常的事情。我很少回去,就是怕他用蔑视的目光审视我,然后屁都不朝我放一个。

前段时间,我哥打电话给我,告诉我父亲膝盖坏了,住院换膝盖。我硬着头皮去看望他。他躺在病床上,也是一副孔武有力的样子,眼神还是那么锐利,这个老水电工对我还是不屑一顾。我战战兢兢地坐了一会,我们什么话也没说,这是十分尴尬的场面。走的时候,我留了两千块钱,放在床头柜上。我走出医院后,我哥追出来,面无表情地说:"爸让我把钱还给你,说你自己都快养活不了自己了,还假惺惺拿什么钱。"我哥其实也不像我爸,没有我爸的硬气和血性,看到他脖子上那条粗大的金链子,我就想吐。据说他从班房里出来后,去做了黄牛,专门倒些演出票什么的。

要是我妈还活着,那样会好些,她会住到我家来,和我们一起生活,可是她过早地死了,得肝癌死的。我妈死前悄悄告诉我,她是被父亲气死的,父亲对她不好,经常骂骂咧咧,她逆来顺受,最后还是得肝癌死了。我妈是这个世界上最爱我的人,可她死了。

我不能想她,越想她心里就越沉重。

我还是要解决一些现实中的问题,否则我无法活下去。

5

我不是一个喜欢和人结怨的人,一直希望过着和平的波澜不惊的生活,如果真有世外桃源的话,我会带小精灵去那个地方生活,与世无争,像一棵草一样春天发生,夏天茂盛,秋天枯黄,冬天埋葬。这个世界没有那样的地方,可以让我们平静生活,就连我想在自己家里休息一段时间,也会被邻居的装修弄得死去活来。

如果以前那个邻居不把房子卖掉,或许就没有那么多事情了。老邻居是做海鲜生意的舟山人,夫妻俩人挺好,还经常会送点海鲜给我们,有时还会过来和我聊聊天。

老邻居卖掉房子前,来问过我,要不要买他们的房子,如果我要,他们就便宜一点卖给我,做了几年邻居还是有感情的。他们让我感动,在无情年月里能够和你谈感情的人,都值得珍视。我要是有那么多钱,就将他们的房子买下了,问题是我还在还着房贷,只好婉言谢绝。他们还真有情有义，临走前，还请我和小精灵到他们家里吃了一顿告别饭。吃饭时，我才知道，他们海鲜生意越来越不好做，还不如回舟山去过小日子，升斗小民谁家都有苦处。

新邻居是谁，我不晓得，装修前他也没有来告知我，直到某天，我发现那房子开始装修了，才证实舟山邻居卖掉了房子。

铁锤敲击、冲击钻的声音片刻不停，可以想象，那房子已经弄得支离破碎。我用棉球塞住耳朵，开始还有些作用，时间一长就不行了，仿佛有个魔兽抓住我的头发，不停地晃荡，他还在我耳根发出撕裂的巨响。我的脑浆都被晃荡成糨糊了，耳膜也被震破了，我摆脱不了这个魔兽，它侵入了我的生活，野蛮粗鲁。我想去敲他们的门，让他们轻点，尽量不要使用冲击钻，我找不到制止他们的理由，他们在法定时间里装修是无可辩驳的，而且，我心里对那个年轻装修工心存恐惧，很快打消了这个念头。

惹不起，我躲得起。在我的生命历程中，无数次躲避，每次躲避，对我来说都是胜利，我没有力量去与强者抗衡时，避险是唯一的出路。

6

我带小精灵回家，出了电梯门，那些垃圾袋还是堆积在过道上，冲击钻和敲击的声音都消失了。小精灵看到那些肮脏的垃圾袋，皱起了眉头，站在那里，不敢迈动脚步了。我抱起她，小心翼翼地蹚过雷区，开门进屋。

现在才下午五点多，他们就停工了，是不是不会再使用冲击钻和大榔头了，如果这样，门口那些垃圾算是小问题了，他们会清理掉的。能够如此安静地待在家里，真是幸福感爆棚呀。我笑着对小精灵说："别不开心了，小精灵不是个小气包。"小精灵气呼呼地说："我才不是小气包呢。"我轻轻地刮了刮她的小鼻子，说："不是小气包还生气。"小精灵白了我一眼："不理你了，臭爸爸。"我说："好了，不和你闹了，去做饭了，爸爸晚上清蒸鳜鱼给你吃，好吗？"小精灵马上开心了，拍着手说："好呀好呀，最喜欢爸爸做的清蒸鳜鱼了。"

我在厨房做饭，小精灵在她小房间里弹电子琴。

清蒸鳜鱼、红烧豆腐、西红柿鸡蛋汤是今天晚饭的内容。我在烧豆腐时，听到门铃响了。我赶紧去开门，门外无人，只有那些垃圾袋无声地堆积在那里。烧好豆腐，我来到小房间，问小精灵："你刚才听到门铃声了吗？"小精灵摇了摇头。我纳闷地回到了厨房，心里琢磨，会不会是那年轻装修工搞的恶作剧。吃饭的时候，小精灵说："爸爸，豆腐太咸了。"真的咸了，我烧菜从来不尝咸淡，而且盐也没有放多呀，怎么会咸呢。想了想，可能是去开门前放过盐，回来后又放了一次盐。我又听到了门铃的响声，问小精灵："你听到了吗，门铃声？"小精灵迷惘地看着我，摇了摇头。门铃声分明一直在响，她竟然听不到，是不是耳朵出了毛病？不会呀，我和她说话她都听得清楚。我又去开门，门外过道上静悄悄的，一个人也没有，对面邻居家也没有丝毫动静。关上门，我心里充满了疑惑，这到底是怎么了。

吃完饭，洗完碗，收拾好厨房，我去盥洗室放水到浴缸里，准备给小精灵洗澡。给小精灵洗澡，以前都是沈冰露干的事情。放好水，我就喊小精灵来洗澡，她磨磨叽叽，就是不肯过来。每天洗澡，都这个样子，她不喜欢洗澡，小点的时候，每次洗澡都像杀猪一样，她都要大呼小叫，甚至哭。我过去哄了她一会，她才很不情愿地走过来。

她的脚刚刚放进浴缸，就缩回来，说："爸爸，水太烫了。"

我伸手进浴缸，试了试水温，不烫呀，我装样子放了点凉水进去，她才缩手缩脚地进入了浴缸。这时，我又听到了门铃响起的声音。我不管那么多了，不想去开门了。

我让她躺下之后，小精灵抱着小白兔，瞪着大眼睛看我。我说："小精灵怎么了？"小精灵幽幽地说："想妈妈了。"想起年纪轻轻就得绝症去世的妻子，我心里也难过，但我还是微笑地安慰她："妈妈在天堂里也在想着我们。"小精灵说："人为什么要死呀。"我说："每个人最终都会死的，就像树上的叶子枯了，就会掉下来。"小精灵说："可是，可是我不要妈妈死。"

我沉默了。

小精灵闭上了眼睛，侧过身，将背对着我。

我关了灯，默默地走了出去。此时，万箭穿心。

我呆呆地坐在卧室里，想念妻子。

我的目光落在了楼下的一棵树下，我竟然看到了小精灵，她穿着花布小睡裙，在和一只野猫说话。我只看到她的嘴巴在动，却听不到她的声音，不知道她和野猫到底在说什么。她什么时候下楼的，我不得而知，现在已经是深夜了，小区里一片死寂，我飞快地冲出了家门，下楼去了。我来到那棵树下，小精灵消失了，那只野猫还在，野猫十分肥硕，它的眼睛在夜里发出迷幻的光泽。我对它说："小精灵呢，她跑哪里去了？"野猫叫了一声，飞快地跑了，刹那间就没有了踪影。一切宛如梦境。我在小区里找了一遍，都没有找到小精灵，她会不会回家了？我赶紧回家。进家门前，我不小心被垃圾袋绊倒在地，摔了个狗吃屎，心里沮丧到了极点，顿时对装修的人充满了仇恨。

小精灵还在她小房间里沉睡，根本就没有出去过的迹象。

我又出现幻觉了。

无论如何，小精灵安然无恙，我的心也渐渐平静下来。

7

那些垃圾袋还是像尸体一样堆在过道上，我送小精灵去幼儿园时，小精灵又皱起了眉头，她说："爸爸，我们家会不会变成垃圾堆。"我心里也很不舒服，他们太过分了，强作笑脸说："不会的，小精灵，傍晚你回来，爸爸保证让你看不到这些垃圾袋了。"小精灵不言语了。

我在小精灵面前夸下了海口，在她回来之前，要让那些垃圾袋消失，这有一定的难度。我不能失信于女儿，要行动。回到家里，冲击钻和敲击声又响起来了，我心里一阵哀鸣。我走到邻居的门前，斗胆敲起了门。敲了几分钟，门才打开。还是那个中年妇女出现在我面前，她头发蓬乱，满是泥尘，脸上一层灰，只有眼睛是干净的。她说："先生，我们今天是按规定时间开工的，有什么问题吗？"我笑着说："我不是来说这事情的，你们开工我管不着。"她的眼珠子转了转，说："那是为啥事？"我说："你们能不能把过道上的垃圾搬走，影响我们出入了，昨天晚上，我还摔了一跤。"这时，那个工头模样的中年人出现了，他粗鲁地对中年妇女骂了一句："滚进去干活！"中年妇女回骂了一句，就缩进去了。中年男人笑了笑，从脏兮兮的裤兜里掏出一包皱巴巴的烟，递了一根给我，他手指头很粗，骨节很大。我笑着说："师傅，我不会抽烟。"他也没有抽，烟被塞回裤兜里。他满脸堆笑，客气地说："先生，实在对不起，我们赶工，东家急着要搬进来住，这些垃圾暂时先存放在这里，等过几天，一起搬走，影响你们走路了，是我们的不是，我会让他们放好，让出一条过道让你们过，你看怎么样。"我一时语塞，不知怎么说好。他还没有等我想好回答的话，就进去了，用力地关上了门。不行，这垃圾绝对不能再堆在这里了，我又开始拍门，我手都拍肿了，他们也没有开门，根本就不搭理我了。

我十分生气，回到家里，心情坏到了极点。

冲击钻和敲击声此时已经变成了小事情，尽管我的头颅一次次被冲击钻钻得脑浆迸裂。堆在过道里的垃圾袋现在是我要解决的头等大事。我想起我哥,那个痞子,他要是带几个人过来,事情肯定可以摆平,问题是他来要闹出人命了,我也摆脱不了责任,我不能像他那样去坐牢,小精灵离不开我,我还要抚养她长大成人。况且,我从来没有求过他办什么事情,多年来形同陌路,他也不一定会来帮我。

绞尽脑汁想了很久,两个字浮现在我眼前:物业。对,找物业,我这死脑筋,怎么才想到物业,这事情归他们管。沈冰露以前得罪过物业,他们会不会不管这事情?那是三年前,家里外墙漏水,这事情需要物业派人来维修,修了几次都没有修好,沈冰露就找物业大吵了一通,并且拒缴物业费。一连三个月没有缴物业费,物业无奈,又派人来修,外墙不再漏水后,沈冰露才去将物业费缴上。不管怎么样,我还是要求助物业。

我找到了物业的电话。

拨了三次电话才有人接,接电话的是个女人,口气很硬,好像嘴巴里塞了一根棍子。

"什么事情?"

"我向你们反映一个事情。我是3号楼1402的业主,这几天1401装修,现在把装修垃圾堆在楼道里,严重影响了我们的生活,我想让你们出面说说,否则这样下去,我们没有办法生活了。"

"噢,你自己可以找他们协商解决呀。"

"我找过他们,他们说要过几天才搬走。昨天晚上,我还被垃圾袋绊倒,摔了一跤。我们家有孩子,要是孩子摔坏了怎么办?"

"噢,我知道了,我联系一下1401的业主吧。邻里关系要搞好,不要有个什么小事就来找物业,自己能够解决的就自己解决了,物业也不是万能的。"

"你怎么能这样说话,我连新来的邻居是谁都不知道,我怎么和他搞好关系。这种事情本来就是你们管的,否则要你们物业干什么。你们不管可以,如果下午四点钟之前楼道里的垃圾没有清理掉,我就报警,让警察来管。"

对方的电话挂掉了。

我坐在沙发上喘着粗气,我真的太窝囊了,谁都可以给我脸色看。如果下午四点钟,我去接小精灵之前,他们没有清理掉那些垃圾,我该怎么办,真的要报警吗?我不想和任何人搞僵,也不想受到威胁,我只想生活过得顺畅一点,难道我有错吗?

正午时分,有人敲门。来人不按门铃,而是敲门,是不是我的幻听?我来到门边,打开猫眼,看到门外有人,才开了门。门口站着两个人,一个是瘦高个中年男子,一个是白头发矮个子老头。瘦高个我认识,是物业经理,矮个子老头我没有见过,看上去慈祥良善。物业经理笑着说:"宋先生,打扰了。我介绍一下,这位是李先生,就是1401的新业主。"李先生笑眯眯地说:"宋先生,实在抱歉,物业经理给我打电话,向我说明了情况,我马上就过来了。楼道里堆放的垃圾，我马上就让工人清理掉，我会交代他们保持楼道的卫生。近期装修房子，有什么不到之处，请多多包涵，远亲不如近邻，以后还得宋先生多多关照。"李先生有礼有节，弄得我不好意思了，内心的焦虑和怒气顿时云消雾散，我也笑着说："没事没事，装修也是正常的，大家相互体谅一下就可以了，都是讲道理的人，李先生客气了。"物业经理说："宋先生，大家和和气气多好，对了，我得给你道歉，上午接电话的小刘姑娘对你很不礼貌，我已经严肃批评她了，也请你多多包涵。"

没有想到事情就这么解决了。

8

楼道上垃圾的问题让我对现实似乎看到了一点光亮，看着干干净净的楼道，我心里的垃圾也像是被清空了，虽然冲击钻和敲击的声音还在对我造成困扰。送完小精灵上幼儿园，我独自回家，邻居装修的那个中年人和我一起上了电梯，胡子拉碴的他朝我笑了笑，我也朝他笑了笑。他比我高，而且粗壮，在电梯轿厢里，我有种被压迫的感觉，仿佛是猴子和老虎关在一个笼子里，我就是可怜的猴子。

"昨天真是不好意思。"他笑着说，还算诚恳。

我笑笑："没有关系。"

"以后不会那样了。"他又说。

我岔开话题："你们还有多长时间停止使用冲击钻？"

他想了想，说："还有个把星期吧，最快也要五六天，地板打掉后,拆掉一堵墙,就基本上不用冲击钻了。"

我心里有底了,长长地呼出一口气,总归有到头的时候,一周后,就可以清静了。这几天白天,我还是到外面溜达吧,那残暴的声音,一分钟就可以让你少活一年。如果你恨谁,就在他家旁边买套房子,无休止地装修,无休止地使用冲击钻,那么他肯定会疯掉的,说不准会跳楼自杀。

秋雨还没有落下来,天上的太阳明晃晃的,炫耀着它的热度,也许是在做最后的挣扎,冬天降临后,它就老实了。我还是在小区里的景观小道上走来走去,像个无所事事的人,其实,我现在的确是个无所事事的人。我早该给自己放个假了,如果不是因为邻居装修,我应该会过一段舒坦轻松的日子。累了,我坐在小道旁边的石椅上,拿出手机,看了看微信。

我发现朱鱼发了好几条消息,问我在不在。这两天,我都没有上微信。朱鱼是不是有事情找我?可是她怎么不打电话给我?她曾经说过,自从有微信后,就很少打电话了。我回复她:朱鱼,找我有事情吗?

过了半个多小时,朱鱼才回复:我以为你失踪了,当然找你有事情,我现在在开会,如果你有空,中午我们一起吃个饭,好吗?

我:好,在哪里吃饭?

朱鱼:港汇五楼的潮人轩,怎么样?

我:好,没有问题。

朱鱼：十二点，不见不散。

我：好的。

朱鱼比我先进这家公司。我去上班的第一天，是她把我带到部门经理办公室的。她给我的第一印象，就是漂亮大方，而且有香味，这样的女人很容易让人心动，也不是那么容易让人亲近，有时觉得和她到无话不说的地步了，却发现还隔着一道深深的鸿沟。我并非一无是处，我的工作能力是很强的，这是我的立身之本。在公司里，我兢兢业业地做好自己的工作，尽量对得起那份工资。朱鱼可以说是我在公司里唯一的朋友，也是我最信得过的人，她对我一直很关心。曾经有一度，公司里传闻我们在恋爱，我结婚之后，这个谣言才不攻自破。沈冰露离世之后，曾有段时间，朱鱼是我的精神依靠。

我妈妈去世了，我爸我哥都和我形同陌路，我一个最要好的同学远在德国，在这个城市里，除了朱鱼外，我没有可以交心的好朋友。那段伤心的时光，好在有朱鱼，我半夜三更难过了，打电话给她，她会陪我聊到天亮。在公司里，她也对我很关照，用各种办法减轻我的压力。我想，可能我喜欢上朱鱼了，这只是我的幻想。在一次朱鱼对我漫长的电话抚慰之后，我想说，你嫁给我吧。我没有勇气说出口。我只是在挂电话后，发了条微信消息给她，表达了我心里的想法。我在忐忑不安中，看到了她给我回的消息：明亮，我们还是做好朋友比较妥当，我们之间不谈爱情，我也不可能和你一起生活，我们不合适，而且我单身惯了，不想失去这份宝贵的自由。对不起，明亮。

我是个在生活中知难而退的人，于是停止了对朱鱼的非分之想。

我有一个习惯，和人约好了见面，一般都会提前十分钟到。这次也不例外，我到约定地点时，朱鱼还没有到。港汇广场还是这么热闹，特别是五楼和六楼的饭店，人特别多，有几家门口排起了长队。潮人轩也坐满了，我进去问有没有两人的位置了，领班告诉我正好有个小台还没有人坐。我觉得挺幸运的。那是最里面角落里的一张小台，坐两个人是没有问题的。我坐下了，朱鱼还没有到。她发了消息给我，说晚到几分钟。过了十几分钟，朱鱼才出现在我面前。朱鱼的脸色红润，眼睛明亮，穿着低胸的白色无袖上衣，披着淡蓝色的纱巾。见到她，我挺开心的，和她在一起，会觉得有精神。

她拿过菜单，点了些菜和点心。

"朱鱼，怎么选这地方吃饭，这里挺闹的。"

"这里是比较吵，可是这里的菜我喜欢，我最喜欢吃这家店的蚝仔烙。好久没有来了，就想叫你一起来分享，顺便和你聊聊工作上的事情。"

"工作上的事情？"

"是呀，昨天晚上发消息给你，就是要说这事情。告诉你一个好消息，以前我们的头陈建升官了，公司副总。昨天上午，我去他那里送份报告，说起了你。他还是很关心你的，夸你是不可多得的人才。我说了你辞职的事情，他十分惊讶，说还准备重用你呢，怎么就走了。我说到了你的难处，他说有困难可以解决，并且让我做做你的工作，让你回来上班。"

"朱鱼，你告诉陈总，我不想回去了，我不想卷入他和黄鼠狼的斗争了。"

"明亮，这可是很好的机会。想想，现在黄鼠狼是陈总的手下，他老实多了，你回去他也不敢把你怎么样，说不定还要拍你马屁呢，我太了解他了，小人一个。"

"我真的不想回去了，对这个公司厌倦了，一点情绪都提不起来。况且，我现在身体也不好，这也是我辞职最重要的原因。"

朱鱼吃惊地看着我："你可没有对我说过身体的问题，到底怎么了？"

"有一段时间了，总是心神不宁，还会产生幻觉和幻听，睡眠也不好，特别难受。你知道前些日子，黄鼠狼把很多活都让我干，压得我喘不过气来，我这种状态，肯定是吃不消的，我想请假，休息一段时间，黄鼠狼没有同意，我就狠下心辞职了。我对自己的工作能力还是很自信的，等我身体恢复，找份工作应该没有问题，昨天还有猎头打电话找我。"

"当然，你要找份工作绝对没有问题。我现在担心你的身体，你去医院查过吗？"

"查过，医生说，没有什么问题。"

"明亮，你是不是得抑郁症了？"

"抑郁症？"

"是的，现在不少人有这种病。我有一个朋友在精神卫生中心当医生，要不要我带你去看看？他很厉害的。这样吧，我现在就联系他，如果他下午有空，吃完饭我就带你去，反正我下午不回公司了。"

说着，她就拿起手机，给她朋友发微信。发完消息，她说："没事的，不要担心，有病就治。来，吃东西吧，要保持乐观的精神，像我一样，该吃吃，该喝喝，天塌下来，我也不怕。"

我点了点头，她的确是个快乐的女人，至于她有没有什么忧伤和痛苦，我无法知晓。蚝仔烙的确好吃，不一会，我们就将它吃光了。她笑着说："好吃吧？"我说："真的好吃。"她得意极了："做个吃货还是很有成就感的。"她又看了看手机，然后爽快地说："没有问题，我们一会就杀过去，让他给你好好查查，到底是什么问题。"

"谢谢你，朱鱼。"

"我们俩谁跟谁，不要说客套话。对了，告诉你一个秘密，我找了一个男朋友。是个健身教练，身体很棒，肌肉很硬的那种。要说明一点哟，我们不结婚的，说穿了，就是性伴侣，相互厌倦后就散。我虽然单身，有些问题还是要解决的，对不对。我曾经考虑过你，想想还是算了，我怕爱上你，那样我就完了，如果那样，我肯定和你过不长了，还要离婚，太烦人了。我们还是做纯粹的好朋友，这样长久些。"

我的目光落在她半裸的乳房上，我相信她的乳房很美，美得我想伸出手去触摸它，可那是不可能的。突然，我有点黯然神伤。朱鱼说："你生气了？"我摇了摇头，轻声说："没有。"不过，我还是为我们多年来牢不可破的友谊而感动。

之前，我在网上查过，像我这种问题，可能是抑郁症，或者别的什么精神疾病。我一直不敢去精神卫生中心，还是内心恐惧所致，而且，我不想让别人用异样的目光看我，在背后指指点点，说我是个精神病。如果没有朱鱼陪我去看医生，我没有胆量独自踏进精神卫生中心的大门。让我意外的是，朱鱼的那位专家朋友给我检测了半天，得出的结论是正常的，我没有抑郁症，也没有精神分裂，更没有其他的精神疾病。他只是让我好好休息一段时间，尽量放松情绪。

这种诊断，没有让我高兴，反而更加担心了，是不是我的身体里隐藏着可怕的疾病，只是暂时还查不出来。和朱鱼分开后，我直接去幼儿园接小精灵，心里十分沉重，直到看见小精灵，我的情绪才开始好转。我还是听医生的，好好调整几天，如果没有问题，就去找工作。

9

每个周末，我都会安排一些活动，比如，带小精灵去动物园，她特别喜欢蛇。我弄不明白，她为什么会喜欢蛇，看到蛇，她就特别兴奋。我就害怕蛇，看到蛇，我就会皮肤发紧，瘆得慌。我给小精灵买了不少假蛇，有硬塑料的，有塑胶的，有竹子做的。有次，我睡着了，小精灵把那条十分逼真的塑胶蛇放到我脖子上，吓得我跳得老高，她根本不顾及我的感受，嘎嘎地笑着。

这个周末，我要带她去看电影，她喜欢看动画片，我查了一下，有两部动画片，一部是《功夫熊猫》，一部是《熊出没》。我问她喜欢看哪个，她选择了《功夫熊猫》，和我选择的是一样的。

周六早上，我刚刚起床，准备给小精灵做早餐，听到门铃的响声。我打开门，看到了对门装修的中年汉子，他朝我笑笑，露出满口黑乎乎的牙齿。我说："有事吗？"

他说："有个事情和你商量。"

我说："你说吧。"

他摸了摸脸上的胡茬，说："我们的工期实在太紧了，还有点地板没有敲完。我想今天加班两个小时，就两个小时，地板敲完后，就基本上不用冲击钻了。按理说休息日不能装修，所以，我来和你商量，如果你同意，我们就干，如果不同意，我们就不干，就听你一句话。"

我想了想，反正那么长时间都过来了，也不在乎这两小时，而且上午我要带小精灵去看电影，就让他们干吧。我笑了笑说："你们干吧，我没有意见，不过，你们最好九点钟之后干，这样不会影响我女儿睡觉。"

他说："好咧，痛快人！"

八点半，小精灵就醒了，我早餐也准备好了，洗漱完后,她就坐在餐桌前吃饭。小精灵咬了口面包,慢慢地咀嚼。突然,小精灵将手中的半块面包放在盘子里,愣愣地看着我。

我笑着说:"小精灵乖,吃点鸡蛋。"

小精灵说:"我不想吃了。"

我说:"为什么不吃了?"

小精灵说:"想妈妈了。"

不一会,她的泪水就流了下来。我不知如何安慰她,只好抱着她。

她嘤嘤地哭,泪水落在我肩膀上,热乎乎的。

冲击钻的声音传过来。小精灵说:"爸爸,我怕。"我说:"小精灵不怕,快吃完饭,然后爸爸带你去电影院看电影。"

小精灵吃饭吃了快半小时。她吃完饭后,我们准备出发。这时,门外传来了吵闹声。我让小精灵在屋里先看看图画书,我出门去看看发生了什么事情。原来是小区保安在和那个中年汉子吵。我不知道他们吵什么,也不想看热闹,就把门关上了。后来,我才知道,楼上楼下好几户人家投诉了他们,冲击钻的声音干扰了人家休息。吵了一会,他们就不吵了,冲击钻的声音也消失了,我也要带小精灵去看电影了。

我们走出门,就看到了那个年轻装修工。他嘴巴里叼着一根烟,恶狠狠地瞪着我。小精灵看到他,害怕极了,赶紧躲在我身后,双手紧紧地抓住我的裤子。我也有点害怕，他比往常碰见时还要凶，眼睛里充满了杀气。我抱起了小精灵，去按电梯开关。电梯迟迟不上来，我十分恐慌。

年轻人将烟从嘴巴里取下来，夹在食指和中指之间，随即往地上狠狠地吐了口痰，愤愤骂道："没有信用，答应我们装修，背地里还要去投诉。城里人就是虚伪，你要不让我们装修，我们也不会干，说得好好的，背地里还要投诉，什么玩意。黑心肝的狗东西。我们干点活容易吗，起早贪黑，卖点苦力，还被你们看不起，被你们算计。心太黑了。"

我说："我没有投诉你们。"

年轻人说："呸。"

电梯门终于开了，我抱着小精灵赶紧进入轿厢，电梯门关上时，我还看到他指着我骂了一句。

我心惊肉跳。

小精灵也吓坏了。

这一天，我和小精灵都闷闷不乐。

10

一连几天，半夜三更，总会突然响起一声沉重的敲击声。有时我还没有睡着，有时熟睡了。没有睡着时，我十分惊恐，被敲击声惊醒，我更加恐慌。无论如何，我会来到小房间，看小精灵有没有受到影响，好在她睡得沉，没有受到惊吓。我猜想，这一定是那个凶神恶煞的年轻装修工人干的，我想投诉他，又没有证据。实在无奈，还是和他们示好，这样也许可以缓解一下我们的矛盾，等他们装修完，卷铺盖走人后，一切都会平静下来的。

我买菜的时候，多买了两斤猪肉，来到对门，敲开了门。这次开门的不是那个中年妇女，而是那个年轻人。他瞪着我，恶狠狠地说："有什么事，我们又违反规定了吗？"

我满脸堆笑，和气地说："没有，没有，我不是来说你们的。"

他哈哈大笑，然后说："你有什么权力说我们，我们老老实实地干活，还等你来说。"

装在塑料袋子里的两斤猪肉递到他面前，我还是满脸堆笑："兄弟，我是来给你们送肉的，你们也很辛苦，出来赚口饭吃不容易，我想买点肉，给你们改善一下伙食，表示一下我的心意。"

他接过肉，我心想，这下可以讲和了。他提起猪肉，放在眼前，睁大眼睛，仔细端详了一会，冷笑着说："这肉是特意买给我们吃的？"我点点头："是的，是的。"他又说："没下毒吧？"我说："怎么会呢，我好心好意买肉给你们吃，怎么可能下毒。"他的脸朝向我，目光像刀子："你真那么好心？"我点了点头。

突然，他扬起手，用力地把肉摔在地上，大声吼叫："好心个屁，我看你就是不安好心，黄鼠狼给鸡拜年，看你假惺惺的样子我就来气。你以为我们是乞丐，来城市里要饭的？你大错特错，我们是靠自己体力吃饭，不要你的施舍。

你是不是觉得我们没有吃过猪肉，你太瞧不起人了，滚。"

门被重重地关上，我的心被强烈震动，仿佛要裂开。我的脑袋蒙蒙的，像是挨了一记沉重的闷棍。我捡起地上的猪肉，仓皇回家，后面的门里传来一阵阵狂笑声。我忧心忡忡，怎么也快乐不起来，仿佛陷入了一个泥沼。

11

一场秋雨过后，天凉了。法国梧桐树的叶子在秋风中飘落，寒冷的冬天悄悄临近，小精灵的生日也到了。小精灵生日这天，天空中一丝云都没有，蓝得让人捉摸不透。拉开窗帘，我就看到了蓝天。我对还赖在床上的小精灵说："小精灵，生日快乐。"

小精灵睁开眼睛，跳起来，搂住我的脖子说："爸爸，我都忘记生日了。"我亲了亲她粉嘟嘟的小脸蛋："爸爸不会忘记，爸爸永远都会记得你的生日的。"小精灵也亲了我的脸一下，开心地说："爸爸真好。"我说："快穿衣服，洗脸刷牙，然后吃饭。"我给小精灵穿袜子时，小精灵突然问我："爸爸，会有生日蛋糕吗？"我笑了笑："当然有，爸爸订好了，中午去取，晚上你就可以吃到。"小精灵拍了拍手，说："我最喜欢吃生日蛋糕了。"过了会，她的小脸沉了下来。我说："小精灵怎么啦？生日要开开心心哟。"她幽幽地说："可是妈妈吃不到我的生日蛋糕。"我无言以对。

……

这应该是美好的一天。

中午，我去取了生日蛋糕，然后去菜市场买了菜，晚上，我要让小精灵快快乐乐地度过她五周岁的生日。从早上到下午，对门都没有什么声响。就在我准备去接小精灵回家的前半小时，我又听到了冲击钻和铁锤敲墙的声音。已经好多天没有这种声音了，怎么又响起来了呢。开始我没有在意，我也管不了他们，他们怎么敲，都是他们的事情。突然，我听到哗啦一声，什么东西掉在地上破碎了。

我寻声而去。

在小房间里，我看到床头灯掉在地上碎了。那是一盏美丽的床头灯，会旋转的，还会发出七彩的光芒。记得这盏床头灯，是妻子生前送给小精灵的生日礼物，小精灵将它和毛绒小白兔视为珍宝。冲击钻和敲击的声音还在继续，挂床头灯的这面墙震动着，像是要倒掉。这面墙的另外一边，就是装修的邻居家。是他们敲墙太猛烈了，床头灯才掉落地上的。如果小精灵发现她心爱的床头灯破碎了，她会怎么样？这个生日一定会蒙上阴影。我承认，我是个老实巴交的人，可我心里突然冒起一团火。

我气冲冲地出了门，走到门口，又折回家，我必须手上有个什么，我是去兴师问罪的，要是他们打我，我还有个抵抗的东西。我在厨房里拿起了菜刀，觉得不妥，就操起擀面杖，冲了出去。

我使劲地敲门。

门开了，是那个中年妇女。我没有等她开口，就大声说："你们怎么搞的，我家的墙都要被你们拆掉了，灯也掉在地上碎了。"

中年妇女说："先生，有话好好说，有话好好说。"

冲击钻和敲击声停了下来。中年男子走出来，说："发生什么事情了。"我又气呼呼地说了一遍原委。中年男子说："实在对不起，你那灯多少钱，我赔你。"他表现得十分诚恳，我也没有什么话好说，心想，就对小精灵说是我不小心弄坏的床头灯，明天去给她重新买一个，应该不会有什么问题。想到这里，我正想说算了，岂料那个年轻人拿着一根钢筋走出来，对着我咆哮："你这个小人，一定是自己弄坏了灯，跑过来讹诈我们。瞎了你的狗眼，我们是那么好欺负的吗，不要以为我们是乡下人，就可以任你宰割。"

他的脸色铁青，双眼发红，猛兽一般。

我愤怒极了，挥舞着擀面杖说："你，你太不讲理了，简直是恶人先告状。"

他冲出来，中年妇女和中年男子都拦不住他。他还是咆哮："你还来劲了，想打架，我还怕你不成。"其实我根本就不想打架，我也知道打不过他们，该死的是我挥舞着擀面杖，激怒了他。他手中的钢筋猛地砸在了我脑门上，脑袋嗡的一声，我就倒在了地上，不省人事了。

我呼出了一口气，醒转过来，头剧烈地疼痛，胸口也异常沉闷，呼吸艰难。我在哪里？发生了什么事情？我听到一男一女在说话。

男的说："我不能放他出去，他要是报警了，我要坐牢的,下个月,我就要回去结婚了,我怎么能去坐牢。我把他砌进墙里,没有人会知道的。"

女的说:"造孽呀,三儿,这是一条人命呀。他还有气,还没有死,你不能这样做。"

男的说:"大姨,我大姨父都不说话,你就不要管了。"

女的说:"不行,我得管。"

男的生气了:"大姨,你还是我的亲大姨吗?我告诉你,我不能现在去坐牢,等我结完婚,我去公安局自首,和你们没有关系。"

我大骇,睁开眼睛。是的,那个年轻装修工正把我砌在一堵墙里,已经砌到我胸口了。我看到中年男人坐在一边抽烟,脸色凝重。中年妇女在年轻人旁边,还想劝他放了我。我突然大声呼喊:"救命呀——"年轻人愣住了,中年男人也站了起来,中年妇女看着我,浑身颤抖。

我命悬一线。

年轻人反应过来,拿起一把铁锤,要砸死我。中年妇女突然抱住他,喊叫道:"不能,不能杀人。"她哭了,哭出了声,边哭边喊:"他爹,快过来帮忙,不能让三儿杀人。"

这时,门外过道里传来了小精灵撕心裂肺地喊叫:"爸爸,爸爸,你在哪里。爸爸,爸爸,你在哪里——"

我的眼泪流淌出来,颤声说:"求求你们,放了我,我要死了,我女儿就无依无靠了。可怜可怜我,放了我吧,我发誓,我不会报警的,我以我女儿发誓,只要你们放了我，就当一切都没有发生过。"

中年男人走过来，面无表情地说："你真的不会报警？"

我说："真的，真的，快放了我。"

年轻人喊道："别相信他的话，三姨父，杀了他，不能放过他，否则我就完了。"

我害怕极了。

中年妇女说："孩子他爸，我们几代都是良善人，不要听这个孽障的，他不是人，不是人。"

我的小命就捏在中年男人的手中。我浑身发抖，惊恐万状。外面，小精灵还在撕心裂肺地呼喊。中年男人突然夺下了年轻人手中的铁锤，狠狠地打了他一拳头，年轻人被打倒在地。年轻人从地上爬起来，还想冲过来，中年妇女操起一把铁锹，咬着牙说："三儿，你要敢过来，我就劈了你。"年轻人狂嗷一声，夺门而去。

我歪歪斜斜地走出门，小精灵看到了我，哭着朝我扑了过来，她后面站着幼儿园老师向珊珊。她见我很晚都没有去接小精灵，就送她回来了。我抱起小精灵，走近向珊珊。我对向珊珊笑了笑说："向老师，谢谢你。对了，今天是小精灵生日，你留下来，一起给小精灵过生日，好吗。"

向珊珊微笑地点了点头。

12

这一夜，我睡得很死，也没有产生什么幻觉，仿佛那场垂死的惊吓治愈了我，可是，我内心还是充满了恐惧，活着的恐惧。又一个早晨来临，我不知道今天的天气怎么样，也许还是个晴天，也可能是个阴天，这都不重要，重要的是我还活着。

我翻了个身，发现小精灵躺在我旁边。

她已经醒了，睁着大眼睛看着我，她说："爸爸，你头上的伤还痛吗？向老师说，如果有问题的话，要你上医院的。"

我笑了笑说："没有关系的，爸爸熬得过去。"

她说："爸爸，你好可怜，总是受伤。"

我突然对小精灵说："我们逃走吧。"

小精灵扑闪着眼睛说："爸爸，我们逃到哪里去？"

我说："不知道。"

2016 年 10 月 15 日完稿于桂林住在书店

2017 年 3 月 6 日修改于上海家中

（发表于《上海文学》2017 年第 7 期）

栀子花

1

看不见星星,也没有月亮,夜空却是紫红色的,那是被城市的光亮染成的颜色,美而妖艳,还有种扑朔迷离的醉意。街道上有栀子花的花香浮动,浦建设的目光在街道两旁搜寻,没有找到栀子花,街边香樟树的枝叶在风中摇曳,飒飒作响。浦建设不再理会花香的来源,继续踩着自行车,大声地唱着山歌。自行车后座上,驮着一位姑娘,她双手搂着他的腰,脸贴在他背上,陶醉极了。浦建设在这个美好的深夜,骑着自行车,穿过一条又一条寂静的小街,歌声一路散落,随风飘荡……

浦建设被一泡尿憋醒,告别了美梦。

他从床上爬起来,懒得开灯,摸索着走进了卫生间。畅快淋漓撒完尿,浦建设觉得失落,仿佛所有饱满的情感都随那泡尿注入了马桶,然后被冲走,无影无踪。他怔怔地站在卫生间,良久。身体开始战抖,他才感觉到寒冷,哆哆嗦嗦回到了床上,被窝冰凉,他哀叹了声,想起了秦小青。窗外的夜空一定很黑,不再是紫红色,自从和秦小青结婚后，他就没有看到过紫红色的夜空。梦中情景，曾是那么真实。

秦小青就是梦中坐在自行车后座上的姑娘。秦小青是浦建设的大学同学，同学四年，他们没有在一起的迹象，秦小青是公认的美女，又是上海本地人，追求她的人多了去了，没有人会把她和其貌不扬的浦建设联系在一起。他们将要毕业的时候，竟然在一起约会了。浦建设喜欢她，却没有把握她会嫁给自己，他想用自己的方式征服她。就在毕业前夜，浦建设请她看了一场电影，看电影是老桥段，没有新意，他也没想通过看电影来得到她的芳心，看电影只是前戏。电影的故事情节对他根本就没有吸引力，他的心在秦小青身上。秦小青目不转睛地注视着银幕，脸上表情随着电影故事的发展变化着，浦建设不时地偷看她的脸，以及她亮晶晶的眼睛，他企图伸出手摸她的手，最终没有实施，他怕一时鲁莽，会造成不良后果，影响后面的计划。

散场后，已经很晚了，浦建设提出送她回家，秦小青没有拒绝，他内心狂喜，觉得机会来了。电影院离秦小青家不远，正常骑车十五分钟可以到达。浦建设没有走那条近道，而是在一些僻静的小街上绕来绕去，他卖力地蹬着自行车，不停地大声歌唱。他唱的是老家山地情歌，那些古老幽婉的歌谣在上海的夜色中显得不合时宜，又别有一番风味。渐渐地，秦小青忘记了时间，双手搂住了浦建设的腰，头靠在他背上，陶醉地闭上了眼睛。十五分钟的路程，浦建设用了三个多小时，三个多小时的山地情歌彻底俘获了秦小青的心。不久,她就嫁给了浦建设。

想起那个有栀子花花香弥漫的夜晚,浦建设心里凄凉,他想唱首山歌,可是没有人听了,孤枕难眠,这漫漫长夜该如何度过。就是在最寂静的夜里,城市的夜声还是在他耳边嗡嗡作响,仿佛有台永不停息的机器在不知疲倦地运转,一直在提醒活着的人,世界的喧嚣,不得安宁。他胃部又开始疼痛,越是在这样孤寂的寒夜,疼痛来得越快,越厉害。他的胃里有条毒蛇,不停地无情噬咬,喷射毒液,企图让他的胃以及整个内脏坏死、腐烂,不达目的不罢休。浦建设的拳头死死顶住胃部,他要让胃里的毒蛇窒息而死,尽管他很清楚这是徒劳的。他嘴里发出可怜楚楚的呻吟,接着是凄凉的哀叫,然后是愤怒而又悲惨的吼叫。他在床上翻滚,和胃里的毒蛇搏斗,也和自己搏斗。

疼痛渐渐平息下来,浦建设喘着粗气,像被暴风雨肆虐过的小舢板,奄奄一息地在黑暗的海面上漂浮,他不知道下一场暴风雨会在什么时候来到,会不会将他打翻,将他吞没。此时,要是秦小青在身边,该有多好,哪怕一句轻声的话语,也会让他感到安慰,让他充满力量。可是,他不愿意让秦小青看到自己痛苦的样子,不愿意让她伤心流泪,她应该有更好的生活,而不是被他拖累。浦建设内心极为矛盾,渴望秦小青的爱,又无情地拒绝,就像一个溺水之人,希望她来相救,又害怕她会一起淹死,他不得不将她推开。

浦建设和秦小青离婚,就是因为胃部的那条毒蛇。

浦建设觉得自己被诅咒了，那条毒蛇原本在老家山区的荒野，却在某天进入了他体内。在一次出差的途中，胃部剧烈的疼痛突如其来，他痛得差点昏死过去，在此之前，从来没有这样痛过。他没有告诉妻子，出门在外，他习惯了报喜不报忧，害怕她担心。回到上海后，他去医院做了检查。那个戴着眼镜的老医生神色凝重地告诉他，他得的是胃癌，而且是晚期了。当时，他蒙了，天旋地转，颓然地坐在椅子上，一言不发，茫然不知所措。他又去了两家大医院，结果是一样的，都给他判了死刑，尽管他们都说，如果积极配合治疗，或许还有救，还能够多活几年。

浦建设内心悲哀到了极点。

他不敢将此事告诉秦小青。

而且，他下决心要离开秦小青。

一连好几天，浦建设魂不守舍，无法面对妻子。

那天回到家里，他像往常一样，在厨房里忙着做饭。浦建设做得一手好菜，婚前，秦小青父母有顾虑，生怕女儿跟了他会吃苦头，因为他在秦家露了一手厨艺，让二老刮目相看。事实上，婚后，浦建设把秦小青照顾得很好，她在家里像个公主，浦建设把脏活累活都干了，还要陪她浪漫，听音乐、分享读书感受、看电影、喝咖啡、散步等，小日子过得有滋有味，尽管生活中有磕磕碰碰。要不是浦建设体内那条毒蛇，他们也许可以快乐浪漫地过上一生。想到自己的绝症，浦建设充满了恐惧和不安，觉得和秦小青美好的日子就要寿终正寝了。秦小青边看书边听音乐，优雅的样子,脸上舒坦的神情,看上去很美。饭菜上桌后,浦建设惶恐地让她洗手吃饭。秦小青洗完手,坐在饭桌前,看了看站在那里的丈夫,微笑着说:"建设,你怎么了,一副受气包的样子,这几天你很不正常呀,到底发生什么事情了?"浦建设一时语塞,什么话也说不出来。奇怪的是,这天秦小青对他做的菜十分挑剔,不是嫌肉太老,就是说汤太咸。浦建设突然发火,端起一个盘子狠狠地砸在地上,大吼道:"你爱吃不吃,老子受够了,再也不伺候你了。"说完,夺门而出,头也不回地走了,把惊呆了的秦小青扔在了家里。

从那以后,浦建设就没有再回过家。

某天傍晚,秦小青下班,路过一家咖啡馆,透过茶色玻璃窗,发现浦建设和一个年轻漂亮的女子亲昵地坐在一起,神情暧昧。浦建设仿佛把秦小青当成空气,搂紧身边的美女,在她脸颊上亲吻了一下。秦小青身体微微颤抖了一下,脸色阴沉下来,她真想冲进去,问个究竟,但是她忍住了,她是个有修养的女人,不是泼妇。她咬着下嘴唇,快步离去。浦建设走出了咖啡馆,注视着秦小青渐渐远去的背影,心如刀割。只有这样,才能让秦小青死心,和他离婚,他清楚秦小青眼里揉不了沙子。如他所愿,秦小青很快就和他离了婚,房子以及所有的财产都留给了她,浦建设净身出户。办完离婚证,走出办事处大门,阳光强烈,浦建设两眼发黑,以后的路怎么走,心里没底。秦小青问他:"你不是说爱我一辈子的吗,怎么没几年你就变了心,她比我好吗?"浦建设没有回答她,那个女人只是他花了一千元请来演戏的,连叫什么名字都不晓得,只知道是酒吧的陪酒女郎。

2

浦建设净身出户时,体重是一百四十二斤,三个月后,变成了九十二斤,身高一米七六的他,显得瘦骨嶙峋,一阵风都能吹走。死亡的阴影笼罩着浦建设,他常常问自己:你还能够活多久?

浦建设常梦见那个美好夜晚,也常常梦见死神。死神只是一个影子,没有具体的形象,有时是黑色影子,有时是白色影子,不管黑色还是白色,死神在梦中一点一点地消解他的肉体,他无法和死神交谈,无法讨价还价,死神不会顾及他的任何想法和感受,只是残酷地履行职责。他在噩梦中恐惧的呐喊和挣扎都无济于事,在死神面前,他就是一只无能为力的待宰羔羊。

一个个寒夜让他痛苦,难熬。

在白昼,有阳光的日子,他会获得一些安慰,阳光温暖地照在他灰色的脸上时,浦建设会感觉到自己还活着,还在尘世呼吸。走在上班路上,摩肩接踵的人们也会驱赶他内心的孤独感,哪怕人们行色匆匆,冷若冰霜。

这天,是个阴天,阳光被乌云吞没了。他来到公司,刚刚坐下来喝口水,胖乎乎的女秘书走过来,轻声地说:"浦大哥,潘经理叫你去他办公室一趟。"平常,女秘书对他不错，总是面带笑容，今天她面无表情，目光躲闪，而且同事们都用怪异的目光瞟他，浦建设隐隐约约地感觉到了不妙。浦建设大学毕业后，就在这家卖厨具的公司上班，做销售工作，他兢兢业业，吃苦耐劳，创下过良好的业绩，他想，应该不会有什么坏事发生，或许是潘经理又要他出差了，有时，有些别人不想去的地方，潘经理会派他去，他也不会有什么怨言。

浦建设游魂般晃进了潘经理办公室。

潘经理坐在黑色的皮椅上，脸色红润，他抬起头，目光炯炯地看着浦建设，脸上挂着一丝笑意，他就是生气时，也是这样，那丝笑意是他的经典表情，因此，同事们都在背后称他笑面虎，其实他也算不上虎，在董事长面前，他是一条狗。浦建设清楚他的为人，却从来没有说过他坏话，别的同事谈起，他一笑置之。瘦弱得不成样子的浦建设站在潘经理办公桌前，随时都有可能倒地不起，他笑着说："潘经理，你找我有事？"

潘经理说："请坐，请坐。"

浦建设瞥了一眼身边的椅子，没有坐下，他也不想坐，说："潘经理，有什么事情，你就尽管吩咐吧，我努力去做。"

潘经理装模作样地清了清嗓子，说："唉，你应该知道，今年生意难做，产品销量比去年同期下降了百分之三十，这样下去，公司很快就倒闭了。昨天，董事长召集我们开了个会，决定收缩成本，各部门都需要裁掉一些员工，我们销售部也不例外，这事情让我头痛啊。"

浦建设心里明白了，敢情潘经理是要辞退他。那条毒蛇进入他体内那天起，他就惴惴不安，担心公司会炒掉他，没有人愿意留个绝症病人在公司里等死。他没有告诉任何人自己得了癌症，目的就是要保住工作，工作要是没了，他就连止痛药都吃不起了，他还希望到年底多拿点奖金，去做胃切除手术，岂料离年底不到一个月，公司就对他下手。这是一件无比残忍的事情，雪上加霜。

潘经理继续说："你是我们公司的老员工了，对公司做出了很大的贡献，这都是有目共睹的，说实话，我也不想让你走，我心里也难受，可没有办法。你自己清楚，今年来，你业绩平平，考评下来，你是最差的，我也不知道你出了什么问题。你留在这里，对你也不利，你还年轻，还大有作为，离开我们公司后，你完全可以找家更有前途的公司去做，也许会有很好的发展空间。树挪死，人挪活嘛，现在年轻人换工作，比换衣服还快。"

浦建设喃喃地说："不，不要辞退我，不要——"

潘经理说："小浦，这件事情公司已经决定了，改不了了的，你要真对公司有感情，等公司好转后，我再叫你回来，我们保持联系。"

浦建设眼前一黑，歪歪斜斜地倒在了地上。

就是晕倒在潘经理面前，潘经理也没有改变主意，等他再醒转过来，他还是被辞退了。浦建设想冲潘经理吼叫，甚至想杀了他，他浑身颤抖，一点力气都没有。在公司保安的监督下，浦建设有气无力地把自己的私人物品放进了一个纸箱里，然后默默地抱着纸箱，离开了公司。他走出门时，回头望了望，同事们都站立起来，默默地目送他，胖胖的女秘书在抹眼泪，他脸上露出了惨淡的笑容。

走出写字楼，天上乌云翻滚，狂风大作。

他站在人行道上，像一片枯叶。他没有去坐公交车，也没有去乘地铁，而是默默地抱着纸箱，漫无目的地行走，不知道要去哪里，也不知道会不会被狂风刮走。大雨很快落下来，天空似乎被捅了大洞，雨水如注，倾泻下来，不到几秒钟，就把他全身浇透了。他没有躲雨，继续行走，雨水一直浇灌着他。走了一会，他把纸箱扔进了垃圾桶，那些东西对他不重要了，真的不重要了，垃圾桶是它们最好的归宿。他突然有个怪异的想法，把自己也塞进垃圾桶里去，他站在垃圾桶旁边，觉得自己也是垃圾。

浦建设不知怎么回到家里的，准确地说，这不是他的家，是暂时栖身的出租房，阴暗狭小潮湿，有股霉烂的气味，那腐臭味，可能是哪个角落里有只死去的老鼠，也许是他体内散发出来的，他觉得自己在腐烂，渐渐地腐烂，最后只会剩下一具白骨。他躺在床上，浑身冰冷，不停地颤抖，他被雨水淋得发烧了。浦建设迷迷糊糊地想，就这样死了也好，无牵无挂，什么也想不起来了。

如果不是罗宗群来找他，他也许会被高热烧化掉。

罗宗群是他的同事，也是他在这个城市里唯一的好友。罗宗群刚刚出差回来，就听说浦建设被辞退了，他是个血气很足的男人，气不过，为浦建设抱不平，找潘经理吵了一架。吵归吵，还是改变不了现实，他也要养家糊口，不能因为朋友丢了工作。罗宗群发泄完内心的不平之后，就打浦建设的电话，想安慰他，可是他的手机怎么也打不通。浦建设的消瘦，罗宗群看在眼里，因为浦建设没有告诉他得病的事情，他一直以为浦建设没有走出离婚的阴影。打不通电话，罗宗群担心他会想不开，出什么事，下班后，他就赶到了浦建设家。看到浦建设湿漉漉的皮鞋扔在门口，罗宗群知道他在家。罗宗群怎么按门铃，他就是不开门，也不答应，罗宗群急了，不顾一切地撞开了门，看到床上奄奄一息被烧得昏糊了的好友。罗宗群二话不说，背起他，送去了医院。

3

罗宗群一直认为浦建设是个笨蛋，特别在离婚的问题上，因为他净身出户。罗宗群在他离婚后这样说："浦建设，你就是活雷锋呀，那房子是你辛辛苦苦赚钱买的，存款也有你的一半，你就这样都给了她，你就不为你的未来做打算，以后你还得结婚，还得生活。"浦建设没有解释，也不必要解释，一解释，他得病的事情就会露馅，他做的一切努力都会前功尽弃。他这样说："只要我活着，就能够赚更多的钱，你不用担心。"罗宗群也无话可说了，浦建设就是当活雷锋，当傻子，也是他自愿的，他的选择无人可以干涉，每个人都有自己的活法。

烧退后，浦建设逃离了医院。

他不喜欢医院，甚至厌恶医院，医院里有种奇怪的味道，让他作呕的味道，在医院里，他仿佛可以看到死神，像团淡淡的雾气，飘来荡去，寻找着他要带走的人。他还可以听到死神的冷笑，死神在嘲弄着每一个活着的人，那种可怕的冷漠和刻薄。

回到家里，浦建设浑身无力地躺在床上，回忆着在厨具公司短暂而又漫长的时光。那的确是劳心劳力的岁月，他把自己的才能奉献给了公司，虽说现在公司无情地辞退了他，但那些年没有亏待他。浦建设在得病前，一直是公司里奖金拿得最多的那几个人之一。通过努力，他买了房子，还买了车，让妻子过上了优雅的生活，还存下了一笔钱。是那条毒蛇让他失去了这一切，如果不得病，他不会离婚，也不会被炒鱿鱼，他还会在人生正常的轨道过着比上不足比下有余的生活。秦小青曾经说过，我们不需要有太多的钱，够生活就可以了，有爱就会有幸福。她忘记了说，不要有疾病，在这个年代，病不起，一场恶疾就可以让你倾家荡产。如果不离婚，实话告诉秦小青，他得了胃癌，她一定要给他治病。浦建设算过一笔账，动手术会要去他们所有的积蓄，接下来化疗、用药等，就要卖掉车，甚至卖掉房子，否则就会负债累累，陷入一种困苦的生活，猴年马月才能翻身，最重要的问题是，花了那么多钱，病还不一定能够治好，那样，人财两空，秦小青还能不能活下去。

浦建设没有后悔，他认为自己是个男人，在这个时候隐瞒病情和秦小青离婚，是明智之举，是最好的选择。他深爱着秦小青，牺牲自己，不拖累她，是天经地义的事情。如果哪天，他的病好了，他会回去找她，告诉她一切真相，告诉她，他一直深爱着她，从来就没有放弃过她。就是为她死，也是值得的，想到这里，浦建设嘴角浮起一丝微笑。

他从床上爬了起来，爱又让他有了动力。

他内心里有个声音在说："活下去，活下去，相信奇迹会发生，相信你会重新拥有爱人。"

这些日子以来，他一直在服中药。他找过一个很有名气的中医学院教授，那个教授据说治好了不少癌症病人，大都是被医院判了死刑的人，而且还不用做手术，也不用化疗。开始时，他心里有些疑虑，教授是不是像传说中的那么神，会不会是个骗子，这年头，遍地都是骗子。浦建设是抱着死马当活马医的念头找上门去的，要找他看病并不容易，教授每周才在一家医馆坐诊半天。排了三周的队，浦建设才看上病。老教授鹤发童颜，一副慈祥的模样，他给浦建设望闻问切，还看了他带去的片子，然后给他开了中药，鼓励他要调整好情绪，和病魔做斗争，做好打持久战的准备。老教授看病开药，价格十分便宜，这让浦建设有了信心。那些难熬的夜里，体内的那条毒蛇会醒来，饥饿的毒蛇疯狂地噬咬着他的胃部，甚至五脏六腑，浦建设在剧烈的疼痛中醒来，忍受着巨大的痛苦，吃止痛药都无法缓解。在哀吼中，他对老教授的秘方会产生怀疑，而且，他已经对中药的味道产生了某种抵触心理,闻到中药味就想吐。

不能放弃,老教授说过,中药治疗,见效慢,一定要坚持。他走进厨房,开始熬药。汤药煮开后,中药的味道便飘散出来,然后就弥漫了整个房间。浦建设闻到中药味,胃里顿时翻江倒海,他冲进卫生间,蹲在马桶旁边,朝着马桶呕吐起来,直吐得眼冒金星,头脑发蒙。最后吐出来的全是黄黏黏的酸水,五脏六腑都在抽搐。

他走出卫生间,扑倒在床上。

每次呕吐,他都希望体内的那条毒蛇被吐出来,那样,他的病就真的好了。也许这中药就是驱赶毒蛇的,它在体内闻到了药味,不停地挣扎,才导致了他的呕吐。他觉得这种想法合情合理,让他坚持把药汤喝下去,直到那条毒蛇被吐出来为止。

4

每次想到毒蛇,浦建设就会想起父亲浦海亮,浦海亮是个捕蛇人,靠捕蛇为生。

浦建设没有母亲,他不知道母亲是谁,又在何方。浦建设懂事后,问过父亲,关于母亲的情况。浦海亮是个爽朗的人,他会笑呵呵地说:"你哪有什么妈妈呀。"浦建设不解地问:"大家都有妈妈,为什么我没有?我要是没有妈妈,那我是从哪里来的?"浦海亮摸着他的头说:"孩子,你真的没有妈妈,你是从露珠上生出来的。"

浦海亮一生未娶，养大了浦建设。在浦建设懂事前，浦海亮用根背带，把儿子背在背上，去山野捕蛇。在茂密的山林里，在河滩的野草丛里，捕蛇人浦海亮能够准确地找到毒蛇藏身的地方，将蛇捕捉住，放进严密的竹篓里，拿到镇上去卖，换些钱养家。曾经有那么一段时间，浦海亮企图把儿子培养成捕蛇人，继承他的衣钵。到了浦建设上学的年龄，村里的同龄孩子都去上学了，浦海亮却无动于衷，根本就没有让儿子上学的意思。

村里的一个老人对浦海亮说："海亮，让建设去读书吧，别耽误了孩子的前程。"

浦海亮说："别劝我了，打铜打铁都是为了一口饭，我把捕蛇本领传授给他，够他一辈子受用的了。"

老人说："现在蛇越来越少了，等蛇被捕光的那一天，我看你们吃什么。"

浦海亮说："蛇怎么会越来越少，只会越来越多，你看现在水土保持了，山林越来越茂密了，蛇也多起来了。"

老人说："原先，我们这一带的山里有老虎，有豹子，现在还有吗？"

浦海亮说："老虎是老虎，蛇是蛇，不能相比较的。"

老人说："你胡搅蛮缠，不让建设读书，不就是怕他以后考上大学离开唐镇，不会回来给你养老送终了嘛，人不能这样自私，为了一己之私，害了孩子一辈子，他以后会恨你的。"

这话说到了浦海亮的痛处，他不和老人争论了，悻悻而去。

浦建设虽说跟着浦海亮一起长大,但他见到蛇还是十分害怕,他不光害怕蛇,连蚯蚓、黄鳝也害怕,那些滑溜溜的东西总是令他毛骨悚然。为了锻炼他的胆子,浦海亮会抓些小毒蛇,把毒牙拔掉,让他玩耍。他看到蛇,就躲着跑开。五大三粗的浦海亮扑过去,像拎只小鸡将他抓回来,一手抓着他,一手抓着小蛇,在他眼前乱晃,更可恶的是,浦海亮还把蛇放到他的脖子上。浦建设吓得魂飞魄散,哇哇大哭。晚上,浦建设会做噩梦,在梦中大声呼救,说他要被蛇咬死了。浦海亮无奈,只好等他长大点,再让他接触蛇。

他到了上学的年龄了,还是怕蛇。浦海亮带他上山,浦海亮进山林里捕蛇,让儿子坐在一棵老松树下等他。浦建设坐在老松树下,百无聊赖。浦海亮进山林里捕蛇,有时很快出来,有时半天也出不来。他是个蛇痴,不捉到蛇是不会罢休的,他在草丛里可以分辨出蛇的踪迹,也可以分辨出路过草丛的蛇的大小及蛇的长度,追寻而去,一定有所获。浦建设眼巴巴地等待着,许多日子,他就这样孤独地等待,等待父亲提着装蛇的竹篓,得意地出现。父亲出现后,他胆战心惊,担心毒蛇会从竹篓里钻出来,噬咬他。他清楚,被蛇咬死的人,全身发黑,还会散发出恶臭,镇上就有过被毒蛇咬死的人。很多时候,在等待的过程中,他也担心父亲失手,被毒蛇咬死,奇怪的是,浦海亮从来都没有被蛇咬过。有时,他在等待中,会不停地唱山歌,现在的唐镇，会唱山歌的人找不到几个了，浦海亮算一个，浦建设也算一个，浦海亮没有把捕蛇功夫传授给儿子，却教会了他很多山歌。

就在浦建设焦虑地等待父亲出现时，他看到了一只米粒大的黑蚂蚁。

黑蚂蚁从他脚前面爬过。

这是一只孤独的黑蚂蚁，他以前见到的蚂蚁都是成群结队的，单只的蚂蚁很少见。浦建设对黑蚂蚁说："蚂蚁呀，你是不是也没有妈妈？"黑蚂蚁没有回答他，继续往前爬行，十分坚定的样子。他又对黑蚂蚁说："蚂蚁呀，你怕蛇吗？"黑蚂蚁还是没有回答他，继续向前爬行。浦建设一直跟着蚂蚁，和它说着话。黑蚂蚁爬进一片褥草丛中，不见了踪影。浦建设微微叹了一口气，他抬头望了望天，天上有几朵神态各异的白云飘动，他想，自己要是坐在白云上，一定可以看见父亲捕蛇了，也可以看到很远的地方，那很远的地方一定是奇异的世界。

突然，他听到了飕飕的声音，有什么东西在穿过草丛。

他的目光落在草丛上，发现一条一米多长的乌梢蛇朝他这个方向游过来。他吓得惊声尖叫，撒腿就跑。他跑到一条山路上，气喘吁吁。这时，他看到一对中年男女有说有笑地走过来，他们穿着体面，看上去不像是本地人。他们走到跟前时，浦建设突然说："求求你们，带我走吧。"他们面面相觑，不知如何是好。过了一会，男人说："你是谁，为什么要我们带你走？"浦建设可怜巴巴地说："我是个没有妈妈的孩子,求求你们,带我走吧,你们让我干什么都行。"女人对男人说:"是个孤儿?"男人说:"也许。"就在这个时候,浦海亮朝他们这里飞奔而来,边跑边喊:"不要带我儿子走,不要带我儿子走。"那对男女要走,浦建设拉住了男人的手说:"带我走吧,带我走吧。"

浦海亮跑到了他们面前,气喘吁吁地说:"你们不能带我儿子走,不能。"男人说:"我们没有带你儿子走,是你儿子要我们带他走。"浦建设不知道为什么,胆子壮了起来,走到男人前面,大声对父亲说:"浦海亮,你答应我一件事,我就不跟他们走。"浦海亮说:"孩子,你说什么我都答应你,你千万不要离开我。"浦建设说:"我再不要跟你来捉蛇了,我要上学,我就是要上学。"说完,他回了一下头,发现那对男女已经走出一段路了。

浦海亮扑过来,狠狠地扇了儿子一耳光,说:"你这条养不熟的狗,我让你走,让你走。"浦建设半边脸火辣辣地疼痛,他大哭起来。浦海亮呆呆地看着痛哭流涕的儿子,不知所措。第二天,浦海亮就送儿子去了学校。有时,夜深人静了,浦海亮会对着熟睡的儿子流泪,他喃喃地说:"儿子,你长大后,无论到哪里,都不能忘了我,我把你养大不容易呀。"

浦建设考上大学,临走的前夜,浦海亮告诉了儿子一件事情。他说:"建设,你现在长大成人了,也考上大学了,有件事情应该让你晓得。那年夏天的一个早晨,我去河滩野草地上捉蛇,突然听到河边的草丛里传来了婴儿的啼哭，我跑过去一看，是个刚刚出生不久的男婴，裹在一条毛巾被里，露出毛茸茸的头。奇怪的是，我头天晚上还做了个梦，梦见一颗很大的露珠挂在树上，我走近前，露珠掉在地上，碎了，里面露出一个婴儿，在哇哇地哭。想起那个梦，我就把他抱回了家，当作自己的亲生儿子养，我想，这是上天可怜我孤老一个，送给我的孩子。那个孩子就是你。"

浦建设明白了，自己是个弃儿，是浦海亮把他抚养成人。他说："爸，你就是我的亲爸，我就是没有妈妈，我是从露珠上蹦出来的，你放心，我会给你养老送终。等我参加工作了，我会把你接出来，好好孝敬你。你放心，我不是个忘恩负义的人。"听了他的话，浦海亮落了泪："孩子，有你这话，我就心满意足了。"

5

浦建设一直怀疑，自己的病和父亲有关。父亲是他捉摸不透的人，也是故乡小镇人们捉摸不透的人，他独来独往，没有朋友，他一生和可怕的毒蛇打交道，最亲近的人就是浦建设。镇上的人都害怕浦海亮，传说他会某种法术，再毒的蛇见到他，都会乖乖就范。有人说，镇上曾经被蛇咬死的一个人，在"文化大革命"时欺负过浦海亮，是浦海亮作法让毒蛇溜进他家，将他咬死。那人欺负过浦海亮，是尽人皆知的事情，至于浦海亮有没有作法，只有天知道，他到底有没有法术，也只有天知道。

浦建设得上绝症，噩梦中也出现过毒蛇，他不得不将此事和父亲联系起来。说实在话，浦建设对父亲并不是很好，特别是他和秦小青结婚之后，有时沉浸在恩爱之中，会记不起故乡那个风烛残年的老人。他也常常因此而忏悔，那是在接到父亲偶尔打来的电话之后。每次，浦建设都会说，等闲点了，回乡去把父亲接出来，并且象征性地寄点钱给他。

浦海亮可怜兮兮地盼望儿子回去接他，一盼就盼了三四年。这三四年里，浦建设沉浸在温柔乡里，不要说接父亲出去，就是回来探望一次都是浦海亮的奢望。浦建设买房子之后，觉得再不把老人接出来，实在说不过去了，于是，就和秦小青商量，让老人来住上一段时间，他还不敢让老人来长住，尽他赡养的义务。秦小青提了个要求，老人来可以，但是不能超过半个月时间，否则她就搬回娘家去，浦建设答应了娇妻。

听说儿子要接自己出去，浦海亮十分兴奋，他的期待将要变成现实，碰到熟人就开心地说："我没有白养建设，看看，他要接我到大上海去享清福了。"熟人们表面上都夸赞浦建设，说他有良心，背后里却窃窃私语："我看老浦在上海待不长，很快他就会灰溜溜回来的。"

不幸言中，果然，浦海亮没住几天，就回到了他赖以生存的地方。

因为秦小青。

刚刚到上海的那天，秦小青和她父母亲都十分热情，在一家本帮菜的饭馆包房里给浦海亮接风。秦小青父母都是文化人，见到浦海亮，彬彬有礼。浦海亮心里舒坦，觉得特别有面子，刚开始，他有些拘束，几杯老酒落肚后，他便目中无人，话也多了起来。他不吃菜，只是喝酒，并且滔滔不绝地讲话，吐沫横飞。秦小青父母脸带微笑地注视他，听他讲话。秦小青的嘴巴凑近丈夫耳朵，轻声说："你爸真啰唆，要是你像他那样，我才不会和你结婚。"言下之意，是嫌浦海亮话多了。浦建设觉得没有面子，又不好制止父亲说话，父亲的脾气他了解，此时要是打断他的话，他会发火的。

浦建设到底忍不住了，说了句："爸，你不要光顾说话，多吃点菜。"

浦海亮声音大起来，说："这菜有什么好吃的，太甜了，哪天请亲家到家里去，我烧几道好菜给他们吃。"

秦小青和她父母听了这话，脸上挂不住了，脸上的笑容消失了。浦建设难堪极了，心想，要是不给父亲喝酒就好了，他酒性不好。浦海亮旁若无人地说："吃来吃去，还是我们唐镇的菜好吃，光那碗过山风（眼镜蛇）汤，就会让人掉舌头，那个鲜美呀，别提了。特别是我上山捉来的蛇，哪条不是又肥又大，我们镇长还三天两头派人来找我买蛇。他以为他是个镇长了不起呀，我告诉他，我儿子比他官大，就比他大一级，压死他。哈哈哈，想吃我捉的蛇，没那么容易……"

秦小青父亲实在受不了了，站起身，说有事情要先走，她母亲跟他一起走了。秦小青也说有事情先回家了，剩下他们父子坐在那里，浦海亮还在大声说话，浦建设如坐针毡，只好耐着性子陪着父亲，他回去不知道该怎么和秦小青交代。浦海亮喝多了，才止住话语，趴在桌子上不响了。浦建设费了九牛二虎之力才把父亲弄回家。

安置好父亲睡觉，浦建设才进入他和秦小青的卧房。

秦小青靠在床上，在台灯下看书，不理睬浦建设。浦建设洗完澡，爬上了床，亲昵地凑近秦小青，轻声说："亲爱的，睡觉吧。"秦小青还是不理睬他。他抱住了她，说："亲爱的，别生气了，我爸是乡下人，不要和他一般见识，你想想，他辛辛苦苦把我拉扯大，供我上学，多不容易，你就原谅他吧。"话说到这个分儿上，秦小青把书放下，关掉了台灯，躺下了。黑暗中，秦小青轻声数落浦海亮："你爸真是个乡巴佬，一点礼貌都没有，你大声说话不要紧，还说什么我们上海菜难吃，再难吃也比乡下菜高端大气是不是。另外呀，我爸爸妈妈打电话来说，你爸身上有股怪味，腥臭腥臭的，恶心死了。我听了想想还真有这股味，跑到卫生间把晚上吃的东西全都吐出来了。"浦建设轻轻叹了口气，他明白，父亲身上的是蛇腥气，他和蛇打了一辈子交道，难免有那种气息，他习惯得了，秦小青和她父母却难以忍耐。

那个晚上，浦建设和秦小青一夜未眠。

他们刚刚要睡，就听到隔壁房间传来的呼噜声，呼噜声山响，而且是不规则的，他一个人的呼噜声，简直顶过了一支交响乐团。房子的隔音条件不是很好,浦建设和秦小青想进入梦乡是件困难的事情。不知过了多久,交响乐停了下来,他们以为可以安心入眠了,没想到浦海亮又开始喊叫,浦建设赶紧跑过去,问父亲要干什么。浦海亮说口渴了,要喝水。浦建设就去给他倒水。他喝完水,倒头便睡,不一会,呼噜声又响了起来……折腾了一个晚上,天亮了,浦海亮才安静下来。他安静下来的原因是他醒了,睡不着了。浦建设和秦小青走出房间门,看到浦海亮坐在客厅里抽烟。浦建设不抽烟,他就是想抽,秦小青也不会让他抽的,她讨厌烟味。秦小青皱起了眉头,轻声说:"他身上本来就有怪味,竟然还抽烟,这让不让人活了呀。"浦海亮听见了她的话,赶紧摁灭了烟头,难为情地看着他们,他没有喝酒的时候,还是有所顾忌的。浦建设假装没有听到妻子的话,笑着说:"爸,抽烟没有关系的,不过,你以后抽烟,到阳台上去。"浦海亮说:"好,好。"他把儿子拉到一旁说:"建设,昨天晚上我喝多了,没有失礼给你丢脸吧?"浦建设说:"没有,没有,都是一家人,失什么礼呀,爸,你放心吧。"浦海亮说:"那就好,那就好,我是看亲家热情,才多喝了两杯的。"

第三天傍晚,浦建设下班回家后,没有见到秦小青,只见浦海亮愁眉苦脸地坐在客厅里。见到浦建设,浦海亮讷讷地说:"建设,小青回来过,她提了个箱子走了。"浦建设心想,她一定是搬回娘家住了,今天一早起床,她就说受不了了。浦建设问父亲:"她和你说了什么话吗?"浦海亮慌乱的样子，说："没，没说什么。"浦建设知道，妻子一定对父亲说了什么难听的话。浦建设的手机响了，他接通了电话，听到了妻子的声音："浦建设，你赶紧把你那臭烘烘的乡巴佬老爸弄回乡下去，否则我永远都不搬回来了。"她说完就挂了电话，这是她的最后通牒。浦建设叹了口气，眼睛不敢和父亲对视，他内心有愧，不知如何开口。

浦海亮并不糊涂，心里什么都明白，他笑了笑说："建设，我东西收拾好了，明天你就送我回唐镇吧，以前担心你在外面过得不好，总想出来见上一面，叫你跟我回去，我把捕蛇的本领传授给你，你也有条活路。上海我也来过了，也见识了你的生活，我放心了，该回去了。"浦建设说："爸，你怎么不多住几天？"浦海亮说："别跟我客套了，你的心意我领了，我不怪你，也不怪小青，都怪我自己，太粗鲁了，让人瞧不起。"浦建设眼睛一热，泪水涌出了眼眶。

这天晚上，浦建设炒了几个菜，陪父亲喝了酒。

喝完酒，他放满了一浴缸的热水，让浦海亮舒舒服服地泡了个澡。浦建设给他搓背，他第一次给父亲搓背，也是最后一次，父亲却给他洗过无数次的澡。边搓背，浦建设边流泪。浦海亮说："好舒坦，难得你给我搓背，我死也瞑目了。对了，小青给你搓过背吗？"浦建设想说没有，他只给她搓过背，他改口说："搓过，经常给我搓。"浦海亮说："好呀，能给男人搓背的女人，都是值得疼爱的女人，你好好待她吧。在你三岁的时候，有个女人给我搓过几天背，在汀江河里，我本想让她给我搓一辈子的背，因为她带着两个孩子，我怕她对你不好，怕那两个孩子欺负你，就不要她了，可惜呀，当初要了她，现在也有个伴。所以，你要好好对你的女人，不要轻易放弃。"浦建设说："爸，我对不起你。"浦海亮说："不要说这样的话，我们之间什么也不用说，我理解你。谁活着都不容易，你能够有今天的出息，是你的造化。我回去后，你不用担心我，也不用给我寄钱，我还没有到七十岁，现在还能够上山下河，还可以捕蛇赚钱养活自己。如果你在上海待腻了，也可以回来看看，就像是来看个朋友，想不起来的话，就不要回来了，那里也没有什么好记挂的。记住我的话，过好自己的生活最重要，也不枉我养你一场。"

浦建设泪流满面。

浦建设送父亲回唐镇后，就一直没有回去过，他经常在深夜醒来，看着熟睡的妻子，想起远方的父亲，心如刀割，觉得自己是一匹狼，狼心狗肺的狼，忘恩负义的狼，不守信用的狼。

浦建设认为父亲一定对他很失望，而产生了仇恨的心态，也许，他体内的那条毒蛇，就是浦海亮施的法术，要让他痛不欲生，让他无法享受本该拥有的一切。可是他不相信，不相信父亲真的有什么法术，不相信父亲会加害自己。他越是痛苦的时候，就会越矛盾，内心世界变得异常复杂。浦建设想回到唐镇向父亲赎罪，可是病恹恹的，能回去吗，回去非但无法赎罪，还加深了老人的心理负担。

浦建设不想让老人为自己担忧，不想告诉他自己的病情。

6

厨具公司的补偿金和最后一个月的工资到账后，浦建设就在另外一个地方租了间简陋的房子，他把手机号码也换了，要和这个城市的所有人断了联系，包括好友罗宗群，可他没有忘记把新手机号码告诉浦海亮。此时，他不需要任何人的关怀，不想让任何人担心，别人的关怀和担心，都会给他增加心理压力，提醒他疾病的残酷，也会让他增添负罪感，这是他一个人的战争，和任何人都没有关系，就是死，也要一个人默默死去，不麻烦任何人。

这个城市所有的联系都断绝了，浦建设的世界清静了许多。

他要把自己装扮成一个正常人，这样心理状态也能正常些。

早晨，七点钟，闹铃响了。闹铃声刺激着他，他像往常一样，哼着山歌起床，穿衣，洗漱，刮胡子。喝完汤药，他选择了一套黑色的西服，里面是白色衬衣，配上一条红色领带，红色领带无疑稍稍遮盖了他脸色的灰白，也有了些亮色呈现在他身体的表面。他把凌乱的头发整理好，看上去精神了些，然后往脚上套上一双擦得锃亮的黑皮鞋，穿上黑呢子大衣，提起公文包，走出了出租房的门。

阳光灿烂，他感觉到了暖意。他在阳光下站了一会，仿佛在为病痛的身体充电。他想起很久以前的一件事情，也是站在阳光下，他对秦小青说，世界如果没有黑夜该多好，人们都活在光明之中，也许罪恶也会减少很多。遗憾的是，秦小青不在身边，他有些忧伤，秦小青此时在哪里在干什么，他一无所知。

他来到地铁站，先到旁边的一家面馆，要了一碗雪菜肉丝面，斯文地吃将起来。吃完面，他用纸巾擦了擦嘴巴，付了账，就去坐地铁。此时是上班高峰期，站台上站满了人，列车进站，缓缓地停靠，车门开启，里面的人冲出来，站台上的人挤进去，像是争相逃难。浦建设挤上了车，瘦弱的身体似乎要被周遭的人挤扁，他面带微笑，享受着陌生人肉体带来的温暖，这在漫漫长夜里体验不到的感觉使他兴奋不已。有人踩了他的脚，他没有责备，反而报以微笑。踩他的人本不想道歉，拉着脸，见他宽容的微笑，终于说："对不起。"

他在人民公园站下了车。

没有公司好去，他就在公园里上班，他沿着公园的小道一圈圈行走，走累了，找个地方坐下来。草地一角，有几个练习太极拳的老人，他们气定神闲，十分投入。浦建设羡慕他们，能够活得如此健康，如此高寿。休息好了，他又起身在公园里行走，并且加快了脚步。中午，他到公园外面的快餐店要了盒饭，吃完后，他又回到了公园，练习太极拳的老人们已经不见了踪影。他想象着那些老人们去了哪里，有可能各自回家，也许他们去某个茶馆喝茶，抑或去棋牌室打麻将了，总之，这些老人的生活丰富多彩，他们的生活才是真正的生活。他走遍了公园的每个角落，有时会充当清洁工的角色，把游人扔下的垃圾捡起来，扔到垃圾桶里去，做这样的事情，心情好些。整整一天，他都在公园里度过。

到了下班时间，他很准时去挤地铁，回家。

回到家中，就像进入了阴冷的墓穴，随便煮了点东西吃，喝下汤药后，他就躺在床上，等待黑夜和疼痛对自己的折磨。他准备着承受体内那条毒蛇的噬咬，以及死神在噩梦中的造访。尽管有心理准备，在深夜的疼痛中，他对死亡的恐惧还是那么深重。

浦建设一遍遍地想，人死后会怎么样，这是每个面临死亡的人都会考虑的问题。他想着死后被粗鲁的火化工推进焚化炉，烧成灰烬，之后，就和这个世界一点关系都没有了。再看不到阳光，感受不到雨水的冰凉，闻不到花香，见不到任何人，无论是亲人还是陌生人，听不见声音，喜欢的或者不喜欢的声音。就算是黑暗和痛苦，也无法感受了。更不要说和爱人交谈和做爱，一起漫步……什么都消失了，而你留在尘世的痕迹，也会在时间之河里被清洗得干干净净。也许有信仰的人不会这么想，他们相信还有天堂或地狱，相信有来生，浦建设也想过皈依某个宗教，可是他担心会陷入另外一种迷津。无论如何，他都不能摆脱死亡的恐惧，就像苏灿死前那样。

苏灿是秦小青的高中同学，生前在某国领事馆工作。秦小青和浦建设结婚两年后，苏灿在一次同学会上遇见了秦小青。那天晚上，秦小青回家后，喋喋不休地说苏灿的事情，说他在国外留学怎么风流倜傥，说他还是那么幽默讨人喜欢，说他工作多么洋气等。最要命的是，秦小青告诉丈夫，苏灿说他喜欢她，还说他现在的太太对他很不好，正准备离婚。浦建设听完这话，内心酸涩，脸色也变了。秦小青说："你吃醋了？"浦建设摇了摇头，说："我吃什么醋。"秦小青说："哟，还说没有吃醋，我都闻到浓浓的醋味了，酸死了。"

浦建设如果不吃醋，那就不正常了，他深爱秦小青，时刻提防着有人横刀夺爱。苏灿的出现，浦建设有了真实的假想敌，他不能让苏灿成为自己真正的情敌。有段时间，苏灿经常约秦小青出去参加一些活动，每次回来，秦小青都会夸赞苏灿，浦建设心里很不是滋味。秦小青见他不快，说："苏灿说了，以后有机会带你出去，他也想见见你。"浦建设没有吭气，他心里盘算着什么。

秦小青本质上是个文艺青年，要不是这样，她也不可能被浦建设的山歌打动而嫁给他。文艺青年都喜欢参加各种各样的活动，比如诗歌朗诵会、画展、酒会、名人讲座等。上海这些活动层出不穷，秦小青隔三岔五地参加活动，混了许多熟脸。秦小青有时会带上浦建设，有时不让他去。浦建设对这些活动都没有什么感觉，去看看画展还可以，什么诗歌朗诵会和各种酒会，他根本就不喜欢，那些场合的男人大都长着一双眯眯的眼睛，不停地搜寻各自喜欢的女人，有些男人特别猥琐，什么女人都要勾搭，实在让人受不了。他担心的是貌美如花的妻子，总是混迹这些场合，会有什么变化。那各种名人讲座是他最不喜欢的，每个名人都人模狗样，都有自己一套故作高深或危言耸听的论调，听得多了，脑子就坏掉了，成了大杂烩，很容易丧失自己对世界的准确判断。只要秦小青出去参加活动，把他扔在家里，浦建设心里就焦躁不安，想象着那些猥琐男人围着妻子的情景，眼睛都要喷出火，秦小青若无其事完好无损地回到家里，他内心的狂躁才会在爱抚妻子的过程中渐渐平息。有时，他也委曲求全，认为秦小青不离开他就好了，她在外面怎么活动都无所谓，眼不见为净，许多事情都是自寻烦恼。

终于等来了一次机会，苏灿供职的某国领事馆有个酒会，邀请秦小青参加，并且交代她，要带上浦建设。参加这个酒会，浦建设情绪十分复杂，想象不到，在酒会中会发生什么。

那夜，秦小青穿着露背低胸的白色丝绸晚礼服，足蹬白色高跟鞋，亭亭玉立，漂亮迷人。浦建设西装革履，在秦小青面前，就是一只丑小鸭。进入酒会现场后，秦小青把丈夫介绍给了苏灿。在浦建设的想象中，苏灿应该是个小白脸，事实上不是这样，苏灿长得魁梧，个子很高，饱满的国字脸有点黑，尽管穿着笔挺的西装，也可以感觉到他结实的胸肌和手臂的肌块。他的眼睛大而明亮，很有礼貌地和浦建设握了握手，用充满磁性的嗓音说："欢迎你的到来，见到你很高兴，小青经常提起你来，说你十分优秀。"浦建设脸有点发烫,说:"谢谢你的邀请,能够参加这样的酒会,十分荣幸,小青也经常提起你,也说你很优秀。"他们三人站在一起,寒暄过后,苏灿对浦建设说:"浦兄,我借用小青一会,可以吗?"浦建设假装大度,笑着说:"没有问题。"苏灿说:"这里有酒和各种饮料,还有冷盘和点心,你尽管享用,千万不要客气。"说完,他就把秦小青带走了。

浦建设从服务生手中的托盘里取了杯白葡萄酒,抿了一口,注视着苏灿和妻子,苏灿把秦小青介绍给那些外国人,仿佛是在介绍他自己的妻子。浦建设心里泛酸,端着酒杯的手微微颤抖。

酒会现场气氛融洽,灯光柔和,弥漫着各种香水混杂的气味,每个人都彬彬有礼,面带笑容,他们三个一群、五个一伙,凑在一起轻声说话,笑声也十分得体。浦建设有点自卑,和在场的所有人都格格不入,甚至和自己的妻子也格格不入,仿佛她和那些人是另外一个世界里的人。

没有人和他说话,浦建设躲在一个角落里,无所适从,他想逃离,又下不了决心。秦小青一直和苏灿在一起,他们一会和这几个人聊天,一会又和另外几个人谈话,有说有笑,忙得不亦乐乎。偶尔,秦小青会回到浦建设身边,陪他说几句话,不一会又回到了苏灿身边。

靡靡之音响起,他们开始跳舞。秦小青的第一支舞是和苏灿跳的,然后就不停有人邀请她跳舞,无疑,秦小青是这次酒会最美丽的女人,浦建设没想到她的舞姿如此美妙动人，以前怎么没有发现。浦建设心里堵得慌，他妒忌那些和妻子跳舞的人，甚至对苏灿产生了怨恨，仿佛苏灿邀请他来，是故意羞辱他的。秦小青和别人跳舞时，苏灿的目光一直盯着她。苏灿又一次搂着秦小青柔软的腰肢翩翩起舞时，浦建设的脸色异常难看，他咬着牙，希望舞池穹顶的水晶吊灯掉下来，砸在苏灿的头上。

酒会好不容易结束后，他们回到了家里。秦小青俏丽的脸红扑扑的，她还在兴奋之中，娇媚地说："老公，你开心吗？"心里一肚子气的浦建设惨淡一笑："开心，开心死了。"说完，他一把搂住妻子，狂吻起来。秦小青配合着他，边吻边相互脱衣服。浦建设把妻子按在沙发上，妻子嘴巴里发出了呻吟声……浦建设不停地说："你是我的，永远都是我的，是我浦建设的，永远都是我浦建设的……"他把整个晚上的屈辱和愤怒都发泄到了秦小青身上，他像只死狗般瘫软下去，内心的火焰渐渐熄灭。

不久，浦建设心中的怒火再次燃烧。

一个晚上，秦小青又被苏灿约出去了。浦建设独自在家，犹如一头困兽。他胡思乱想了很多秦小青和苏灿在一起不堪入目的细节，越想越生气。秦小青回家后，他第一次发了火。秦小青知道他发火的原因后，十分生气，哭喊着说："你这不要脸的乡巴佬，我和你结婚图了什么，我和苏灿只是同学关系，你内心怎么如此龌龊，早知如此，我死也不会和你结婚的。当初人家劝我，不要嫁给凤凰男，我还不相信，现在原形毕露了吧。我真后悔——"她不停地哭,不停地数落浦建设,浦建设在她的哭声中感觉到了恐惧,仿佛大难临头,对,如果失去秦小青,就是一场万劫不复的大灾难。他开始认错,打自己的嘴巴,跪在了秦小青面前,痛哭流涕。秦小青停住了哭泣,泪眼迷蒙地看着丈夫,动了恻隐之心,抱住他的头,喃喃地说:"对不起,对不起,是我让你多心了。"那是他们第一次吵架,也是唯一的一次吵架。

三个月后,苏灿死了。

苏灿是跳楼自杀的。

有天晚上,浦建设陪客户在酒吧里喝酒,喝完酒后,已经很晚了,他正要回家,发现苏灿醉醺醺地搂着一个打扮妖艳的女子从另外一个酒吧里出来,那女子看上去有点邪气。妖艳女子打了辆车,他们上了出租车。浦建设心里活动了一下,也赶紧上了一辆出租车,跟了上去。前面的出租车停在了一家宾馆门口,浦建设看着他们进了宾馆,他嘴角露出了一丝冷笑。

当天晚上,苏灿因为嫖娼被抓了。苏灿被行政拘留了十五天后,放了出来。放出来的那天晚上,他和妻子大吵了一架,半夜,他就从书房的窗口跳了下去。那是十三层高的高楼,他从高楼坠落时,被一棵树挡了一下,身体才掉在楼下的水泥路面上。他没有当场死去,大口地吐着血,很快就被人送进了医院。

浦建设没有想到苏灿会跳楼自杀,秦小青也没有料到,他的心理承受能力不应该那么脆弱的。凌晨三点多,秦小青被电话铃声吵醒,她另外一个同学告知了苏灿的消息。秦小青觉得不可思议,赶紧让浦建设陪他去医院。他们赶到医院,苏灿还在急救室里抢救。苏灿的妻子坐在急救室外面走廊的长椅上哭,有两个女人陪着她,安慰她,她们眼中也流着泪。另外,还有几个男人站在那里,神色凝重。苏灿妻子边哭边说:"都怪我,怪我老是和他闹离婚,都怪我——"秦小青找到了同学,问了些情况,同学还在说,她就哭了。浦建设扶着妻子,面无表情。过了半个多小时,急救室的门开了,一个护士走过来,对苏灿妻子说:"十分抱歉,我们尽了最大的努力——"她停顿了会,接着说:"你们亲友去和他见最后一面吧。"

苏灿妻子大声号啕起来,在那两个女人的搀扶下,进入了急救室。浦建设和秦小青也和其他人一起,走了进去。苏灿的尸体躺在手术台上,脸上血肉模糊。生和死,面对面,活人和死人,隔着一层透明的空气。秦小青泣不成声。浦建设把头扭开,不敢直视苏灿的尸体。他心里特别难过,是他害死了苏灿,原本只是想让苏灿出个丑,败坏他的名声,才打电话举报他嫖娼的。浦建设一直认为自己是置苏灿于死地的元凶,他后悔干了这件事情,不过,他一直没有对秦小青说出口,也没有人知道是他举报了苏灿,他要把这个秘密埋在心底,一直到死,这是他有生以来最耻辱的事情。他永远记得秦小青在苏灿死后,对他说的话:"亲爱的,你一定要好好活着,一定要死在我后面,答应我,不要比我早死,我会受不了的,苏灿的死,已经让我悲伤透了。"也是因为这句话,浦建设得了绝症,才下定决心和她离婚的,他不想让她看见自己的尸体悲恸欲绝。

7

浦建设的病时好时坏,老教授开的中药,吃了几个月了,没有什么作用,难道他就这样等死。中药还得继续吃,日子还得熬,活着就有希望,这是他最简单的想法。过年前,他硬着头皮,去了一趟医院,复查了一下,检查结果是,肿瘤还是那么大,没有生长,癌细胞也没有扩散,这是个好消息,也许是老教授的偏方起了作用。医生还是建议他动手术,他没有同意,因为没钱。医生无奈,给他开了盐酸吗啡缓释片,告诉他这种药的止痛效果好。药很贵,而且他怕吃药上瘾,没有去取药,直接回了家。

他回到家中,手机响了,不用考虑,就知道是父亲打来的。他错了,电话是父亲的电话,可打电话的人,不是父亲,是另外一个人。他自称是父亲的徒弟,捕蛇的徒弟。他是打电话来报丧的,他告诉浦建设,浦海亮死了。突如其来的噩耗像一支利箭穿透了浦建设的心脏,他摇摇欲坠,要倒下的样子。他的身体靠在墙壁上,泪水无声无息地流淌。他一句话也没有,继续听着浦海亮的徒弟说话。

浦海亮的徒弟说了很多话。

他说,浦海亮觉得自己捕蛇本领要是失传了,浦海亮来世就会变成一条蛇,被别的捕蛇人捕捉,而且也太可惜了,就收他做了徒弟。浦海亮的死和蛇有关,按道理,他不应该在冬天里捕蛇,他还是独自上了山,带着竹篓和一暖瓶的开水。他在山林里找到了一个比较浅的蛇洞,判断里面有一条不小的过山风,可以卖不少的钱。他把开水一点点地倒进去,让洞里的蛇渐渐苏醒,最后,他把开水全部倒进蛇洞里。洞里的确有一条剧毒的过山风,它苏醒过来,受到开水的刺激,猛地从洞中穿出来,咝咝地吐着信子,和浦海亮对峙。浦海亮一手拿着竹棍,另外一只手随时准备提起它的尾巴。他用竹棍逗着毒蛇,逗着逗着,他伸出那只捉掉无数条蛇的手,他毕竟老了,他没有抓住蛇的尾巴,手背上却被毒蛇狠狠咬了一口。该死的是,他这天出门时,忘了带蛇药,蛇毒很快在他血管中蔓延,很快地,他倒在了地上,等他徒弟找到他,他的身体已经僵硬了。

徒弟还说,浦海亮活着时,存了一笔钱,说他自己花不了了,他要是死了,让徒弟寄给浦建设,特地交代,他死后,不要浦建设回来送终,等下葬后,再告诉浦建设。徒弟听从了师傅的话,安葬完师傅后,才给浦建设打电话。有两句话,浦海亮要徒弟一定要传达到,第一句话是,要好好爱惜小青,无论碰到什么事情,都不能放弃她;第二句话是,要对自己好点,不要亏待了自己。

听完浦海亮徒弟的电话,浦建设已经泣不成声。

要说尘世他最对不起的人,那就是浦海亮,现在说这样的话,已经毫无意义了,连同他的悲恸和忏悔也毫无意义了。

活着和爱，是对浦海亮最大的报答，那是他所期盼的。

对秦小青的思念，浦建设从来没有停止过，特别是在浦海亮死后，他就没有亲人了，他把秦小青当成了亲人。

随着时间的推移，这种刻骨铭心的思念变成他的一块心病，一种负担。他的心病和负担在某些时候超过了癌症带来的痛苦，这是另外一条毒蛇，同样噬咬着五脏六腑，如果思念可以代替肉体的疼痛，他宁愿选择思念。病痛和思念，把时间拉得漫长，可以说是度日如年，他感觉有一个世纪没有见到秦小青了。浦建设一点一滴地回忆秦小青的音容笑貌，可以怎么也记不周全，想起她细柔的长发，就会忘记她秀美的脸庞，难道对她的爱已经淡漠。不会的，才几个月的时光，怎么能够将她淡忘，浦建设没有那么无情无义。

如果有人问浦建设，秦小青美在哪里，他还真回答不上来。有的女人每个器官都长得漂亮，凑在一起不一定就很美，有的女人，单个器官分开来看并不好看，凑在一张脸上就特别动人，当然也有单个器官很美，凑在一起同样出色的美女，秦小青属于中间那一种。秦小青的美丽，是一团迷雾，在那特定的时间里将他裹住，不能自拔，他死心塌地爱她，没有任何理由，命中注定，他们有一段爱情。在过度的思念中，浦建设抑制不住想见她一面的想法。

一个黄昏，身体被大衣裹得严严实实，戴着帽子和口罩的浦建设，躲在一个街角，向不远处小区的门口张望，他曾经居住过的房子就在这个小区里。路人不时向他投来疑惑的目光，好像他是一个狗特务，在监视着某个进步人士。浦建设忐忑不安，如果能够见上秦小青一面该有多好，他一定会高兴好几天的。现实如此残酷，天黑了，他也没有看到秦小青的身影。他不死心，一直躲在那里，直到深夜，还是没有见到秦小青。饥寒交迫的浦建设，无奈而又凄凉地回到他的栖身之所，默默地流下了泪水。

一连几天，浦建设躲在那个街角，期待着秦小青的出现。

结果还是让他失望。

他想到了秦小青的单位，某区的图书馆。他又躲在图书馆门口的一个角落，等待她下班后能够看见她。结果还是失望，一连几天，不见秦小青的踪影。他按捺不住，直接去问了一个图书馆工作人员，那人告诉他，秦小青三个月前就辞职了。浦建设问那人，她辞职后去了哪里？那人回答他说，不知道。

浦建设陷入了黑暗之中。

痛苦像潮水，将他无情淹没。思想斗争了许久，他决定给秦小青打电话，一个活生生的人，不能就这样失踪了。如果找不到她的下落，他会丧失活下去的勇气，他几个月来和病痛的抗争会变得毫无意义。

浦建设还记得秦小青的手机，他用颤抖的手指按下了那一串熟悉而又亲切的手机号码，然后，他把手机放在了耳边，他听到的不是拨号音，而是那该死的女声："你拨叫的用户已停机，请查证后再拨。"这句话中文说完了英文说，然后就传来了短促的忙音。是不是号码拨错了，浦建设又重新拨了一遍，还是如此。他想到了她家里的座机，座机应该不会停吧，手机停掉是正常的事情，她都和他离婚了，还留那个号码干什么。电话打通了，是个男人的声音："喂，你找谁？"浦建设愣了一下说："请问秦小青在不在？"男人说："秦小青是谁？"浦建设说："你是古月小区4号楼503室吗？"男人说："没错，你到底找谁？"浦建设说："我找户主秦小青。"男人停顿了会说："对，对，原来的户主是叫秦小青，可是她早已经搬走了，现在我是这套房子的主人，她把房子卖给我了。"

浦建设的身体被什么东西击中，浑身抽搐，手一松，手机掉在地上，发出清脆的声音。

她竟然把房子卖掉了。

浦建设还幻想着自己病好后，和秦小青重归于好，回去住呢，可她已经把房子卖掉了，那是他们留下了美好记忆的地方，怎么能够卖掉呢？她有什么权利把房子卖掉？浦建设有落水的感觉，水把他一点一点淹没，他在水中挣扎，无济于事，他将要窒息而死。这个让他拥有希望的女人，竟然要用这种方式将他杀死。他在绝望中窒息，脸色死灰，浑身颤抖。

浦建设仿佛从深水中浮出水面，大口地喘着粗气，他像是捞到了一根救命稻草，跟跟跄跄地夺门而出。他要去一个地方，在那个地方，他肯定能够得到心爱之人的消息。

夜色阑珊，路上行人行色匆匆，都像怀着艰巨的任务，活下去本来就是异常艰巨的任务，人们都在为活着奔忙。浦建设是行人中最艰难的一个，他自己这样认为，可是，在现实社会，谁比谁艰难还真没法说。悲伤绝望的浦建设怀着一丝渺茫的希望，来到了秦小青父母的家门口。这里也是他熟悉之地，几年来，无数次踏进这个家门，曾经，他把秦小青的父母当成自己的父母，他们也待他不薄，把他当成亲生儿子。

站在门口，浦建设有些迟疑，屋里传来电视的声音，秦小青父母一定在看电视，也许秦小青也在。他该对他们说什么？浦建设有些胆怯，心里打起了退堂鼓。他想逃离，内心的一个声音说："你不是想念秦小青吗，孬种，进去呀，进去就可以见到你日思夜想的爱人了，你凭什么逃跑。"他鼓足勇气，伸出颤抖的手，按响了门铃。

门里传来女人的声音："谁呀？"

浦建设听出来了，问话的是秦小青母亲，他战战兢兢地说："是，是我。"

她提高了声音："你谁呀！"

浦建设说："妈，是我，浦建设。"

她愤愤地说："谁是你妈，哪来的一条野狗，我不认识你，你滚吧。"

浦建设说："妈，你开开门，好吗，我说两句话就走。"

她的声音颤抖了："你这不要脸的东西，还好意思叫我妈，快滚，滚得远远的，我再也不想见到你。"

浦建设无语了，泪水流了出来，心中有无穷的委屈，无处伸张。他默默地站了会，正要走，门开了，秦小青父亲站在他面前。秦小青母亲横眉怒目，大声说："老头子，你理这个白眼狼干什么，让他滚蛋，我们不欢迎这样的人渣。"浦建设喃喃地说："妈，我不是人渣。"她说："你不是人渣是什么，你说呀，你是什么东西？"老头子是个有肚量的人，他训斥老太太："你也是个有文化的人，怎么说话那么难听，让左邻右舍听到了多难为情，给我进房间里去。"老太太迫于丈夫的威严，悻悻地进了卧室，使劲地关上了门。

老头子笑了笑，说："建设，别和她一般见识，有什么话进屋里来说吧。"

浦建设期期艾艾进了前岳父的家门。这个家还是那么温馨，浦建设仿佛回到了从前，可是现在毕竟不是从前了，人生不是玩过家家，可以推倒重来。他离婚时的想法太天真，忘记了现实的残酷，一厢情愿的决定到底还是让他更加难堪。他坐了下来，左顾右盼，他没有看到秦小青的影子。老头子倒了杯水，放在他面前的茶几上，坐在他对面，说："你今天来，有什么事情吗？"浦建设说："我是来找小青的，我有事情对她说。"老头子叹了口气，说："你来晚了，两个月前，她就出国去了。"浦建设说："出国干什么？"

他从老头子的口中得知，秦小青离婚后，忧伤过度，产生了轻生的情绪，在一个晚上，跳进了黄浦江。要不是一个正在拍外景的美国人跳进黄浦江，将她救起，她就一命归西了。事情出人意料,那个美国人对秦小青一见钟情,对她关怀备至,过了一段时间,秦小青对他有了依赖感,后来,秦小青就跟他走了。事情十分简单,浦建设却觉得不可思议。听完老头子的叙述,浦建设眼泪汪汪,喃喃地说:"这不可能,不可能。"

老头子说:"我说的都是真的,我从来没有骗过你。"

这时,老太太在房间里说:"和这个没心肝的人说那么多干什么,让他滚,让他滚,要不是他,小青也不会走那么远,以后见一面都困难,我好端端的一个独生女,被他逼得远走他乡。"

浦建设站起来,魔怔般走出了他们的家门,来到街上,他大吼道:"浦建设,你是个大傻逼,浦建设,你是个大傻逼——"吼叫完,他就哈哈大笑,笑得路人毛骨悚然,以为他是个疯子。终于,他失去了一切,连同心底的爱恋。如果当初他把自己得病的消息告诉秦小青,那结局也许就不会这样……这世间没有那么多也许,走错一步路,就会影响一生。浦建设沿着当初骑自行车驮着秦小青唱山歌的路线,一路走过去,边走边大声唱着山地情歌:

"郎是山中千年树,

妹是山中百年藤,

树死藤生缠到死哎——

树生藤死死也缠。

……"

这是这个冬天最寒冷的夜晚,没有栀子花的芳香,天空阴霾，飘起了雪花，雪花是冬天的精灵，漫天飞舞，在浦建设凄婉的歌声中，如泣如诉。很久以前，同样的冬日，同样飘飞的雪花，一个孩子站在山上，向远方眺望。父亲问他，你在看什么？他说，我在看远方。父亲又问，你看到了什么？他说，我看到了春天。父亲再问，你要在春天里做什么？他说，采花。父亲接着问，采花做什么？他说，送给我媳妇。

2015 年 9 月 20 日完稿于上海家中
（发表于《文艺风赏》2015 年第 11 期）

世上所有的朋友

一

我从来没有如此真切地认为自己是个废物,如同飞鸟在天空遗落的粪便,不值一提。能够再次从手术后醒来,主刀的张大夫说是我的运气,可我觉得还不如死在手术台上,苟延残喘毫无意义。张大夫淡然一笑,活着就是意义。他离开病房时,我觉得他是个彻头彻尾的骗子,甚至痛恨他,他残忍地将我留在人间,竟然还用空洞的话语欺骗我。

病房里还有一个比我大几岁的病人,他叫黄天翔,是个短跑教练,据说曾培养出全国的短跑冠军。黄天翔比我早两天做的手术,张大夫说他的手术很成功。他躺在病榻上奄奄一息的样子,我并不觉得他的手术有多么成功,不过我还是希望他好起来,不要像我一样复发。黄天翔蜡黄的脸上露出一丝笑容,微微地侧过脸说:"李老弟,张医生对你很关心的,你们是朋友吧。"

我也侧过脸,有气无力地说:"什么朋友,我是他的老病人,复发了,上次手术就是他给我做的。"

黄天翔眼睛里掠过一丝慌乱神色:"噢,这样啊。"

我想他心里被"复发"这两个字戳痛了，便安慰他："黄教练，别担心，我体质弱，所以复发了，你是体育教练，身板好，应该不会复发的，张医生不是说了吗，你的手术很成功，安心养病吧，很快你就可以出现在训练场上了。"

黄天翔叹了口气说："过两年就退休了，不想干了，一眨眼，就在训练场上过了一生，没想到，快到终点了，却得了恶疾。李老弟，你说说，我怎么就会得这种病呢？"

我也纳闷，他为什么会得这种病。

我无法回答他，这应该是神才能解答的问题，淡淡地说："黄教练，别多想了，想了也没用，还不如顺其自然，活一天算一天。"

他长长地呼出一口气，不再说话，我也不想说什么，闭上眼睛。

只要我闭上眼睛，死神就会出现在眼前，由一缕黑烟幻化成狰狞的模样。面对死神，我陷落进冰窟里，冷冻得窒息。

我从小就对医院有种刻骨的恐惧感，我爷爷就死在医院里，我奶奶也死在医院里，他们得的都是绝症。爷爷死得很快，送到医院不到几个小时就死了，那天下着苦雨，我和亲人们在县人民医院的急救室外焦虑地等待，等到的却是爷爷死亡的消息，那是我童年最灰暗的记忆，一直埋藏在我灵魂深处。我奶奶比较能熬，自从她得肺癌，住了几次医院，熬了两年多，最终也死在了医院。奶奶的死，加深了我对医院的恐惧，每次在医院陪我奶奶，就能够感觉到死神站在奶奶床边狞笑，对于死神，我无能为力，他最终还是夺走了奶奶的生命。

如今，死神瞄上我了。我的生命紧紧地攥在死神的手里，他随时都可以把我带走。去年八月，我第一次真切地感受到了死神的威胁。那段时间，我神情恍惚，没有食欲，嘴巴苦涩，和我一起在菜场做搬运工的蓝姐说我有口臭，以至我和她说话总是用手挡在嘴巴前，生怕腥臭的唾沫喷在她白皙的脸上。蓝姐比我小几岁，也就是四十出头，她的真名叫蓝茉莉，大家都叫她蓝姐，我也随着大家叫她蓝姐。蓝姐说话口无遮拦，总是一副大大咧咧的样子。那天中午吃饭时，我躲在离工友一段距离的角落里，呆呆地盯着手中的盒饭，仿佛饭菜散发出恶臭，让我难以下口。蓝姐大声说："老李，你最近怎么搞的，老躲着我们，是不是做了什么亏心事。"

我不想搭理她，扒了两口饭，咀嚼了几下，胃里一阵翻江倒海，扔掉盒饭，喉咙里喷射出呕吐物。吐得眼冒金星，浑身战栗，我颓然坐在地上，眼前一片模糊。蓝姐和工友们走过来，七嘴八舌，可我听不清他们在说什么，也许是嘲弄，也许是关切。这些年，我受尽了嘲弄和蔑视，关切十分稀有。我渐渐地清醒，看到了蓝姐和工友们各异的表情。

蓝姐焦虑地说："老李，你是不是病了，我看你这些天不对劲，脸色发青，目光无神，还有口臭，一定是身体出了问题。我们家那死鬼,当初也是身体出了问题,让他去医院检查,一直拖着,等到实在是受不了,去医院检查已经晚了,查出是胰腺癌,不久就挂了,扔下我们孤儿寡母的。老李,你赶紧上医院吧,别耽误了。"

工友们都劝我上医院。

我突然感激到有股暖流在体内滥觞,这是久违的感受,眼睛也湿润起来。蓝姐接着说:"老李,反正下午没什么事,我送你去医院吧。"我受宠若惊,又十分难为情,这些年来,很少被关照,也不会去麻烦别人。我喃喃地说:"谢谢蓝姐,我还是自己去吧。"蓝姐显得武断,推过三轮车,不由分说地让工友们将我架上去,然后,蓝姐蹬起三轮车,吭哧吭哧地往医院驰去。

到了医院门口,我心里发怵,不想进去。蓝姐额头上冒着汗,一缕头发粘在上面,她的白衬衣湿了,黑色的胸罩清晰可见,丰满的乳房呼之欲出。见我迟疑,蓝姐拉起我的手,走进了医院的大门,她的手掌温暖有力,我的身体像通了电,呼吸急促。也许是蓝姐给了我勇气,我才能面对法官般的医生,对我的命运进行裁决。

坐在我对面的就是张大夫,他是神经内科的副主任,号称张一刀。他的眼神就是一把锋利的刀子,似乎要切开我身体的每个部位,看看有什么问题。能够让他给我看病,得益于对医院轻车熟路的蓝姐,通过黄牛才挂上张大夫的号。她坚定地对我说,找专家看病,还是有保证的,尽管多花点钱,人命比钱重要。我可以感觉到,她丈夫活着时应该是幸福的,我想自己要是有这样一个老婆,可能这些年不至于如此难熬。看病的时候,蓝姐就站在我身后,张大夫还以为她是我家属。

我将这段时间的异常状况一五一十地向张大夫陈述。我说两个多月来,总是失眠,头脑昏昏沉沉,像是填满了糨糊,每天短暂的睡眠,也是噩梦连连,经常梦见自己跌落深渊,身体是个沉重的陀螺,一直往下急坠,却怎么也到不了底。每次噩梦醒来,浑身冷汗,脑袋隐隐作痛。我还经常会产生幻听,独自一人在房间里,能听到门外有人敲门,呼喊我的名字,开门后,连鬼影都不见一个,一次次的幻听,折磨得我死去活来。呕吐也是我这些日子的常规项目,因为呕吐,我都对食物有了深重的恐惧感。最让我害怕的是突然浑身抽搐,口吐白沫,倒在地上打滚,神志不清。这样的事情已经发生两次了,以前在老家河田镇时,一个邻居也是这样,大家都晓得他得了猪癫疯,也就是癫痫。难道我也得了猪癫疯,我不敢对别人说起,也担心在工作场所突然发作,心里压着一块巨大的石头,在众人面前抬不起头来。

张大夫听了我的自述,似笑非笑地给我开了些检查项目,抽血、化验、脑电图什么的。做检查的过程中,蓝姐都陪着我,她似乎比我还着急,每次做完一次检查,都问检验的医生有没有什么问题,检验医生面无表情地告诉她,他只负责检验,有问题门诊大夫会告诉她。蓝姐眼泪汪汪的样子让我想起很久之前离我而去的妻子汪红霞,如果汪红霞要像蓝姐这样对自己上心,那我的人生是另外一种格局。蓝姐安慰我:"老李,你莫惊慌,不会有事的,就是有事,张大夫也会给你治好。"我淡淡一笑:"谢谢你,蓝姐,我不怕死,其实我早活腻了。"蓝姐拉下脸:"呸呸呸,莫说丧气话。"

张大夫看了所有的检验报告,还是似笑非笑地说:"目前我还不能确定是什么问题,这样吧,我给你预约个核磁共振,三天后你再来,做完核磁共振后,我就会有个准确的判断。不管怎么样,你一定要放松情绪,良好的情绪对你十分重要。"

我和蓝姐走出医院大门后,蓝姐借口东西掉在张大夫办公室,跑了回去。过了一会工夫,她急匆匆地跑出来,眼神游移,心里像是藏了什么事情。后来,我才知道,她回去是问张大夫我到底得了什么病,放心不下。当时张大夫告诉她,怀疑我得了脑瘤。等待做核磁共振的那三天里,我不知怎么度过的,尽管我对蓝姐说过我不畏死,可是某种恐惧还是死死地攥着我的心脏,呼吸也困难,有窒息感。死神像只无形的大黑鸟,在我头顶飞来飞去,在炎热的八月,扇动着阴冷的气息。那三天,我没有去上班,觉得在张大夫判决之前,我没有必要再去蔬菜批发市场做苦力,那是焦虑的三天,也是轻松的三天。在那三天里,蓝姐对我的关怀超越了工友之间的感情,她一下班就来到我家里,做好吃的给我吃,又是熬鸡汤,又是炖猪蹄的,仿佛她是我家的贤妻良母。我心里过意不去,又无以回报。

我更加意外的是，蓝姐那天也没有去上班，一大早就来到我家，给我做完早餐，笑眯眯地看着我吃完，就用三轮车拉我去医院。我坐在三轮车上，凝视着她的后背，心里有种抱她的冲动，甚至想亲她流着汗水的白皙脖子，我相信，她浑身上下都是白皙的，除了那双粗糙的手。我发现，想入非非也是一件美好的事情，要是张大夫诊断出没有问题，那我就向蓝姐求婚，反正我们都没有配偶。我的如意算盘还是落空了，我被查出了脑瘤，还是恶性的胶质瘤，也就是说，张大夫几乎给我判了死刑，尽管他鼓励我积极治疗，因为发现得及时，还是有治愈的可能。

当时张大夫将蓝姐叫出了办公室，我一个人坐在那里，忐忑不安。不久，张大夫和蓝姐走了进来，张大夫的脸似笑非笑，蓝姐的脸阴沉得像乌云密布的天空，她的眼睛红红的，像是流过泪。蓝姐的表情逃不过我的眼睛，我明白张大夫出去和她说了些什么。

我克制着内心的波澜，故作平静地说："张医生，我有心理准备，你就直说了吧，是死是活，我都可以承受的，不要顾及我的情绪。"

蓝姐的眼泪流淌出来，别过脸去。

我脸上的肌肉抽搐了一下，还是笑着说："蓝姐，你平常咋咋呼呼的，像个女汉子，今天怎么就变成小女人了呢，别这样，有什么大不了的，天还塌不下来。"

蓝姐没有转过脸来，背脊微微颤动。

我微笑地对张大夫说："张医生，说吧，到底什么问题。"

张大夫也不隐瞒了,直接告诉我,我脑子里长了瘤子,至于恶性的还是良性的,要手术后才知道。其实,按他的经验,已经有了准确的判断。他说会尽快安排我手术,让我回家先好好休息。

走出医院大门,蓝姐不哭了,恢复了常态,我反而歪歪斜斜地瘫倒在地上,她扶起了我,柔声说:"老李,挺住。"蓝姐送我回家,给我做好了饭,我没有胃口,再香的饭菜也难以下咽。她安慰了我好大一会,就走了,她还要回家照顾儿子。临走时,她真切地说:"老李,张医生说了,你这病是可以治好的,不要想太多了,保持乐观的情绪最重要,有什么事情打我手机,我会过来帮你的,可千万别胡思乱想。"

二

就像一个人走在马路上,突然被一块不知从何处飞来的石头,击中了脑袋,我莫名其妙地得了脑瘤,委屈愤怒而又无奈,还有深重的悲哀和恐惧。我孤独地躲在家里,白天窗帘密闭,晚上也不开灯,简直是一只躲在黑暗洞穴里奄奄一息的病老鼠。

我一直寻思,怎么会得上脑瘤,这可能和我的不良习惯有关。以前没有好好梳理过自己有什么不良习惯,通过挖掘,发现居然有那么多,每一个不良习惯都和流行的养生信条相悖。比如,饥一顿饱一顿,经常酗酒,脾气暴躁,等等。这些恶习的养成，几乎都和我前妻汪红霞有关。

二十多年前，我和刘水水在漕宝路蔬菜批发市场租了个门面搞批发。在此之前，我在老家福建长汀河田镇养鸡。送走爷爷奶奶之后，我就孤身一人，不知靠什么为生，想来想去，还是养鸡吧。河田镇穷山恶水，却有个宝贝，那就是河田鸡，这种鸡肉质鲜美，远近闻名，有些人靠养鸡发了财。我在自留山上圈了一片地，买了本《科学养鸡》，开始了短暂的养鸡生涯。养鸡是个苦差事，起早摸黑，苦点累点没有什么，还总担惊受怕，生怕鸡会有什么问题。我养了两百只鸡，小鸡仔时死了十几只，还剩一百八十多只渐渐地长大。几个月过去，快入秋时，鸡长到两斤多重，在山地上觅食，跑来跑去，扑棱飞上树杈，一片生机，我心里也充满了希望，到过年，这些鸡就可以长到三斤多，足月的鸡可以卖上好价钱，无论如何，也有一大笔的收入。

谁知道我担心的事情终于发生了，那年秋天，禽流感肆虐，我眼睁睁地看着那些鸡一只一只被扑灭，悲伤得连泪水都流不出来，心灵受到了重创。失魂落魄的我经常坐在山顶上，俯视蜿蜒如蛇往南流淌的汀江，心脏像一只小兔子被毒蛇撕咬，发出惊恐的惨叫。如果不是刘水水，我不晓得自己还能干什么，也许会死在河田镇的山野，连收尸的人都没有。刘水水是我初中同学，也是我在河田镇少有的朋友。他从深圳打工回来，见我一蹶不振，就和我说了他的想法。他想到上海去搞蔬菜批发，这个念头起源于他在深圳打工时的一个工友，他那个工友搞蔬菜批发比打工强多了。刘水水邀我和他一起去上海闯闯,那时上海浦东刚刚开发开放,吸引着世界的目光,但对于我而言,只是逃避,逃避河田镇惨痛的经历。我和刘水水一拍即合,锁上老宅的大门,远走高飞。

　　刘水水的工友胡天雄开着一辆破旧的小货车到火车站接我们。在火车上时,我还忐忑不安,到了大上海会不会像一条小河鱼游进大海,被海水呛死。坐上胡天雄的车后,我心里踏实多了。刘水水眉飞色舞地对我说:"哥们,我没吹牛吧,天雄是我的好兄弟,没说的。"我心里的阴霾一扫而空,年轻的心顿时鲜活,崭新的生活触手可及。一路上,我的目光被街道两旁的人流和建筑所吸引,陌生和新鲜的气息触手可及,一颗激动的心狂跳不已。那个晚上胡天雄请我们在蔬菜批发市场旁边的小饭馆喝酒,他还叫了几个安徽老乡陪我们,其中就有我前妻汪红霞。汪红霞圆脸,一双大眼睛,扎着两条小辫子,脸蛋红扑扑的。她坐在我对面,目光躲闪,我却从她波光粼粼的眼中发现了些什么。我喝多了,第二天刘水水说我酒醉后号啕大哭,一直在叨叨我死去的那些鸡,还说到现在还可以闻到鸡屎味。从那以后,我再也没有提过养鸡的事情,曾经臭也芬芳的鸡屎味也埋藏在了心底。

　　胡天雄帮助我们租了一间店面,店里隔了两层,上层十分狭窄,是我们睡觉的地方,下面是储存蔬菜之处,门口的摊档,是展示,也可以零售。漕宝路菜市场离市区有很长的距离,当时就是在郊区,不过这个蔬菜批发市场很大，有几百家店面，热闹非凡。有些批发商有好几间店面，什么蔬菜都卖，最大的一家批发商，一排二十几间店面，是这里的霸主。我们小本生意，只能主营两三种蔬菜。胡天雄的确仗义，给我们介绍了几家供应商，我们主要经营胡萝卜、洋葱和蒜苗的批发。干了一个多月，我们就有了利润。虽然本钱都是刘水水在深圳打工积累下来的辛苦钱，我分文未出，但他还是把我当股东，分百分之三十的利润给我。

第一个月，我就分到了一千多块钱，兴奋得像打了鸡血一样。分钱的那个晚上，我请大家吃饭，也叫上了汪红霞。汪红霞是胡天雄的表妹，帮他收账。那晚上还没有开始吃饭，坐在我旁边的汪红霞笑着对我说："阿闽，今晚可不要喝醉哟。"听到她柔软的声音，我有些羞涩，轻声说："不喝多。"点菜时，她又柔声说："阿闽，别点那么多菜，浪费不好，每块钱都是血汗钱，辛辛苦苦赚来的，要留些积蓄，日后用钱的地方多了。"我笑了笑："我是个孤儿，一个人吃饱全家不饿，没有什么用钱的地方。"汪红霞提高了声音："你这样说我不爱听，什么叫一人吃饱全家不饿，你是孤儿更应该多积累些钱，未来要有什么大事，只能靠你自己，没有人会帮你的。"

她说的话在理，我点了点头。

刘水水的目光在我们脸上来回瞟动，调侃道："红霞是不是看上我兄弟了，每句话都替我兄弟着想。"

汪红霞脸红了，低下了头。

胡天雄笑了笑:"就是看上了又怎么样,我表妹总得出嫁,不可能在家里当老姑娘吧。"

他们这么一说,我的脸也发烫起来,想想来了这一个多月,汪红霞总是隔三岔五到我们店里来,问寒问暖,有时还会塞包瓜子给我。而且,我心里也喜欢她,不过不好意思说出来,还怕说出来被她拒绝,那样就没法相处了,另外,我还有自知之明,自己一个孤儿,也许配不上她。那晚上,我听汪红霞的话,没有喝多,躺在隔板上,一夜没有睡着,心里火烧火燎地难熬,手不敢触碰裤裆里那怒气冲冲的玩意,我知道真的是对汪红霞动了心念。那个夜晚,刘水水也没有睡着,我听到他翻来覆去的声音,偶尔还有一声叹息,不知何故。

汪红霞和我确定恋人关系之前,发生过一件震动蔬菜批发市场的事情。批发市场里,有个不成文的规矩,无论谁家,都不能自行提高和降低蔬菜价格。尽管很多交易价格不公开,但谁家要是私自提高或者降低价格将蔬菜批发给各个菜市场的商贩,难免会传出风声,世上没有不透风的墙。刘水水赚钱心切,不顾这条不成文的规矩,每种蔬菜以低于别人三分钱的价格批发出去,这样蔬菜销量上来了,也没有积压,蔬菜就怕积压,烂掉就折本。开始我有些担忧,怕出问题,劝告刘水水收手。刘水水说:"不就是三分钱嘛,没有什么大不了的,况且,拿货的人又不会说出去,大家都有利益在这里,他们要说出去就拿不到便宜货了,而且我们的东西质量又好,你就放心吧。"

他胆子大，也在深圳见过世面，我却隐隐约约地感觉到要发生什么事情。果不其然，没过多久，另外一排同样卖胡萝卜的人家带了十几个人找上门来了。那些都是山东人，这里山东人多，他们又团结，见他们吆喝着过来，我心里发怵。领头者叫王帆，长得人高马大，光着膀子，结实的肌肉，他带来的人都横眉怒目。他们将买菜的人全部赶走，我两腿打战，赔着笑脸说："兄弟，有话好说，有话好说。"

王帆像是吃了炸药，说话惊雷一般："谁是你兄弟，有你这样做生意的吗，丢人。你家东西卖光了，别人还要不要卖。兄弟们，别和这南蛮子啰唆，给老子砸。"

店里只有我一人，刘水水出门办事去了。见他们冲进店里，用铁锹棍棒往蔬菜上狂砸乱劈，我听到了蔬菜们痛苦的尖叫，那也是我心中的尖叫，那都是钱哪，是我的命。一股热血冲上我的脑门，我操起一把铁锹，怒吼道："你们给老子住手。"

王帆也吼叫道："别管他，继续砸，不给这两个南蛮子长点教训，以后还会祸害大家伙。"

我气得浑身发抖，冲到王帆跟前，举起了铁锹。高高举起的铁锹怎么也落不下去，我眼前仿佛看到王帆头上鲜血飞溅的惨状，说到底我心里还是害怕，哪怕我愤怒之火熊熊燃烧。王帆冷笑着说："南蛮子，有种往我头上劈，老子要是眨一下眼，就是你孙子。"我的手在颤抖："你别逼我，别逼我。"王帆瞪着我："老子就逼你了，来呀，劈我呀。"我脑袋蒙了,从小到大,我没有打过架,人家欺负我,也躲着走,这节骨眼上,我不知如何是好。王帆突然夺过我手中的铁锹,使劲地扔在地上,轻蔑地说:"你就是个孬种,以后再敢乱来,你们就甭想在这里待了。"

很多围观者,七嘴八舌地说着什么。

我无地自容,如果地上有个洞,我会毫不犹豫钻下去。就在这时,汪红霞出现了,手中举着一把明晃晃的菜刀朝王帆奔过来,边跑边喊:"王大肚子,你是活腻了,光天化日之下仗势欺人,老娘路见不平,劈了你。"王帆手中没有家伙,见她冲过来,愣了一下,转身狂奔而去。我呆了,看着汪红霞一路喊叫着追了上去,看热闹的人也乱哄哄跟在她身后,奔跑起来。砸我店的人,也对蔬菜停止了残害,跑了过去。整个蔬菜批发市场顿时喧闹起来,王帆一直在跑,在偌大的市场里拐来拐去,汪红霞穷追不舍。

三

很多年后,漕宝路蔬菜批发市场的人提起汪红霞,还会竖起大拇指,说她是女中豪杰,那一战让她成为谁也不敢小瞧的人物。她替我出了一口恶气,虽说她手中的菜刀最终没有劈在王帆身上,王帆还是妥协了,在她逼迫下,给我赔了礼道了歉。主要还有一个原因,安徽人在此也人数众多,也十分抱团,真要惹毛了他们,山东人也占不了什么便宜。从那以后,刘水水守了规矩,山东人也没再惹什么事情,不过,王帆和我狭路相逢之际,他会轻蔑地扔过来一句话:"吃软饭的南蛮子。"那句话很扎心,但我忍了。

一个敢为我去拼命的女子,我要不向她表白,那我真不是个男人了。

那时候,卡拉OK刚刚盛行,它成了我们几个最重要的娱乐活动。刘水水和胡天雄都喜欢唱歌,而且唱得也不错,他们会唱很多歌,让我十分羡慕。汪红霞唱歌会跑调,从浦西都跑到浦东去了,但十分投入,忸怩作态,举手投足都像电视里的歌星,那是我情人眼里出西施所致。我是个五音不全之人,几乎没有什么歌我能够唱完整,因为汪红霞喜欢《爱拼才会赢》,我就开始练习这首歌,功夫不负有心人,终于我可以大胆地唱完这首歌时,心里有些得意,像是登上了珠穆朗玛峰一样,如果说在汪红霞眼里我是个歌星的话,也只不过是一首歌的歌星。

有天晚上,汪红霞约我去外滩。

那是我人生中第一次去外滩,闯入了一个不属于我的世界,那种洋气和浪漫,是老家河田镇充满鸡屎味的养鸡场和上海市郊烂菜叶子味弥漫的蔬菜批发市场无法比拟的。扑朔迷离的灯火和轮船的汽笛声唤醒了我心中沉睡多年的梦想,那种考上大学当个城市人的梦想让我心伤,因为我过早地由于家庭困难而辍学。目睹着黄浦江上穿梭的船只,呼吸着散发出腥臭味的江风,我的手臂紧紧地抱住了汪红霞的腰肢,说出了那句心惊肉跳的话语:"红霞,嫁给我吧。"

汪红霞要比我浪漫得多,她大声地说:"你说什么?"

我浑身热血沸腾:"我说,红霞,你嫁给我吧。"

"大声点,我听不见。"汪红霞笑着说。

我顾不了许多了,大声喊叫:"红霞,你嫁给我吧。"

"阿闽,你爱我吗?"汪红霞的声音很大,吸引了许多游客的目光。

我声嘶力竭地说:"红霞,我爱你——"

"阿闽,我也爱你——"汪红霞要疯了,扑过来抱紧了我。

游客们鼓起了掌,热烈的掌声教唆犯一般,让我们紧紧拥抱,其实,我们根本就不懂得什么是爱情。回去的路上,汪红霞依偎着我:"你爱我什么?"我说:"不知道。"她咯咯地笑:"阿闽,你是傻瓜,大傻瓜。"我问她:"你为什么喜欢我?"她说:"以前听说福建人聪明,见你长得眉清目秀,就喜欢上你了。"

我把此事告诉刘水水之后,他沉默无语。很长一段时间,他总是唉声叹气,有时会莫名其妙地说:"阿闽,我觉得把你带出来,是我一生中最大的错误。"还会莫名其妙地发脾气,他发脾气的时候,我会躲开,他就像拿着枪找不到射击目标,极为凄惶。

一年之后,汪红霞成了我的妻子。

婚后那段日子,是我一生中最幸福的时光,我们在蔬菜批发市场附近租了间民房,过起了甜蜜的小日子,卿卿我我,恩爱有加。刘水水还是住在批发店里的隔层上,他的脾气越来越糟糕，眼睛里总是有只猛兽，张着血盆大口，随时都有可能扑出来伤人，动辄对我的工作挑三拣四，看我什么都不顺眼。某种意义上，我是个愚钝之人，我根本就不知道他为什么会变成这个样子，以前的他是那么爽朗，意气风发。好几次，我想和他好好谈谈，如此下去，最终水火不容，分道扬镳，那是我不愿意看到的事情，毕竟我们是同乡，还是好朋友。刘水水隔三岔五就醉酒，好几次酒醉后，跑来敲我家的门，在门口叽里咕噜咆哮，我听不清他在说什么。我要起床给他开门，汪红霞拉住了我。汪红霞大声说："喝醉了就回去睡觉，跑我们家要什么酒疯。"听了汪红霞的话，门外就没有动静了，不一会我就听到呜呜的哭声远去了，刘水水仿佛就是一匹旷野中孤独无助的狼，我突然对他有种怜悯，心里隐隐作痛。

也许是因为我在刘水水面前一直示弱，也可能他心里渐渐地复归平静，几个月后他回到了正常的轨道，只是眼神有了变化，幽深，难以捉摸。我们的关系难以回到原来的亲密无间，生活还得继续，我们求同存异，生意越来越好。我和汪红霞的女儿李小榄一岁后，我们又盘下了旁边的一间店面，扩大营业，也有新的业务要开拓，比如，蔬菜品种的多样化。我们两人忙不过来，汪红霞辞掉了她表哥胡天雄那里的工作，一心一意帮我们做事，胡天雄也没说什么，他一直都很大度，支持我们。同时，我们请了个小工，否则真忙不过来。李小榄也被送回了安徽，汪红霞妈妈带着她。

我和刘水水轮流往外地跑，联系既便宜质量又好的货源，要赚钱，就要另辟蹊径。上海市各个菜市场，我们也不停地跑，希望拉到更多的客户来我们这里拿货，虽然在价格上我们不能随意降价或抬价，但刘水水鬼点子多，总有办法让下家上套。我感觉他是天生做生意的人，从他身上，我学到了许多本事。汪红霞也对他赞赏有加，常对我说，要向刘水水多学点东西。我很清楚自己的弱点，就是懦弱，心太善，下不了狠手，而在生意场上，我这样难免缩手缩脚，打不开局面。

那些日子，我们都是不知疲倦的骡子，为了多赚点钱，熬心费力。再健壮的人，也架不住超负荷的劳累，我因劳累过度，晕倒在卸菜的现场。货车司机很有经验，在汪红霞的大呼小叫中，冷静地掐住我的人中，过了好大一会，我长长地吐出一口气，醒转过来。汪红霞带我去医院，检查了半天，也没有检查出什么问题，医生说让我好好休息几天就好了，不要太拼命了。那时正是冬笋上市的前夕，本来我要去赣南谈冬笋供货事宜，刘水水让我留在店里，不让我奔波。我没有想到，他会提出一个要求，让汪红霞和他一起去出差。他不是征求我的意见，而是告知，我问汪红霞："红霞，你想去吗？"汪红霞笑了笑说："去吧，我也要向水水多多学习，如果以后我们自己开店了，不就用得上了吗。"汪红霞的话一点毛病都没有，我也没再往别的地方想。

世事难料。

汪红霞和刘水水从赣南回来后，我渐渐地觉得，生活有了变化。每天早晨，她还是很早起床，做好早餐就匆匆出门而去。我问她为什么不等我吃完饭一起去店里，她的脸红得像朝霞，眼神闪烁："你不是身体不好吗，你多睡会，我先去店里，早上有货到，水水他们忙不过来。"我看着她手上还提着一个饭盒，这是以前没有过的事情。

一连几天，她都是如此。

那天早上，汪红霞前脚刚走，我就起床，悄悄地跟在了后面。货车一般都是晚上到，早上到货是很少见的事情。果然，店门口并没有什么货车，店里的小工也还没有来上班，我看到汪红霞和刘水水面对面坐在店里，有说有笑，刘水水端着饭盒，有滋有味地吃着汪红霞做的荠菜馄饨。我似乎明白了些什么，又一片迷茫。

我默默地转身而去。

接下来的事情就更加离谱了。汪红霞经常晚上单独出去，问她去哪里，她就说老乡找她打麻将。她是个惜钱如命的女人，偶尔和她老乡打打麻将，输一分钱都懊恼半天，而且还警告我不许去打麻将，怕我输钱。我再傻也可以判断出，她根本就不是去和老乡打麻将，而且每次回来，嘴巴里呼出的是酒臭。我不敢想象，她背着我干了些什么。我很想知道真相，却又不希望真相大白，她只要和我好下去，不要破坏这个我珍视的家，我宁愿什么也不知道。事情的发展并非以我的意志为转移，终于在某个深夜，噩梦降临。

那是个夏夜，出租屋里的吊扇发出吱吱嘎嘎的响声，就像怪兽在不停怪叫。汪红霞出门之后，我的脑袋就像老吊扇那样不停地运转，乌七八糟的想象折磨着我懦弱的心灵。空气像是着了火，吊扇转得越快，火燃烧得越旺。我就是一条放在火焰上面炙烤的鱼，可以听到皮肤表面滋滋冒油的声音。我企图大声呐喊，却无处发泄。我已经不知道有多长时间，没有和汪红霞做爱了，以前再累也会隔三岔五地来上一次，而且大都是汪红霞主动，在这方面，她有无穷无尽的能力，就是一台发动机。她对我失去了主动，而我也不敢提出要求，懦弱是我的宿命。好不容易在煎熬中等到了汪红霞回来，浓郁的酒气扑鼻而来。

我屏住呼吸，假装熟睡。汪红霞开了灯，脱衣服，冲凉。哗哗的水声让我的心灵备受煎熬，我将自己想象成冲刷汪红霞身体的凉水，一遍遍地抚摸她粉嫩的肉体。水声停止，汪红霞擦干身子，穿着内衣爬上床，灯光熄灭，黑暗中，我无法感受她的表情，吊扇还是发出怪兽般的叫声，沐浴露和酒气糅杂在一起，肆无忌惮地挑衅着我的嗅觉神经。我试探性地伸出手，轻轻地放在她的肚皮上。我的手就像一块烧红的电烙铁，灼伤了汪红霞的皮肤，她用最快的速度拨开我的手，大声喊叫："别碰我，别用你的臭手碰我。"

我再懦弱，也有脾气："我的手怎么臭了？"

"就是臭，比屎还臭。"喊叫声在继续。

我提高了声音："你疯了——"

"我是疯了，早就疯了，看不惯你就滚。"汪红霞说出了让我心碎的话语，"老娘早就不想和你过了，你这个窝囊废。"

我坐起来，颤抖地怒吼："你怎么说出这样伤人的话。"

汪红霞也坐起来，打开了灯，面红耳赤，瞪着大眼，食指尖按在我鼻子上："老娘是瞎了狗眼，看上了你这个孬种，你说说看，和你结婚这两年，你给了我什么，要钱没钱，连一朵花都没有给我买过，甚至在床上，也从来没有满足过我。"

"这，这……每次做完，你不是说都到高潮了吗？"我被她的话语击中，有些支撑不住，一下子蔫了，嗫嚅地说。

汪红霞叽叽冷笑："你以为我说的是真话，就你这种三分钟就变成面条的人，能让老娘快活，去你的吧。说真的，我们还是离婚吧，好聚好散，我已经对你死了心，再耗下去也没多大意思。"

我低下头："打死我也不离婚。"

汪红霞突然像只母豹，扑过来，又是打，又是撕，又是咬。我像个木头人，任她在我身上疯狂肆虐，我完全感觉不到疼痛，只是心如死灰。我浑身上下，从头到脚，伤痕累累，目光凄惶，眼泪汪汪。汪红霞累了，愣愣地瞪着我，良久之后，她竟然号啕大哭，边哭边说："我的命好苦哇。"

谁的命苦谁知道。

我默默地爬下床，穿上衣服，出了门。夜风滚烫，我漫无目的地游荡，不知不觉地走到了蔬菜批发市场。此时的市场，十分宁静，有条狗在市场里寻觅着什么，也许这是一条无家可归的饿狗，我觉得它是我的同类。我跟在那条狗后面，走走停停。突然一个人站在我面前，借着昏黄的路灯，我看清了他的脸，我讷讷地说："王帆。"王帆靠近我，他比我高出一个头，低下头审视着我，冷笑了一声说："是你呀，我还以为是鬼魂，你跟着一条狗干什么，那是条母狗，你难道对母狗有兴趣？也难怪，绿帽子都戴上了，估计你老婆汪红霞不让你碰了吧，她在外面吃饱了，当然不会要你了。"

我愤怒地说："王大肚子，你别瞎扯淡。"

王帆伸出手，摸了摸我的头："说心里话，我真同情你，全世界都知道你老婆红杏出墙了，只有你自己还蒙在鼓里，可怜呀。"

我咬着牙说："你说，是谁，是谁？"

王帆装模作样地叹了口气："你真是傻瓜，是你最好的朋友刘水水呀，不信你去问他，晚上我在外面喝酒，还看到他和你老婆在一起喝酒呢，两人搂在一起，那亲密劲，啧啧啧，肉麻死了。你要不信，你可以去问他。不和你啰唆了，今晚喝得有点多，得回去睡觉了，明天还得干活。"

他摇摇晃晃地走了，那条狗不见了。

一股风暴在我脑海形成，接着就狂浪滔天，浑身每个毛孔都冒着愤怒之火，我无法控制自己，无论怎么样，我得向刘水水讨个说法。我来到店铺外面，拍打着店门，大声说:"刘水水,你这个王八蛋,开门,开门。"我听到里面的响动,门的缝隙里透出了光线,每一缕光都像一把利箭,射在我体无完肤的身体上。门开了,刘水水一把将我拖进:"你叫嚷什么呀,半夜三更的,也不怕人笑话。"

我狠狠地推了他一下,刘水水仰面倒在一堆胡萝卜上面。

刘水水低吼道:"阿闽,你发癫了。"

我怒不可遏,咆哮道:"你说,你和汪红霞到底发生了什么?"

刘水水爬起来,瞪着眼睛说:"你神经病,她是你老婆,我能和她发生什么。"

"王八蛋,还嘴硬,睁着眼睛说瞎话。"我从来没有如此暴怒,希望将一个人击倒,或者杀死,所有的屈辱和尊严是助推器,我像一枚火箭朝他冲撞过去,他竟然被我扑倒在胡萝卜堆上。我一手按着他胸膛,一手握拳,在他头脸上一顿狂风暴雨。刘水水根本就没有还手之力,我根本就不知道自己还能击败他,这也是我有生以来的第一次打架胜利,在此之前,我都是失败者,是一次次的失败和被欺凌,让我成了一个懦弱者。这次胜利对我后来的人生产生了至关重要的影响。刘水水被我揍成了猪头,眼睛鼻子嘴巴都在流血。

我从他身上翻下来,和他并排躺在胡萝卜上,喘着粗气。他不停地咳嗽,边咳嗽边有气无力地说:"阿闽,你有种。我晓得,你都知道了。实话告诉你吧,我也喜欢红霞,要不是你捷足先登,我也会娶她。这次去赣南,我是有不轨之心,没有想到她会喜欢上我,她要是不答应,我怎么使劲也没有用。也可能是老天爷有眼吧,在赣南时的一个晚上,碰到了流氓,我奋力保护了她,就是那个晚上,我们有了关系。她说我才是真正的男人,所以——"

"别说了,给我住嘴。王八蛋,你知道吗,你是我最好的朋友。"我歇斯底里地吼叫,心在滴血。

刘水水笑了笑,他的笑十分难看,血肉模糊:"你要是觉得还不能泄愤,就杀了我吧,也算对你有个交代,我没有丝毫怨言。从道义上讲,我的确是混蛋,不够意思,但我爱一个人也没有错。"

说完,他闭上了青肿的眼睛。

我真的想杀了他,可是我下不了手。暴揍完之后,我浑身奔涌沸腾的血液渐渐地冷却,脑袋也慢慢地清醒过来。

就在这时,有人跑过来,在门口上气不接下气地说:"阿闽,阿闽,你在店里吗,你老婆要自杀,赶紧回去。"

来者是我的房东。我惊惶地走出门,随着他回家。我不清楚为什么汪红霞想死也要张扬,让住在旁边的房东知道,房东推开虚掩的门,看到她真要将头套进绳子活结时,将她救了下来。他让老婆守着躺在床上哭泣的汪红霞,自己跑到蔬菜批发市场来找我。

回到家里,房东夫妇说了些劝慰的话就回去了。

汪红霞眼泪汪汪地看着我,她从凶猛的母豹转换成可怜兮兮的病猫,这种切换模式让我吃惊而又心伤。我叹了口气说:"汪红霞,你到底要怎么样?"

汪红霞哽咽地说:"阿闽,看在夫妻一场,放我一条生路吧,我真的无法和你过下去了,这种生活生不如死。"

我沉默。

天光从窗帘布上透进来时,我才开口:"我答应你离婚,但有个条件。"

"你说,什么条件我都答应。"

"把我女儿留给我。"

四

我完全变了一个人,暴怒,睚眦必报。蔬菜批发市场里,只要有人说我闲话,或者惹我,我就会找他们拼命,我的血性被激发出来了,活着要像个男人,这成了我的人生信条。刘水水和汪红霞都走了,批发店留给了我。他们不是一起走的,汪红霞回安徽老家接李小榄时,刘水水就不辞而别了。汪红霞把李小榄交给我后,就离开了上海,我不知道他们去了哪里,我问过胡天雄,他对他们的行踪也不得而知,反正没有去安徽,也没有回福建。我有时还会想起刘水水和汪红霞,一边是友情,一边是爱情,折磨得内心疼痛不已时,我就会去喝酒,喝得烂醉。我的脾气也变坏了,胡天雄说我是他见过的脾气最坏的福建人。

……

自从我得知自己得了恶性脑瘤,我的脾气就更加暴躁,躲在老鼠洞般漆黑的家里,骂天骂地骂自己,还用自己的头去撞墙，撞得咚咚作响，仿佛那不是我自己的头，而是一块又臭又硬的茅厕里的石头。我甚至想一死了之，反正迟早都要死。我想了很多自杀的办法，可就是下不了手，在死亡面前，我的懦弱又回到了体内，懦弱其实与生俱来，我所有的愤怒和粗暴，都是为了掩饰内心的懦弱和恐惧。我在黑暗中暴怒，也在黑暗中悲戚，泪流满面。

蓝姐隔三岔五抽出时间来看我。

每次我打开家门，她就会捂住鼻子，瓮声瓮气地说："哇，好臭呀，老李，你怎么搞的。"

我心怀愧意，却不知说什么好。

蓝姐风风火火地走进屋，放下手中的提兜和小保温桶，把窗帘拉开，推开窗，用对她儿子说话的口吻说："你呀，一点都不会照顾自己，那么大的人了，也不知道开窗透气，也不会收拾东西。"

不一会工夫，蓝姐就将我凌乱的老鼠窝收拾得干干净净，然后走进厨房，拿出碗筷。她微笑地对我说："老李，又一天没吃东西了吧，你呀，就是不会照顾自己，你的病都是自己作出来的。"

蓝姐的出现，是云层中透出了一缕阳光。

她把熬好的排骨汤从小保温桶倒进碗里，然后端到我面前，轻声说："老李，喝吧，你这身体营养要跟上，增强免疫力，才能好转。"她的眼神中充满了慈爱和关切，我突然想起了奶奶，她活着时也是这种眼神，一直到死。我的眼睛有些发烫，说了声："谢谢你，蓝姐。"

蓝姐坐在我对面，笑了笑："你都五十来岁的人了，还像个孩子。"

我想她是母爱泛滥，才对我如此关爱，我和她只是普通的工友，凭什么对我这样好。我没有体验过母爱，父亲是爷爷奶奶的独生儿子，我出生时，他正在异乡修铁路，爷爷告诉过我，我父亲得知我的降生，十分激动，给家里写了封文采斐然的长信，表达他的情感和欢欣。那封信我读过，爷爷交给我，我曾经想永远保留它，结果在一次水灾中连同装信的小木箱被冲走了。我记得每次读父亲来信的感受，悲伤而又安慰。父亲在回乡途中车祸而亡，所以我一直就没有和父亲谋面过，那是我人生的缺憾，后来我选择女儿李小榄，就是觉得她不能和我一样没有父亲。母亲在我生下来七个月后的一天，扔下我走了，不知所终，是死是活都无从说起，很多时候，我希望她死了，那样会让我仇恨的心态有所缓解，我不能和一个死去的人计较什么。

我喝了口排骨汤，说："好香，汤里放了些什么？"蓝姐说："放了当归和枸杞。"我说："营养太好了，是不是我脑子里的瘤子就会长得太快，然后爆炸，我的头就被炸没了。我看我还是不要吃东西，把癌细胞饿死，肿瘤就萎缩了，我病就好了。"蓝姐哈哈大笑，眼泪都笑出来了，她用纸巾擦了擦眼睛，笑了笑说："你这人还会贫嘴，奇了怪了。别啰唆，快吃吧，你把癌细胞饿死了，你也成干尸了。"

我真的没有任何胃口,尽管排骨汤很好喝。蓝姐一片好心,我不能辜负,只好硬着头皮将排骨汤喝了,还吃了几块炖得酥烂的排骨。蓝姐注视着我,十指绞在一起,笑着问:"听人说,你以前在蔬菜批发市场当过老板,有这回事吗?"

提起过去的岁月,我的心情特别复杂,不想过多解释,只是淡淡地说:"算是吧。"

蓝姐眼睛一亮:"我还以为他们编排你的呢,原来还是真的。"

"其实也不是什么老板,要说是,也是鼻屎一样小的老板。"我有些难为情,"要是当年坚持下来,或许就真成老板了,像胡天雄那样,连锁超市都上市几年了。"

蓝姐说:"不管怎么样,你也是当过老板的人。有件事情,我一直想不明白,你在蔬菜批发市场做得好好的,怎么就不做了呢?"

那是我另外一段人生,我没有情绪谈及,苦笑道:"蓝姐,我很累。"蓝姐是个明白人,清楚我话语后面的潜台词,笑着说:"对,对,你需要好好休息。"说完,她站起来收拾东西,收拾好后,从包里掏出一个信封,递给我说:"老李,这是我和工友们的一点心意,你收下,钱不多,你不要见外。"

我站起身,推让道:"这怎么能行,不管怎么样,我还有这房子,不行就卖了,我不能拿大家的血汗钱。"

蓝姐拉下脸,瞪着眼睛说:"老李,你要是不收下,就是你的不对了,虽然钱不多,这是工友们的一片心哪,大家听说你得了这种病,都替你难过,其他的事情帮不上忙,只能这样尽点力了。"

蓝姐的话刀子般戳在我心上,我只好接过了那个信封。

蓝姐临走时问道:"张医生那里有信吗,什么时候才能给你安排动手术?"

我说:"昨天来电话了,让我二十二号住院。"

蓝姐说:"好,好,到时我送你去医院。"

蓝姐走后,我关上了窗,拉上了窗帘,屋子里又一片漆黑。我坐在沙发上,大口地喘息,孤独就像潮水般将我淹没。此时,我真想打个电话,让蓝姐回来陪着我,让我紧紧地抱着她,就像很久以前,紧紧地抱着汪红霞。我要告诉她,我心中的恐惧和不安,告诉她一切发生在我身上的故事,包括当初为什么要离开蔬菜批发市场。

在蔬菜批发市场干了近八年,也有了些积蓄,我想多盘下两个店面,大干一场。正在这个节骨眼上,我碰到了崔大牛。崔大牛是我在上海通过一个同乡结识的一个朋友,他曾经在我周转资金短缺时,借钱给我渡过难关。他是我的恩人,没齿难忘。那天,我接到他的电话,邀我晚上出去喝酒,说是要和我谈合作事宜。崔大牛就是没有事情叫我去,我也得去呀,况且还有事情要谈。我吩咐员工沈玲玲帮我照顾李小榄,安排她吃饭什么的,五点多钟就出了门,从漕宝路蔬批发市场到浦东吃饭的地方坐地铁也要一个多小时。那时李小榄七岁,上小学二年级。我对她说,要听沈阿姨的话,乖乖吃饭做作业。她一声不吭,只是冷冷地瞥了我一眼。我早已经习惯了她那冷酷的小眼神,就像她习惯了我的一切坏毛病。

崔大牛是个房地产商,瘦高个,那张马脸剔不出二两肉,眼窝深陷,像两口深井,脸色煞白,乍一看病恹恹的,半死不活的样子。他说话总是有气无力,两片干瘪发黑的嘴唇叼着香烟,也可以发出绵薄的声音。在一家高档饭店的小包厢里,他就是这样靠在椅子上,跷着二郎腿,不紧不慢地和我说了那个合作项目。在场的还有两个人,一个中年男人,微胖,头发梳得油光闪亮,苍蝇站在上面也会滑掉,他叫钟昆明,说是什么职业经理人,还有一个打扮得体,戴着金丝眼镜,穿着白色小西服的美女,她是崔大牛的秘书梅洁。

崔大牛的意思是让我去做一家石材厂,保证我发财。

我有些恐慌。让我一个搞蔬菜批发的人去办厂,这不是捉牛上树吗,我表达了我的疑虑:"崔总,这个我不内行呀,做不好的。"

崔大牛注视着我,微笑着不说话,烟雾使他的眼睛若隐若现。

梅洁笑了,露出一口洁白整齐的玉牙,声音柔软:"李老板,你想想当初从乡下来到上海前,是不是也没有做过蔬菜批发的生意,也是个外行?没有人天生就会做任何事情,你不去学习,不去尝试,那什么也做不了,对不对。崔总觉得你是个守信而又勤勉之人,就冲你当初很快就还上了借款，崔总就觉得和你合作没有问题。况且，也不是要你一个人去打拼，崔总是你强有力的靠山，我和钟经理也是你的帮手，你有什么好怕的。"

钟昆明也说："李老板，梅秘书说得句句在理，这可是个难得的机会，现在浦东搞大开发，需要大量的石材，这可是千载难逢的发财机会，错过了就永远不会有了，别人想干都干不了，肥肉送到你嘴边，哪有不吃的道理，做蔬菜批发辛辛苦苦，一年下来能赚几个钱。"

我最终还是被他们说服了，答应和他们合作，开厂做石材。这边遣散了几个员工，并且将店面倒手出去；那边找场地，办执照，紧锣密鼓地进行着。我心里有憧憬，觉得很快就要鸟枪换炮，重新做人了，梅洁还带我去置办了一些行头，西装皮鞋等，让我焕然一新，回家连李小榄都快认不出来了。我留下了沈玲玲，带她到新的地方，在厂办打杂，并且照顾李小榄。三个月后，我走马上任，当了大牛石材厂的厂长，我把多年的积蓄都投进了厂里，我占百分之四十的股份，崔大牛占百分之六十股份，钟昆明在我手下当总经理。

当时，我充满了热情，认为飞黄腾达的日子就要到来。

五

我们闽西产石头，而且是上好的大理石，按崔大牛的计划，在闽西石矿将石头买过来，在上海的石材厂加工。那时，上海浦东郊区，就有几十家石材厂，竞争还是十分激烈的，崔大牛看上我，就因为我是闽西人，觉得我可以搞到石头的原材料。

我带着钟昆明，来到了闽西。兴冲冲地来，以为只要有钱，没什么事情办不成，岂料一连几天，都没有结果，那些石矿的人都不卖我们的账。想想也是，我一个一文不名之人，能够办什么事情，特别灰心。那个晚上，我和钟昆明在龙岩市的一家小酒馆里借酒浇愁。钟昆明不愧是见过世面的人，尽管他内心也焦虑，还是不动声色地安慰我："李厂长，不要着急，事情得慢慢来，心急吃不了热豆腐，你是本地人，我相信会有办法解决问题的。"我忧虑地说："其实，我认识的人也很少，顶多在河田镇有几个熟人，而且都没有深交，唯一深交的人现在也不知去向，就是他在，我也不好去找他。"钟昆明眼睛一亮："我们就到你老家河田镇去，也许会有收获。"

第二天，我们就坐上了开往长汀县的班车。自从养鸡失败和刘水水离开河田镇，我就没有回过家乡。坐上班车后，我的目光一直注视着窗外，那山峦田野，一草一木，又熟悉又陌生，心情十分复杂，忐忑不安，失落和激动。在河田车站我们下了车，几个混混模样的青年凑过来，要我们坐他们的摩托车，还抢着要帮我们提包，我用河田话和他们说了几句，他们就散了。我很清楚他们以为我们都是外地人，准备敲一把。

河田镇还是有些变化的，凌乱地建了不少新房子。我领着钟昆明来到了我家老屋的门口，发现大门洞开，我以为走错了地方,可这分明就是我家的老屋呀。孩子的哭声传出来,我走了进去。一个年轻女人在哄那哭闹的孩子,我不认识她,她看见我,抱着孩子迎上来,笑着问我:"你找谁呀?"我心里不爽,气呼呼地问她:"你是谁?为什么住在我的房子里。"

她愣了一会,不解地说:"怎么是你的房子,你搞错了吧。"

我大声说:"我在这个房子里住了将近二十年,在这里送走了我爷爷奶奶,怎么会搞错。"

她怀抱里的孩子听到我大声说话,哭得更加大声了。女人赤红着脸说:"你吼叫什么,吓到我孩子了。"

钟昆明走上前,轻声对我说:"李厂长,有话好好说,千万别动怒。"

我叹了口气,压低了声音对女人说:"对不起,惊着你孩子了。我实话告诉你,这真的是我的房子,你到底是怎么住进来的。"

女人边哄着孩子边说:"我真不晓得这是你的房子,这要问我老公。"

"你老公呢?"我说,"让他出来和我说话。"

女人说:"他不在家,在外地做工。"

这时,门口围了一些人,有人说:"这不是阿闽吗,他怎么回来了。"

我走出门,对他们说:"我是回来了,可是我家的房子被人占了。"一个老人说:"阿闽,是你堂叔狗牯占了你的房子，那个抱孩子的女人，是狗牯的儿媳妇。"我一下子明白了，急匆匆地来到了堂叔李狗牯家。老头的头发都掉光了，他正在泡茶，见我进来，急忙站起来，老眼昏花地打量我："你是——"我没好气地说："我是阿闽。"他嘿嘿干笑道："你是阿闽，不是说死在外地了吗，难道是鬼魂回来了。"门口看热闹的人哄笑起来。我暴怒地吼道："老狗牯，睁大你的狗眼看看，我到底死了没有。"狗牯脸上的笑容消失了，呆呆地望着我，讷讷地说："阿闽，真是你呀。"我继续吼叫："我问你，老狗牯，你凭什么霸占我的老屋。"狗牯抹了抹混浊的老眼，叹了口气说："唉，阿闽呀，你别动怒，听我好好说。事情是这样的，你晓得我有三个儿子，家里房子不够住，我小儿子，也就是你松元堂哥要结婚，没有房子，就想到了你家老屋，那时有人说你死在外头了，我就想，反正你的房子没有人住了，就让你松元堂哥搬进去住了。现在你回来了，我向你道歉，是我们考虑不周全，不应该没经你同意就占了你的房子。如果你回来住，我就让他们搬走，如果你还是要出去，就把房子租给我们吧，租金一分不少给你。"

听完狗牯堂叔的话，我心中的火气平息下来。那天晚上，狗牯杀了鸡，买了肉，弄了一桌子菜招待我们。酒喝多了，我就唉声叹气。狗牯问我有什么不顺心的事情，我就一五一十将碰到的困难倾吐出来。狗牯听完我的话，一拍光头，哈哈大笑起来。我狐疑地问："我都愁得头发都快白了，你笑什么？"狗牯笑着说："你松元堂哥就在乌石崇采石场当工头呀,有什么问题,明天我带你去找他。"我说:"他只是个工头,能说上话吗?"狗牯说:"你要相信我,那里的老板是松元在部队的战友,他们两人穿一条裤子,有什么问题解决不了的。"我大喜,喝下一大碗米酒,拍着胸脯说:"狗牯叔,要是松元哥能够帮我办成事,我那老屋的租金就免了,送给你们都可以。"狗牯的老眼发出鬼精的亮光:"此话当真?"我豪爽地说:"君子一言,驷马难追。"狗牯说:"那立个字据。"我说:"没有问题。"他真的去写了个字据,让我在上面签下了名字。

钟昆明没有吭气,在旁边微笑。

晚上我们住在镇上脏兮兮的招待所里,熄灯后,钟昆明说:"李厂长,你很豪气呀,那么好的一栋老房子,说给人就给人了,你不心疼?"我心里一凉,有些后悔,可是后悔药难买,叹了口气说:"算了,生不带来,死不带去,只要石材厂能够兴旺发达,那栋老房子算得了什么。"钟昆明说:"你是个实诚人,可交,看来我没有看错人。"

事情还是蛮顺利的,我们和石场签了两年的合同,他们给我们提供足够的石材。那两年石材厂的生意真心不错,我个人的收入比做蔬菜批发强多了,也有了些派头,交际也多了起来,我沉浸在成功者的喜悦之中。突然有一天,钟昆明请我吃饭,酒过三巡之后,他幽幽地说:"兄弟,我有句话不知该不该说。"之前,他一直叫我李厂长,从来没有叫过我兄弟,我觉得怪异。我笑了笑:"钟兄,有什么不能说的,我们是好朋友。"

钟昆明咪了口酒,眨了眨眼睛说:"正因为我们是好朋友,况且你这两年多来,对我也不薄,有两句话必须和你说。"

我说:"钟兄,你就说吧,什么话我都接着。"

钟昆明低声说:"我提醒你呀,做事情,见好就收,不要太贪。还有一点,知人知面不知心,对一些表面上对你称兄道弟之人,要留一手,防人之心不可无呀,这是老话,放在什么时代都适用。这是我特别要提醒你之处。"

我有些不解:"你是指谁?"

钟昆明笑了:"指谁不重要,对谁都要防着,否则最后吃亏的是你。你这人没有城府,容易上当。说实话,你对我从来不防范,就是个大错误,假如我要使坏,你就完了。"

对他的话,我似懂非懂。两天之后,我的好友,也是得力助手钟昆明辞职走人,到一家连锁超市去当经理了。他走后,我十分失落,像是被砍掉了左膀右臂。因为崔大牛是大股东,很多事情他说了算,他决定让梅洁替代钟昆明的位置,当我们石材厂的总经理。对于他的决定,我没有任何异议,反而觉得有个帮手,我会轻松许多,况且梅洁是个能干的角色,兴许会比钟昆明更加出色。

没想到,这是我另一个噩梦的开始。

梅洁上任的那天,崔大牛组了个酒局,在外滩夜上海酒店旋转餐厅的最豪华包厢里。黄浦江两岸迷幻的夜景其实是多余的,我们在推杯换盏中,根本就无暇观赏外面的景致。我坐在崔大牛的右边,梅洁坐在他的左边,其他宾客分散坐着,寒暄敬酒笑闹是酒局的基本状态,崔大牛的一个朋友讲完黄段子后,大家哈哈大笑,梅洁红着脸说:"太讨厌了,也不看看座上还有未婚少女。"崔大牛乐了,慢条斯理地说:"我说梅洁呀,你也老大不小了,该考虑个人问题了。"梅洁用湿巾擦了擦嘴巴,笑了笑:"我也想把我嫁出去呀,可是哪有合适的。"崔大牛说:"我看眼前就有一位。"梅洁用粉拳轻轻锤了一下他的肩膀,娇嗔道:"就你呀,家里有老婆,外面还不知道有多少小蜜,我要嫁给你,这亏吃大了,打死我也不干。"崔大牛嘿嘿一笑,细声说:"我怎么敢打你的主意,我说的是我身边这一位,李大厂长。"梅洁娇羞的模样,瞟了我一眼。我赶紧说:"我一个乡下的土包子,配不上梅经理的,崔大哥,别拿我开涮了。"崔大牛凑近我耳朵:"兄弟,你应该明白我的良苦用心,你单身,她也单身,将她放在你身边,就是为了促成你们的好事,你可别辜负了大哥一片心呀。"

崔大牛的话让我十分吃惊。

酒席散了后,崔大牛吩咐梅洁送我回家。梅洁在出租车上说:"阿闽厂长,我没喝够,能不能陪我去酒吧里再喝点?"我有些犹豫,我答应过女儿不要喝得烂醉回家,可是我不能拒绝梅洁,就跟她去了衡山路的酒吧。我第一次领略到梅洁的酒量如此惊人,酒宴上喝的是白的,到酒吧后又是红酒又是威士忌,混着喝,百杯不倒,以前她从来在我面前没有喝那么多酒,而且十分矜持。最后,我喝得不省人事。

我醒来，已经天亮了，发现自己赤身裸体躺在宾馆的床上，而梅洁也赤身裸体，睡在我旁边。我根本就不知道昨夜醉酒后发生了什么，记忆只停留在梅洁对我说再叫一瓶杰克丹尼，往后就是一片空白。我猛地坐起来，大口喘气，心里产生了极度的恐惧。梅洁被我的动静吵醒，她轻声说："多睡会，好困。"我喃喃地说："我们到底发生了什么？"梅洁娇笑着说："你忘啦，你抱着我，亲我，非要我和你到衡山宾馆开房，你好粗鲁，都弄疼我了，不过，我喜欢你的粗鲁，不一样的感受。"我惊讶得张大了嘴巴，怎么会这样，我觉得无地自容，赶紧下了床，穿上衣服逃走。我出门时，梅洁笑着说了声："胆小鬼。"

我似乎掉进了一个挖好了的陷阱，从那以后，我就被梅洁控制了，她也再没有提过要和我恋爱或者上床，还是保持着原来的矜持，不过更多的是不容置疑的武断，厂里的事情基本上都是她说了算，仿佛她是厂长，而我只是傀儡一个。不久，发生了一件令我瞠目结舌的事情，梅洁竟然在收到我老家乌石崟采石场最新的一批石料后，就和采石场中止了合作。要不是我堂哥李松元打电话来质问我，我还蒙在鼓里。这事情让我大为光火，我冲进梅洁的办公室，大声说："到底怎么回事，和采石场中止合作也不和我商量一下。"

"坐，坐，别发脾气，伤身体。"梅洁微笑地说，还站起来，给我倒茶。

我气呼呼地说:"别倒了,我不喝,你还是把事情给我说清楚。"

她端着一杯茶,走到我面前,抛来一个媚眼:"喝口茶,消消气。"

我接过茶杯,放在茶几上,一屁股坐在沙发上:"今天你一定要给我一个合理的解释,否则——"

她的屁股靠在办公桌上,双手抱在胸前,微笑道:"否则如何?"

我顿时语塞,想不到应对的语言。

梅洁突然用公事公办的口吻说:"事情是崔总定的,我上任时,他就有交代,有些事情只听他的,可以和你说,也可以不和你说,生产方面由你负责,经营方面,我说了算,我做的一切都代表崔总,你应该明白我说什么了吧。"

我恼怒地给崔大牛打电话,他的手机关机。梅洁冷笑道:"崔总正在马尔代夫度假呢,他出去度假从来都不开手机的,你还不知道他有这个习惯吧。崔总走时就和我说了,这里的一切由我替他做主。"

"你——"我站起来,对她怒目而视。

梅洁娇笑道:"不过,我做得有点不近人情,我还是应该向你通报一下的,以后我要注意这个问题,毕竟你也是股东,还是厂长。阿闽厂长,对不起,我向你道歉。"

我气得发抖:"等崔总回来,我要让你滚蛋。"

她袅袅婷婷地走到我面前,朝我脸上吐了口气,轻声说:"阿闽,别忘了我们还有过美妙激情的一夜,为什么要生我的气呢，我还留着我们在一起的照片呢，你的样子可不太雅观，我要是将那些照片交到派出所去，说你强暴我，你说谁该滚蛋，那不是滚蛋的问题，而是蹲大狱，你明白吗，我的李大厂长。"

我目瞪口呆，哑口无言。

此时，梅洁在我眼里，就是一条毒蛇，我拿这条毒蛇一点办法都没有。

事情一直在恶化。最后一批从乌石崟运过来的石料放在场地上，梅洁不让加工，只是当作摆设。她还解雇了三分之二的工人，我不清楚她葫芦里卖的什么药，我去问她，她就说是崔大牛的决定。崔大牛度假回来，也不愿意见我，也不接我的电话，我像是热锅里的蚂蚁，不知如何是好。厂里不搞生产，这不明摆着要倒闭吗。

过了几天，我看到十几辆大货车开进了厂区，车上装的都是大理石的成品。梅洁让我组织剩下三分之一的工人将货搬下来，放进库房，留一部分在加工场，制造一个加工的现场。我顿时明白了，梅洁不知道从什么地方弄来的大理石，以次充好出售。有人来看货，她就带他们参观那些乌石崟的石料，签下订单后，就将从外面拉来的成品发货。

我找到梅洁，质问她为什么这样做。她冷笑道："你们福建人不是喜欢造假吗，别装得像只纯洁的小绵羊了。"我愤怒地说："你不要血口喷人，我从来就没有干过丧尽天良的事情，我所认识的福建人，就是做石材生意的，也从没有以次充好。你再这样，老子不干了。"

梅洁哈哈大笑，笑完后说："崔总是太了解你了，知道你会有这么一出。这样吧，你要走，我也不拦你，你自便。"

我苦思冥想了三天三夜，想到钟昆明语重心长的话，恍然大悟，他的离开，是不愿意和他们同流合污。想通后，我就做出了决定，退出。算好账后，我要将我应得的部分拿走，梅洁说账面上没有现金，只有一套两居室的房子，客户抵债给厂里的，如果我要，就给我，就算是我退出的股金。我是个胆小之人，生怕夜长梦多，他们的丑事连累到我，就接受了那套房子，图个心安。离开石材厂时，崔大牛没有出现，梅洁送我到厂门口，我上车前，她将嘴巴凑近我耳朵，细声地说了一句话："最后，我还要告诉你一件事，那个晚上在衡山宾馆，我们什么也没有发生过，我怎么会让你碰我呢，你再怎么样，在我眼里，也只是个两脚泥没有洗干净的土包子。"

那套房子在浦东城乡接合部，虽然不是很值钱，总归是自己的房子，我也不用去租房子住了，在上海总算有了自己的窝，也有了家的感觉。想想，这些年也没有白费功夫，大钱没有赚到，房子有了，还有些积蓄，也心安理得了。

六

我离开石材厂之后，就再也没有见过梅洁，她就像我人生过往中消失的人一样，永不再见。听说她后来和她的老板崔大牛一起被关进了监狱。我无法想象，那么精致美丽的一个女子,穿着囚服是什么一种模样,是不是还笑得那么妩媚。崔大牛阴魂不散,和我的故事还没有完结,认识他,或许是我的命运。

我这一生结识过许多人,真正的朋友很少,钟昆明算是一个。

他是个正直的人,不走歪门邪道,对我也十分仗义。我离开石材厂不久,钟昆明找到了我,问我有没有兴趣在我家附近开家罗生超市的加盟店,他是罗生超市的总经理,可以给我优惠。我考虑到这里比较偏,怕生意不会好。钟昆明给我做了详细的分析,认为我的想法是错误的,他通过调查,不出两年,此地就会成为城市的重要部分,几条街道已经开始向这里延伸,许多住宅区和商业区正在兴建,到时候,这里就是一个区域的中心地带。我听从了他的建议,在此处开了家罗生小超市,生意挺不错的,附近几个小区的居民基本上到我的超市购物。还没有等到这里成为繁华地段,我就赚钱了,后来,果然如他所说,这里变成了区域的中心,城市快速的扩张给我带来了生机。

十几年后的一天,有个瘦高的身影在超市门口晃了一下,然后推门进来。我正在里面的仓库里盘点货物,收银的沈玲玲大声说:"阿闽,有人找你。"我走出库房,关上门,走到收银台旁,问沈玲玲:"谁找我?"沈玲玲指了指门口:"在外面等你呢。"我出了门,那个穿着米黄色风衣,头上戴着灰色鸭舌帽,鼻梁上架着墨镜的瘦高个站在一棵悬铃木下抽烟。他看到我,将手中的烟蒂扔到地下,用皮鞋底踩在烟蒂上，使劲地拧了一下，然后朝我走过来。那人的脸还是那么干瘦，那么煞白，像是得了绝症的病鬼。就是剥了皮，我也认识他，他不就是崔大牛吗，在牢里待了十多年，那派头还没有变，让我佩服。

他伸出鸡爪子般的手和我相握，他的手冰凉，他的声音也没有变，还是有气无力的样子："老弟，别来无恙。"他这个人我恨不起来，毕竟在我最困难时帮助过我，坑我的事情我早选择性遗忘了，我笑了："还好，还好，靠这个小超市谋生。"崔大牛慢条斯理地说："老弟，现在忙吗？"我说："不忙，不忙。"他摘下墨镜，掏出纸巾，擦了擦，又戴上："能够陪老哥去喝两杯吗？"我说："没有问题。"我回到超市，和沈玲玲交代了几句，就和崔大牛走了。

崔大牛根本看不出是刚从监狱里放出来的人，他找了家体面的西餐馆，得体地坐下来，打了响指，服务生就拿着菜单走了过来，给我们一人一本菜单。我极少吃西餐，也不知道点什么好。崔大牛点了份牛排和一份水果色拉，服务生微笑地说："先生，牛排要几分熟？"崔大牛说："五分熟。"服务生问我："先生，你要点什么？"我脸有些发烫："我也来份牛排吧。"服务生说："几分熟？"我学着崔大牛的样子说："也五分熟吧。"服务生又问："先生，需要什么酒水吗？"崔大牛看了看酒单，点了瓶法国红酒。

崔大牛边吃着餐前面包，边说："你还是老样子，没有什么变，不过，有点发福了，证明你的生活过得好，那么多年过来了，你也是个上海人了。"

"别挖苦我,我就是在上海待一辈子,也还是个乡下人。"我心里有些不安。

崔大牛说:"不,你比一般的上海人强多了,一路走来,都是当老板。房子有了,钱也赚了,日子不要太好过,神仙都不如你。"

他慢吞吞的话语让我背脊发凉。

"崔大哥,过奖了,我只是糊口,糊口。"我低声说。

牛排上来后,他举杯和我碰了一下,玻璃杯轻轻碰撞的声音清脆而又动听。他娴熟地切着牛肉,优雅地放进嘴巴里,细嚼慢咽,品味着牛肉的质地。他说:"好肉。"我笨拙地切着牛排,弄出吱吱嘎嘎的响声,切开的牛肉还渗着血,太生了,后悔和他一样说五分熟。他微笑地说:"在生活上,你还是老样子,没有长进。"我的脸和脖子都在发烫。

崔大牛说:"一份牛排你吃不饱吧,我看你不爱吃水果色拉,还是给你叫份别的什么吧。"

我不知说什么好,十分窘迫。

他给我叫了份肉酱意面,然后说:"人不能光赚钱,还要会生活,否则赚钱有什么意义。对了,你知道我为什么来找你吗?"

我摇了摇头。

"老弟呀,在石材厂的事情上,老哥对不起你,这些年来,我在里面一直忏悔,心想,等我重见天日后,要当你的面,向你赔罪。"说到此,崔大牛举起酒杯,眼含热泪,

"阿闽老弟,这杯酒就算是我赔罪的酒,我干了,请老弟原谅我,我那是一时糊涂,昧了良心。"

他一口干了那杯红酒,眼泪顿时滚落。

我的心里酸酸的,觉得眼睛也热乎乎的,我见不得人落泪,也见不得人说软话,这是我的弱点。我动情地说:"崔大哥,那算什么呀,我也没亏,你看当初那套房子,现在都涨了两三万一平方了,我是赚了,这还得谢谢大哥的提携。"我端起酒杯,敬了他一杯,他擦干眼泪,苍白的脸上漾起了笑意。

崔大牛话锋一转:"老弟,别看我在里头待了十几年,我出来还是一条好汉,以前的兄弟们还是没有忘记我,都在帮衬我。这不,有好事来了。有个好兄弟,手上有个赚快钱的好项目,要拉我入伙,我以前亏欠你很多,觉得不能落下你,也得让你一起发财,就算我对你的补偿,就来找你了。"

崔大牛说话的样子十分诚恳,我真的相信了,心里有些激动:"崔大哥,什么好项目?"

崔大牛的声音更低了:"我那哥们是个牛人,有通天的本事,他准备在乌克兰买一艘军舰,退役的军舰,开回中国来。你肯定会想,一艘破军舰,开回来干什么。我告诉你呀,别看是一艘破军舰,身上宝贝可多了,而且只要两千万就可以买下来。你肯定又会想,破军舰上有什么宝贝,我告诉你呀,首先是军舰上的废油,抽出来,卖个几百万没有问题,那可都是好油呀,然后是军舰上的各种特殊金属，拆下来，至少可以卖个两千万，这成本就回来了。那么，靠什么赚钱呢？整个军舰，就是一座钢厂呀，而且都是好钢，全部拆下来，最少可以卖五千万，这就是利润。你或许还会想，军舰开回来，放到哪里去拆，这个问题你不用考虑，我那哥们军方有很铁的关系，直接弄到舟山的军港里去，就在那里拆，什么问题都没有。"

我听得目瞪口呆。

崔大牛继续说："我尽管坐牢那么多年，可先前还有几百万的积蓄，我那哥们给我百分之五十的股份买船，我想这么好的事情，总归要分点股份给你，你能够拿多少，就给你多少股份，老哥也想明白了，兄弟好，那才是真好，你自己看着办吧。"

天上掉下来一个大馅饼，将我砸得晕乎乎的，我又做起了一夜暴富的梦。我真的被崔大牛的迷魂汤弄翻了，回到家，就算了一笔账，这些年，七七八八加起来，也有三百来万存款，一百万留给女儿读大学的，打死我不会拿出去的，那么还有两百万可以投入崔大牛的项目。于是，我毫不犹豫地将那两百万元，给了崔大牛。我忘记了钟昆明的话，如果当时和钟昆明商量一下此事，我就不会上崔大牛的当了，那完全是一个骗局。

七

我真的是个傻瓜，一生被一个人坑两次，二十多年的血汗钱，扔到黄浦江里还有个响声，却无声无息地被崔大牛骗走了。要不是我留下了那一百万，李小榄出国留学的事就彻底黄了，那我就该跳黄浦江了。崔大牛并没有消失，他还是过着他优雅的生活，我找过他好几次，他总是慢吞吞细声细语地说他也受骗了，一直在追讨被骗的钱，追回来一定第一时间还给我。我恼怒地说，要到法院告他诈骗。他还是那副不紧不慢的腔调："兄弟，你可以去告，我是坐过一次牢的人，还怕坐第二次？我要坐牢了，你那些钱就真的拿不回来了。"我还是幻想哪天他良心发现，还我那些钱，哪怕是还三分之一也行，可是，直到我得了脑瘤，也没有见到钱的影子。

我的病确诊后，我去找过他一次，他装模作样表示同情，还说想办法给我筹点钱，十分诚恳的样子，也流了眼泪，表演得十分到位，这家伙不去当电影院演员真是浪费了人才。我绝望地离开他的家，不知如何是好，我真的没有钱可以治病了。李小榄在日本上大学，钱一次性给了她，她出国后就没有回来过，也几乎不和我打电话。我清楚，她从小就恨我，她通过努力学习，给自己插上了翅膀，飞走了，无论如何，她是我的骄傲，到上海三十年，她是我唯一值得欣慰的人。

在入院治疗之前，我以最快的速度，将房子贱卖了，租了一间便宜的老公房当我的老鼠窝。我想，卖房子的钱应该可以支付我治病的费用，如果不是有这房子，我还真不知道怎么办，我在这个世界上，没有可以依靠的人，甚至没有可以拖累的人，干干净净，生死由命，这让我想起了梅洁，某种意义上，是她救了我，我已经不恨她了。

入院那天早晨，蓝姐早早地赶过来，给我煮的馄饨，吃完后，就用三轮车拉我去医院。我坐在后面，情不自禁地抱住了她柔软的腰肢，头靠在她的背上，感受着她的体温。她没有拒绝，只是说："老李，你的手好凉。"我轻声说："我害怕。"蓝姐温柔地说："别怕，傻瓜，有我呢。"我从来没有听过她如此温柔的声音，心里暖烘烘的。我笑了："你又不是神仙，可以给我吃不死的仙丹。"蓝姐也笑了："你就把我当神仙吧，心里一直念着我，我就会保佑你平安，长命百岁。"

我的眼眶里有潮水在涌动。

蓝姐也许真的是上天派来救助我的神仙，在我举目无亲时，对我无微不至的关怀。我说："蓝姐，你不是想知道我为什么会回到蔬菜批发市场去做搬运工吗？"蓝姐说："你想说，我愿意听，你要是不想说，就不说，不要紧的，你自己感觉舒服就好。"蓝姐的双腿有力地蹬着三轮车，渐渐地，后背被汗水湿透，可我还是抱着她，她的汗水渗出衣服，粘在我脸上，我闻着她的体香，给她讲了关于沈玲玲的故事。

沈玲玲是我捡来的。有天晚上，我喝了不少酒，在雨中行走，边走边号叫，发泄内心的积郁，自从汪红霞走后，两三年里，我内心还是有解不开的死结。胡天雄真是不错的人，经常劝慰我放宽心，有时还陪我喝上两杯。走着走着，我听到街角有个女人在哭。我最怕听到人哭，哭声会让我的心变得更软，软得化成一摊水。我走过去，有个年轻女子蹲在那里，低着头，背脊不停地抽搐，头发和衣服都被雨水淋湿了，她的旁边放着一个编织袋。

我心生怜悯，和气地说："姑娘，你为什么哭？"

她抽泣着说："我的钱在火车站被偷了，连住宿的钱都没有了。"

我二话不说，提起编织袋，说："姑娘，跟我走吧。"

她站起来，捋了捋凌乱的湿漉漉的刘海，狐疑地说："你不是坏人吧？"我笑了笑："我要是坏人，现在就把你强暴了，放心吧，我吃不了你。"于是，她就期期艾艾地跟在我后面。当时我也是觉得同是天涯沦落人，就收留了她，没考虑什么问题，好在她不是那种歪心之人，否则我也会惹上麻烦。这个姑娘就是沈玲玲，大老远从四川来上海找工作。回到家里，四岁的李小榄在床上哭泣，都哭抽了，嘴巴里喊着爸爸。我一阵揪心，我答应过女儿，不要再出去喝酒，可是情绪上来，又在女儿熟睡后偷偷出去喝酒。

我哄着女儿："小榄乖，爸爸回来了，爸爸不走了。"

李小榄尖叫着说："爸爸是骗子，又去喝酒了，呜呜呜——"

我轻轻拍着女儿的身体，轻声说："爸爸对不起小榄，爸爸以后再不喝酒了。"

李小榄哭喊："爸爸，你说话不算数，我再也不想理你了。"

好不容易将她哄睡。我发现沈玲玲一直站在那里，看着我们。她浑身湿漉漉的，落汤鸡一般，她轻轻地说："她妈妈呢？"我叹了口气说："走了。"她说："去哪里了。"我说："不知道。"她又说："就你自己带着孩子？"我点了点头。她说："你忍心将孩子一个人留在家里，自己跑出去喝酒？"我无言以对。她说得对，我是个不称职的父亲，可是我爱我女儿，我们相依为命。沉默了一会，我说："你去洗洗收拾一下吧，晚上你在客厅的沙发上对付一下，明天再想办法。"

第二天早上，我和小榄起床后，沈玲玲已经做好了早餐。吃饭时，小榄用敌意的目光瞪着沈玲玲。送小榄上幼儿园后，我回到家里，沈玲玲在帮我们洗衣服。我觉得难为情："快放下，快放下，怎么能够让你洗衣服。"沈玲玲说："就算我报答你收留一夜之恩吧。"她手脚还挺利索的，家里被她收拾得干干净净。我说："沈玲玲，你有什么打算？"她淡淡地说："有啥子打算，找工作去呗。"我说："刚好我蔬菜批发店里缺人手，你愿意留下来帮我吗。"沈玲玲抬起头，饱满的脸上露出了笑容，像绽放的山茶花，兴奋地说："好呀，好呀。我看你是个好人，在你这里干活，你一定不会欺负我。"

我当然不可能欺负她，不过，她比一般的员工要辛苦许多，又要在店里干活，又干我的家务，还要接送孩子，我有事出去，还要帮我带孩子，简直是我的奴隶，我心里总觉得过意不去，这对她很不公平。可她却乐此不疲，每天都笑呵呵的，像个开心果。

李小榄开始时，对她有种本能的抵触心理。女儿不知道我和汪红霞离婚的事情，她问起妈妈时，我都告诉她，她妈妈出远门了。沈玲玲的出现，李小榄十分警惕，仿佛沈玲玲会代替她妈妈。这孩子从小就心重，很多事情都藏在心里，不会轻易说出来，所以，她很少公开抵触沈玲玲，只是暗中和沈玲玲较劲。我看在眼里，也不说破，沈玲玲心里也明白，也不说破，我们都认为，时间会抹平一切。

直到有一天，在小榄上三年级的时候，发生了一件事情，激化了矛盾。沈玲玲跟我时间长了，自然就产生了感情。我们小心翼翼地维护着这份感情，生怕李小榄知道后会伤害她的小心灵。说心里话，我根本就没有教育孩子的能力，只觉得供她上学，让她不受苦就是最好的抚养了，从来就没有教育她如何去爱，况且我自己也不知道怎么去爱，这是我的悲哀。无论怎么掩饰，其实都逃不过李小榄的眼睛，她鬼着呢，别看她不动声色。终于有一天，她发现了我们的事情。

有天晚上，小榄熟睡之后，我按捺不住，偷偷地摸进了沈玲玲的房间。沈玲玲着急地说："快出去，告诉过你孩子在家我们不能这样做，你就是不听话。"欲望之火要将我焚化成灰，我不顾一切地扑了上去。沈玲玲挣扎着说："别急呀，看看门反锁上没有。"我听不清她在说什么，急切地要进入她的体内。她无法推开我，被我撩拨得欲罢不能，不一会也配合起我来，嘴里发出轻轻的呻吟。

就在我们欲仙欲死之际，门开了，李小榄端着一盆冷水,泼在了我们身上。

那一盆冷水让我们清醒过来。

我心里说,完了。

沈玲玲责备道:"让你不要这样,你非要来,你看看,这可如何是好,以后我们该如何相处。"

我叹了口气:"顺其自然吧。"

话虽这样说,我从那以后心就冷了,欲望只要在心底刚刚萌发,就会被一盆冷水浇灭,像是得了恐惧症,很久很久,直到沈玲玲离开上海,我也没有再和她做过那种事情,沈玲玲也没有提出过那种要求,她心里是不是和我想的一样,我不清楚,她没有讲过。我们只是有个约定,等小榄上大学后,我们再结婚。

李小榄变得不可理喻,完全爆发了,动辄和我们发脾气,只要有点不顺心,就大喊大叫,乱摔东西,简直是个小恶魔。在女儿面前,我也是个懦弱之人,她发脾气时,我会心惊胆战,不知如何是好。换了别的女人,早就跑了,谁还会伺候这个小恶魔,沈玲玲却不一样,天塌下来,她也是笑眯眯的。有次,我问她,为什么要如此忍辱负重。她说:"怎么能说是忍辱负重,小榄是你女儿,我也把她当女儿看。见她第一面时,我就觉得这孩子可怜,我就想呵护她,让她好好成长,那么长时间,我对她也真的有感情了,把她当自己的亲生女儿了,自己的女儿发点脾气,有什么大不了的。"

后来有一天,沈玲玲和小榄还是点燃了战火。

那天我回家稍晚点，在家门口就听到沈玲玲在训斥李小榄，李小榄和她斗嘴，两个人说的话都十分难听。我进屋，眼前一片狼藉，地上都是摔破的盘子碎片和饭菜。李小榄见到我，不说话了，眼泪扑簌簌掉落，可怜兮兮地看着我，仿佛在向我求救，也在向我控诉。我心如刀绞。沈玲玲发起脾气也不得了，也像一只母豹，别看她平常那么温柔贤淑，她还不依不饶："你太没有教养了，谁家的孩子会像你这样，菜稍微咸了点，就摔盘子摔碗的。"

我突然暴怒，朝沈玲玲大声吼叫："你给我闭嘴。"

沈玲玲根本就不怕我，矛头指向我："孩子没有教养，你这个做父亲的脱不了干系，孩子不是你长期的娇惯，她怎么会变成这样。你以为娇惯，就可以望女成龙，你错了，我担心她以后怎么面对这个社会，怎么和人交往，最终会变成一个什么样的人，你知道吗？"

我气急败坏，扬起手，打了她一巴掌。

就在这时，李小榄挡在沈玲玲面前，哭喊道："爸爸，你凭什么打沈阿姨，沈阿姨比你强一百倍，在这个家里，最讨厌的人就是你——"

我呆了。

沈玲玲抱住李小榄，呜呜地哭了起来。我颓然地蹲下身子，双手抱着头，欲哭无泪。很奇怪的是，从那以后，她们的关系有了很大的改善，尽管经常还会磕磕碰碰。通过钟昆明的帮忙，李小榄小学毕业后，就进了一所国际学校，一直住在学校，周末时才回家住两天。上了初中后，李小榄明显开朗了许多,可对我越来越少话了,觉得和我说话是一种沉重的负担。我也不知要和她说什么,我们在一起,就是一对沉默的父女,我是这么想的,她哪怕一辈子不搭理我,我也没有半句怨言,她能够接受良好的教育,做一个文明世界里的人,是我的期盼,也算是完成了我的心愿。她和沈玲玲倒是有些话说,她曾多次对沈玲玲说,让我们结婚,不要顾及她的感受。沈玲玲到离开我时,才讲那些话,为时已晚。

沈玲玲离开我,是因为我执迷不悟。

崔大牛第二次骗了我之后,我有段时间萎靡不振。碰到一个热爱炒股票的同乡,那段时间赚了不少钱,他教我如何炒股。沈玲玲比我有头脑,我回家说了此事,她就劝我不要蹚这个浑水,况且家里也没有钱了,那一百万小榄读书的钱是万万不能动的。一方面,受到老乡的蛊惑,心里痒痒的,不去炒把股觉得枉为人生;另一方面,的确想通过炒股,将被骗的钱补充回来,碰到困难就不会束手无策。于是,鬼迷心窍的我背着沈玲玲向老乡借了三十万元的高利贷,投身股海。炒股对我而言,就是一场赌博,赌徒的心态就是见好不收,输了不服,结果,我赔得血本无归,还欠下了几十万的债务。

我要是好好经营那家小超市,小日子还是可以稳妥地过下去的,沈玲玲也会顺理成章地成为我的妻子,可是,一切美好都被我亲手破坏了。债主上门催债时,沈玲玲才发现出了大问题,这种事情对她的伤害是无法修复的。某天早晨，我醒过来，发现沈玲玲不见了，她留下了一张字条，说她父亲病重，回四川老家去了，让我好自为之。我心里十分清楚，她这一走，就再也不会回来了。无奈之中，我卖掉了小超市，还掉了债务，重新回到一文不名的状态，再没有资金做什么生意，只好老老实实地回到蔬菜批发市场，做了一个搬运工。

……

推进手术室前，我惊恐万状，喊着："我不想动手术了。"蓝姐守在我身边，摸了摸我的头，温存地说："老李，乖乖去动手术，你放心，张医生是最好的，他会让你安然无恙。"我紧紧地拉住她的手腕："我害怕再也醒不过来了。"蓝姐说微笑着说："你会醒来的，我等着你，你要相信有人在等待，你就一定会醒来。"我闭上眼睛，泪水流淌下来，我松开了手。死神就在我头顶漂浮，我仿佛看见了他狰狞的脸，我心里说，有人在等着我，你带不走我的。

我一直在黑暗中穿行，我听到了爷爷奶奶的呼喊，也听到许多人在黑暗中呐喊，十分嘈杂。我看不清爷爷奶奶的脸，也看不清其他人的脸。我伸手去触摸，什么也触摸不到，虚幻中，我觉得自己的身体轻飘飘的，有幸福感……我感觉到剧烈的疼痛，有了知觉，睁开了眼，我看到了张大夫的脸，他似笑非笑地说："老李，你活过来了，手术很顺利，你好好休养吧。"

接着，蓝姐进来了。

她坐在病床边，握住我冰凉的手，微笑着说："我说嘛,你会醒过来的,这不,我在等着你,我没有食言吧。"

我微弱的声音:"你为什么对我这么好?"

蓝姐说:"刚见你第一面的时候,我就觉得你特别像我死去的丈夫。我希望你好好活着,我希望工友们都好好活着,虽然我们活得都不容易,只有活着才有希望呀。我不光是对你好,任何一个工友如果像你一样,我都会对他好,我不想再看到有人过早的死去。"

蓝姐不几天就离开了上海,带她儿子回江苏老家去了,她儿子回老家再读一年书,就要参加高考了,在上海无法参加高考。她让我要好好活着,等着她儿子考上大学的喜讯。

八

张大夫不是骗子,他似笑非笑地走进病房时,手中拿着我的病历。他站在我的病床边,轻声地说:"感觉如何?"我微弱地笑笑:"很累,无力,头一阵阵的痛。"张大夫说:"我清楚。"我轻声说:"张医生,你是我朋友吧?"张大夫说:"当然,我知道你很在乎朋友。"我惨淡地说:"可是到最后,只有你一个朋友,你能够承认是我朋友,我很欣慰。"

张大夫说:"有件事情,我必须告诉你。"

尽管我半个脑袋都被挖空了,但我还是可以从他的话中听出某种玄机,我说:"张医生,你说吧,我可以承受。"

张大夫说:"你是个勇敢的人,我要告诉你的是,情况很不好，癌细胞已大面积扩散，你随时都有可能昏迷，也许永远也醒不来了。我会尽最大的努力，朋友。"

我有气无力地说："谢谢你，朋友。"

张大夫说："你真的一个亲人都没有？"

我说："我有个女儿，她在日本求学，我不想告诉她，况且，她一直都和我没有话说。我不想让她看见我死亡的样子，也不忍心看她哭，这样蛮好的，她会觉得我活着，这就足够了。"

张大夫叹了口气。

我又说："张医生，如果我死了，请你处理我的后事，将我火化了，骨灰不要留下，这生活就像一场梦幻，不想留下什么。我的银行卡给你，密码也会告诉你，如果钱不够，你帮我垫上，如果有多余的，就顺便捐出去。"

张大夫点了点头。

他走出病房后，我突然有种如释重负的感觉，一生很快就要结束了。这时，黄教练的儿子带着儿媳妇和孩子来探望，提着果篮，还有一些补品。他们有说有笑，问寒问暖。儿媳妇给老爷子削苹果，削好的苹果递到他手中，他轻轻咬了口，说："好甜。"接着，他吩咐儿媳妇给我削个苹果。我说："谢谢，我不吃。"黄教练说："李师傅，别客气。"不一会，那个漂亮的少妇微笑地将削好的苹果递到我手中，我一点食欲都没有，将苹果放在床头柜上面，那鲜黄的苹果渐渐地变黑。

此时，我想起了刘水水，也想起了汪红霞，如果他们能来看我，该有多好，我会祝福他们。还有钟昆明，他早已经移民美国了，正直善良的人应该过上自由美满的生活。崔大牛要是能来陪我说会话，我会告诉他，他欠我的债一笔勾销，其实我早已经不恨他了，恨有什么用呢。蓝姐的儿子该考上大学了，她怎么还不告诉我好消息呢，她答应过我的。我这一生真的没有几个朋友，可是他们都那么真实存在，有血有肉，想起他们，我短暂的一生真没有虚度。

我闭上了眼睛。

世界宁静下来，我的心从来没有如此平静。我眼前出现了幻象，沈玲玲朝我走来，她置身于一片花海之中，笑靥如花，阳光一般灿烂。还有李小榄，她跟在沈玲玲身后，奔跑着，超越了沈玲玲。李小榄已经是个美丽的大姑娘了，穿着鲜艳的连衣裙，头发瀑布般在风中流泻。沈玲玲追上来，和李小榄并排奔跑。我笑了，甜蜜地笑了。我张开双臂，迎接她们，她们是我这一生最珍爱的人，哪怕我伤害过她们。

2020年1月16日完稿于厦门白鹭湾幸海楼

（发表于《福建文学》2020年第5期）

后记

我的中篇小说集《孤独旅行家》在上海社会科学院出版社出版一年多之后,责任编辑邱爱园女士又找到了我,让我再给她一部中篇小说集。我从几十部中篇小说中,选了七部中篇小说,书名定为《饥饿范西蒙》,这七部中篇小说是《饥饿范西蒙》《鲜花丛中的丁小可》《阿莹失踪的那个夜晚》《暖阳》《我离死亡那么近》《栀子花》《世上所有的朋友》。这七部中篇小说,都有一个共同的特点,就是描写了当代城市生活的多舛人生以及底层小人物的命运,也关乎在时代潮流裹挟之下人们对爱的渴望和理解。

1

当时写下"饥饿范西蒙"这个题目的时候,脑海里就浮现出一个问题,范西蒙到底为何饥饿?也许你很难想象,在现实中,有个人会陷入饥寒交迫的困境之中,哪怕他还是个言情小说作家。事实上,每个人都有可能陷入困境,在越来越复杂的当下。

造成范西蒙困境的原因,可能在他成长过程,父亲留给他的心理阴影，很多人穷其一生都在试图走出童年的阴影，那是一场深重的灾难，越来越多的人明白家庭暴力对心灵带来的残害，但很多无可挽回，一生都在承受恶果。也许范西蒙的困境是因为他自己选择的道路，如果他安安分分做个中学老师，或许会活得自如些，起码不会陷入生活的窘迫之中，但人生似乎没有如果，也不可能遇到挫折就回到过去重新选择，人生最残酷的就是没有回头路可以走。也可以这么说，范西蒙的困境，是懦弱地放弃了真爱，从而背负上沉重的枷锁，无法自拔。当然，造成范西蒙沉沦在寒风中饥寒交迫的原因是复杂的，但归根结底，还是失去了爱，也许从来就没有获得过爱。

我曾经说过，爱是救赎。

大多数的国人，从小就缺乏爱的教育，也没有品尝过父母之爱，父母亲觉得，只要把孩子养大，保证孩子有吃有喝，不让他们受苦，那就是爱。其实，那只是父母作为监护人的基本责任，父母还有更多的事情要做，包括对孩子良好的态度。对爱的饥饿，才是我们面临的最深重的困境。仔细想想，在人生过往之中，你真爱过你的家人、朋友或普通的人吗？"爱是恒久忍耐"，很多人根本就做不到，现实中，大多数的人总是急于将自己的付出变现，却适得其反。我们在经历了生活的重创之后，会对自己说，应该爱自己，对自己好些。这也是很多人的想法，而且也那么去做了。其实，这是自私的表现，根本谈不上爱自己。是的，我们不仅不知道如何去爱他人，也不知道如何爱自己，这是令人悲哀的事情。

所以，如何正视自己的精神困境，变得尤为迫切，这关系到生命的质量和未来的生活。范西蒙在寒冬的饥饿中，终于发现了爱的重要，并且不顾一切地企图追回曾经的爱情，他能不能成功，是个未知数。重要的是，他认清自己后，走出了关键的一步，这是觉醒，也是自我救赎。我想，《饥饿范西蒙》这部中篇小说的意义也在于此，也是我本人应该面对的问题：我该如何在余生中重新审视自己的灵魂，修正自己脚下的道路，从饥饿的困境中走出来。当然，这部小说不单单是关于爱的故事，还有许多人生况味，需要每个人去品尝。

2

《阿莹失踪的那个夜晚》，让我想到了一个忧伤的年轻人。

前两年，在去杭州的高铁上，我旁边坐着一个年轻人，穿着打扮朴实无华，那张脸也很普通，放在任何场合都会被淹没，没有人注意的那种。但我注意到了他的眼睛，忧伤而又坚定。

由于职业习惯，他引起了我的好奇，他是谁，做什么工作的，去杭州干什么？于是，我和他攀谈起来。开始他有点警惕，仿佛我是骗子，这个世界的确让人没有安全感。我用一些诚恳的话语打消他的顾虑，他才和我说了一些话，释解了我心中的疑惑。

他告诉我,他是个汽车修理工,在上海打工,甘肃天水人。他去杭州是去寻找一个姑娘,那姑娘是他女朋友,和他相处两年了。半年前,姑娘不辞而别,不知所终,他找了很多地方都没有找到她。昨天,听姑娘的一个姐妹说,她可能在杭州,有人看到了她,他就赶往杭州寻找自己的心上人。

我问他,你是不是对她不好,她才离开的?他说,不是,我们一直很好,她比我大几岁,对我很关心的,我还准备带她回老家见父母呢,我不知道她为什么要离开。我又问他,要是在杭州找不到她,你还会继续找下去吗?他点了点头,不再说话,脸扭向车窗,我看不到他的眼睛,但是我想那双眼里有泪光。我也没有再和他说话。上海到杭州,一个小时的车程,下车后,他就消失在人流之中,我们没有说再见,只是相互善意地笑笑,我希望他能找到心爱的姑娘。

这似乎是一个很容易忘却的年代,不要说半年,也许分开不到半月,就淡忘了。我们很难静静地回味一次相遇,一段短暂的感情也难得珍视,更不用说去追寻。我不知道那年轻人最终有没有找到心上人,两年多过去了,或许他已经停止寻找,也许还在寻找。他的故事,就是我写作《阿莹失踪的那个夜晚》这部小说的由头。

阿莹的失踪,让小说中的"我"伤感,"我"不停地寻找阿莹。而作为写作者的我,设置了阿莹失踪的多种可能,虚构了多个和阿莹有关系的人物,展开了一系列故事,当然，说是虚构，也是发生在生活中的事情。阿莹是自己悄无声息地离开了上海，在另外一个地方活着，还是被害，生命消逝在那个寒冷的夜晚？小说里没有交代，我想让读者一起来分析，一起来想象，阿莹到底去了哪里。这种分析或许很累人，也很危险，它会让你深陷其中，不能自拔，因为要和"我"一样付出情感，而付出情感是最让人痛苦的事情。

真实的情感和欲望好像没有什么关系，欲望来得快去得也快，情感会长久些，甚至保留一生。让我哀伤的是，尘世的美好情感渐渐地成了稀罕的东西，一不留神就消失得干干净净，不留一点痕迹，许多信誓旦旦都变成了可笑可叹的即兴台词，所有人都有可能转瞬之间反目为仇，相互伤害。常常，我会像一个傻瓜，自言自语道："这个世界会变好吗？"我想，这不是我一个人的追问。不过，我相信世间还是有有情有义的人，像我在去杭州的高铁上遇见的那个年轻人，像小说中的"我"那样，怀着一颗良善美好的心灵，追寻他的所爱，尽管生活是如此不堪。每个人的生活都在继续，都得经历自己想象不到的事情，但心存美好去面对一切，总归是对的。

多年来，很多朋友或熟悉的人消失，或失去联系，或永诀，而我们习惯了沉默，习惯了冷漠，习惯了让时间埋葬一切，更多的是选择遗忘，而不是追寻。我想，写《阿莹失踪的那个夜晚》对我个人而言，也是一种启示，我该如何去对待爱我的和我爱的人。

3

2016年10月,我在桂林"住在书店"旅馆写作,这是纸的时代书店的旅馆,条件十分不错,写作也十分顺利。写作间隙,我会到阳台上浇花。那些行将枯死的植物,渐渐地复活,比如那棵茑萝,当茑萝的藤蔓重新翠绿,星星般的小花重新开放,我内心会莫名感动。我是个容易被感动的人,也容易伤感,别看我有火暴的脾气。

那天上午,我接到一个朋友的电话,告诉我一个画家朋友去世了。我顿时陷入了哀伤之中,有兔死狐悲之感。死亡是多么重大的事情呀,不应该发生在年纪轻轻的她身上。整整一天,我无心写作,沉浸在对死者的回忆之中。我是她在上海为数不多的朋友。认识她是在诗人默默的摄影展上,当时,她剃了个光头,虽然她话不多,也不是很活跃,还是吸引了很多人的目光。吃饭时,同一桌,我才知道她是个画家,在上海开了个很小的画廊,那时她还不是那么落寞。

第二次见她,是在她狭小的画廊。那次是因为鬼金的夫人朱乒恰好在她旁边的一个画廊搞画展,顺便去她那里坐了会,聊了会天,她很开心的样子。她就生活在这个狭小的空间里,居住和绘画,以及卖画都在这里。后来,她有什么事情就会找我,小忙会帮上一点,大忙我根本就束手无策。有天,她打电话给我,向我诉说了她的困境。她已经两年没有交房租了,面临着被赶走的局面。她说要是被赶走了，不知道去哪里落脚，那些画作也不知道该往哪里放。我真的帮不到她，拿不出一大笔钱借给她，我经常接济一些朋友小钱，碰到这个问题，我束手无策。

我知道，她在向我求助，我出于对她的信任，也找了些朋友，希望能够帮她借点钱，或者买她的画，那样她就可以渡过难关了。可是，无果，现实就是这样，平常大家在一起搞搞活动，吃吃饭，你好我好，气氛十分融洽，你要是活得很差，总问人借钱，大家就会躲着你，甚至讨厌你，没有几个人会和你感同身受。况且，一个没有什么名气的画家，要卖出画作，并不是那么容易的事情，要卖出好价钱，更加的不容易。这些年，艺术品市场并不景气，许多无名画家在贫困线上挣扎。不久，她还是搬出了那个地方，找了个便宜的房子住下来。我一直因为没有帮助到她而内疚，她却在微信朋友圈经常看到我犯病痛苦不堪而来安慰我。

没有想到，我在桂林写作时，她会离开人世。之前，有朋友说，她饥一顿饱一顿，还患有严重的胃痉挛，十分痛苦。她是在自己的住所死后几天才被发现的，朋友们都认为她是饿死的，或者是胃痉挛痛死的。我知道，她是因为贫困落寞而死的。那么美丽而才华横溢的一个人，就这样香消玉殒，让人唏嘘和悲伤。曾经有次一起吃饭，她说过做过的梦，梦中的她，过着衣食无忧的日子，倾心绘画。我清楚，谁都想过这样的日子，她的确也可以过那样的日子，但是要付出代价，她是个十分单纯的女画家，不会去出卖自己换取舒适的生活。

这就是她的命运。

人死了,很快就被遗忘。我写了一个人的命运,其实就是为了抵抗遗忘,她虽然离开了人世,她的画还活着,还承载着她鲜活的灵魂。她短暂的一生,并没有获得世俗意义上的成功,也没有鲜花和掌声,我安排她在死后被鲜花环绕,我用小说给她美好的祝福,不知道她在天堂里能否感受到。

我曾经在长篇小说《姐姐的墓园》中说过:"这个世界的残忍从来没有改变过。"有时,我会站在灿烂的阳光下,渴望改变,虽然这是我一厢情愿的想法,毕竟我想了。写这部中篇小说,或许是改变的开始,希望更多的人看到这部小说,主人公的命运也许就是你的命运。一幅画、一部小说、一个人,都有其自身的命运,这部小说也一样,被重视也好,被埋没也好,毕竟我写过了。

以上就是我对《鲜花丛中的丁小可》要说的话。

4

因为经历过汶川大地震,我的精神和肉体都留下了创伤,经常会在深夜,疼痛得窒息。人在痛苦之际,容易思考人生,追寻活着的意义。但是大多数时候,苦苦思索之后,得出的结论是人活着是无意义的。这是个悖论,是我在孤独无助时的想法。如果在这个时候,有个朋友给我打电话,告诉我他同样在经历疼痛和绝望,有轻生的念头,我就会振作起来，不厌其烦地安慰他，鼓励他，让他从不良的情绪中走出来，迎接早晨温煦的阳光。

每次让朋友走出情绪的险境，我会感觉到活着的价值，活着并非为了自己，而对朋友鼓气的那些话语，其实也是对自己说的。人生而孤独，每个人都是孤独者，孤独者的彼此守望，产生了温暖和爱，以及活下去的信心，不至于在多舛的人生中崩溃，堕落深渊。所以，人需要家庭，需要群居，需要朋友，需要相互搀扶。

我有个同乡，很早就离开家乡，到上海谋生。他这一生，干过很多事情，吃过很多苦头，也有过风光的日子，最终还是一无所有，孑然一身。他经常会唤我去喝酒，给我讲述他的经历和人生感受。他说自己终归是个失败者，老婆和别人走了，被朋友骗得倾家荡产，最后只剩下我这样一位朋友。他有时会向我借钱，我的情况他也清楚，要养家糊口，收入也一天不如一天，负担很重。不过，我也会尽绵薄之力帮助他。有一天早上，他打来一个电话，说要走了，也没有告诉我要去哪里。那个电话打了有两个多小时，他不让我插话，我默默地倾听。仿佛是临终的遗言，每一句话都刀子般地扎在我心上。他说对一切都看开了，也不会再去仇恨，所有发生在他身上的事情，都是命运的安排。他对自己的人生过往，有了个宽宥的总结，更多的是感激，而不是怨懑。这是让我觉得安慰的，一个人能够放下一切，孤独的守望也就有了价值，起码让我也得到了教诲。

人生苦难重重,唯一的慰藉就是爱,爱自己,也爱别人,这也是我写作《世上所有的朋友》的初衷。人总是会死去,弥留之际,能够原谅自己,能够宽恕他人,那是走向天堂或者地狱最好的方式。活着的人还得活下去,还得经历苦难和欢欣,无论如何,爱还是活着最值得珍视的,不管多么地孤独和无助。

5

《暖阳》发表在《西部》文学杂志之后,获得"西部文学奖"。授奖词给了这部中篇小说如此的评价:"冷酷中包孕温情,绝望中迸发希冀,决绝中抵达温暖,李西闽的小说总是在山穷水尽之处开掘、呈现人性的复杂、深邃。《最冷的寒冬里也有暖阳》亦是如此。抑郁失学的女儿,近乎变态地'折磨'母亲,干涉母亲的隐私;因离婚而对女儿深怀愧疚的母亲,为女儿放弃爱情却屡被女儿羞辱,生活的逻辑似乎已经无解。然而,女儿为保护母亲被感情欺骗而采取的极端自伤行为,揭开女儿对母亲情感的冰山一角。故事的结尾,女儿在信件中敞开心扉坦诚内心秘密,以离家独立生活证明人格的健全,以祝福母亲获得爱情表达情感之真、之深。叙事步步为营、点点推进,营造出柳暗花明的艺术效果,将故事乃至人性托举到高处。这样的叙事策略和用心无疑值得肯定。"

很感谢《西部》杂志的张映姝女士,这些年来,她一直支持我的写作。这些年来,我一直是个职业作家,得益于众多编辑的帮助与鼓励,比如《福建文学》的石华鹏、林东涵、杨静南,《中篇小说选刊》的晓闽,《作品》的王十月,《青年作家》的卢一萍,《江南》的李慧萍,《上海文学》的袁秋婷,《花城》的许泽红等。我曾经说过,我的运气真好,一路走来,能够遇见这么多的好编辑,他们在我的人生中,有着不可或缺的重要位置。同样的,我十分感激本书的责任编辑邱爱园女士,她的真诚和一丝不苟的认真给我留下了深刻的印象,而且,她对文学的理解深刻而又执着,让我感动。努力写作,真诚为人,唯有如此,我才能报答所有支持和帮助过我的人。

李西闽

2023 年 8 月 13 日于上海家中

图书在版编目(CIP)数据

饥饿范西蒙 / 李西闽著 .—— 上海 ：上海社会科学院出版社，2024
 ISBN 978 - 7 - 5520 - 4232 - 0

Ⅰ．①饥… Ⅱ．①李… Ⅲ．①中篇小说—小说集—中国—当代 Ⅳ．①I247.5

中国国家版本馆 CIP 数据核字(2023)第 175796 号

饥饿范西蒙

著　　者：	李西闽
责任编辑：	邱爱园
封面设计：	周清华
出版发行：	上海社会科学院出版社
	上海顺昌路 622 号　邮编 200025
	电话总机 021 - 63315947　销售热线 021 - 53063735
	http：//www.sassp.cn　E-mail：sassp@sassp.cn
照　　排：	南京理工出版信息技术有限公司
印　　刷：	上海盛通时代印刷有限公司
开　　本：	787 毫米×1092 毫米　1/32
印　　张：	10.875
插　　页：	1
字　　数：	215 千
版　　次：	2024 年 1 月第 1 版　2024 年 1 月第 1 次印刷

ISBN 978 - 7 - 5520 - 4232 - 0/I · 510　　　　　　　定价：58.00 元

版权所有　　翻印必究